HEYNE‹

AF204630

CHRISTIAN KUHN

NORDSEE DÄMMERUNG

KRIMINALROMAN

WILHELM HEYNE VERLAG
MÜNCHEN

MIX
Papier aus verantwor-
tungsvollen Quellen
FSC® C014496

Verlagsgruppe Random House FSC® N001967

Für Meike

1

ES WAR EIN FEHLER gewesen, direkt nach dem Aufstehen die neuen E-Mails zu lesen. Jetzt machte er sich Gedanken über Dinge, die er noch gar nicht einschätzen konnte. Der kommende Einsatz sei ein wenig speziell, eine Ausnahmesituation, aber wie für ihn gemacht, hatte Dr. Meyer geschrieben. Etwas mehr Informationen hätten es schon sein dürfen.

Graue, ewig gleiche Häuserfassaden zogen an Tobias Velten vorbei. Er beachtete sie nicht. Seine Beine bewegten sich mit trainierter Regelmäßigkeit, er horchte in seinen Körper hinein. Normalerweise tat ihm das Laufen gut, die frühmorgendliche Runde war ein festes Ritual, jeden zweiten Tag, mindestens eine Stunde. Es half ihm, den Kopf freizubekommen und die Lebensgeister zu wecken. Aber heute wehrte sich der Körper noch, weigerte sich, die Müdigkeit abzulegen. Die Beine waren wie taub, jeder Schritt war anstrengend, als würde er durch nassen Sand laufen.

Er erreichte den Streckenabschnitt im Volkspark, den er besonders gerne mochte. Um diese Uhrzeit hatte er die

Weite der taubedeckten Wiesen ganz für sich. Die Einsamkeit beruhigte. Als er den Möwensee umrundete, flog im Zwielicht der ersten Dämmerung ein Schwan flach über das Gewässer hinweg und ließ bei seiner Landung das Wasser aufspritzen. Dann kehrte wieder Stille ein. Sie tat ihm gut. Zwei weitere Läufer kamen ihm entgegen. Er grüßte mit einem kurzen Wink, wie es unter Läufern üblich war.

Der Rückweg führte ihn wieder durch die Straßen von Moabit. Je näher er der Stadtmitte kam, desto mehr Nachtschwärmer und Partygänger schwappten noch durch die Straßen, scheinbar ziellos und chaotisch und doch einem unbekannten Muster folgend. Aus einer Tür im Subparterre drangen verzerrte Gitarrenklänge. Erste Frühaufsteher in Anzügen eilten zielstrebig über den Bürgersteig. Der Horizont leuchtete hellrot, übertünchte das blasse Licht der Straßenlaternen, gab dem Leben die Farbe zurück, verdrängte das diffuse Gefühl, zwar über Gott und die Welt nachgedacht zu haben, aber nicht über das, worüber er besser hätte nachdenken sollen. Egal. Angekommen. Duschen, umziehen, losfahren. Die positive Anspannung, auf die er die ganze Zeit gewartet hatte, sie war wieder da.

Endlich wieder arbeiten. Als er gegen acht Uhr auf dem Kasernengelände am Treptower Park eintraf, herrschte dort bereits rege Betriebsamkeit. Das Gelände war eine riesige Baustelle. Mehrere Neubauten mit Glasfassaden wurden neben den altehrwürdigen roten Backsteingebäuden der Kaiserzeit hochgezogen und würden bestimmt einen spannenden architektonischen Kontrast zu ihnen bilden, eines Tages, wenn sie dann endlich fertiggestellt waren.

Sämtliche Funktionen des polizeilichen Staatsschutzes des Bundeskriminalamts würden dann hier gebündelt sein. Und nur wenige Meter weiter lag das gemeinsame Terrorismusabwehrzentrum von BKA und dem Bundesamt für Verfassungsschutz. Ehemals nur zur Bekämpfung des islamistischen Terrors gegründet, bestand seine Aufgabe inzwischen darin, den Informationsaustausch und die Zusammenarbeit mit den anderen Polizeibehörden sowie den Nachrichtendiensten zu jedweder politisch motivierten Kriminalität zu gewährleisten.

Es wurde immer schwieriger, der stetig unübersichtlicher werdenden Gefährdungslage Herr zu werden. Vor allem am linken Rand brodelte es, mehrere neue linksextremistische Gruppierungen hatten zum *Widerstand gegen das System* aufgerufen, nachdem die ungerechte Verteilung von Wohlstand, die durch die ewigen Finanzkrisen noch gefördert wurde, wieder einmal von den Medien thematisiert worden war. Im Internet kursierten Mordaufrufe gegen hohe Vertreter aus Wirtschaft und Politik. Aber auch am rechten Rand gab es Probleme, oftmals angeheizt von absurden Verschwörungstheorien. Insbesondere die sogenannte Reichsbürgerszene, die die Bundesrepublik an sich ablehnte und die Fortexistenz des Deutschen Reiches proklamierte, hatte steten Zulauf. Und nicht zuletzt gab es eine steigende Anzahl islamistischer Gefährder, die nach wie vor aus den Bürgerkriegsländern des Nahen Ostens kommend in Europa einsickerten.

Zehntausende Personen standen unter Beobachtung, ihre Kommunikation musste möglichst lückenlos ausgewertet werden, damit man reagieren konnte, bevor es zu spät war. Immer wieder gab es Vorfälle, teils tödliche Anschläge; verübt von bereits zur Fahndung ausgeschriebenen Terroristen, aber auch von Gruppen, die vorher absolut unauffällig gewesen waren, oder von Einzelgängern, die sich vorher nie etwas zuschulden hatten kommen lassen. Das halbe Land schien sich radikalisiert zu haben.

Velten steuerte den einzigen fertiggestellten Neubau an, in dem auch das Büro seiner Chefin untergebracht war. Zusammen mit drei Anzugträgern nahm er den Aufzug in die fünfte Etage.

»Da sind Sie ja«, begrüßte ihn im Vorzimmer eine blasse Frau in einem grauen Kostüm, ohne dabei vom Bildschirm aufzuschauen. Eine neue Referentin, offensichtlich zu Höherem berufen. »Warten Sie bitte einen Moment, ich mache nur noch das hier fertig. Sie können da vorne Platz nehmen, wenn Sie es wünschen.« Sie zeigte auf eine flache schwarze Polstergarnitur, die genau so auch im Wartezimmer einer Arztpraxis hätte stehen können.

Doch Dr. Meyer winkte bereits aus ihrem Büro. »Herr Velten. Kommen Sie herein, und schließen Sie bitte die Tür.«

Dr. Meyer koordinierte unter anderem die Einsätze des

Staatsschutzes mit denen der anderen Abteilungen des Bundeskriminalamtes. Bei ihr liefen zahlreiche Fäden zusammen, und an jedem dieser Fäden hingen vertrauliche Informationen. Nicht wenige hielten sie für die mächtigste Beamtin des gesamten Sicherheitsapparates. Man munkelte, dass nicht einmal die Mitarbeiter ihres eigenen Stabes so ganz genau wussten, wann sie sich wo mit wem und zu welchem Zweck traf. Besprechungen, bei denen die Tür offen blieb, gab es bei ihr grundsätzlich nicht.

Bodentiefe Fenster und leere, strahlend weiße Wände ließen ihr neues Büro seltsam steril wirken. Sie deutete mit der Hand auf die beiden Stühle vor ihrem Schreibtisch.

»Haben Sie Ihren Urlaub gut genutzt?«

»So gut wie möglich«, antwortete Velten ausweichend.

Sie beließ es dabei, nahm die Brille ab, putzte sie umständlich, setzte sie wieder auf. Ihre Haare waren grau geworden, beinahe weiß. Vor zehn Jahren, als Velten seine Stelle angetreten hatte, waren sie noch blond gewesen.

»Wir haben in den nächsten Wochen eine besondere Situation. Mehrere Gefahrenfelder mit ungünstigen Überschneidungen. Ich war in der Sache auch schon eine Etage weiter unten.«

Im 4. Stock wurden die Einsätze und Teams der Abteilung Sicherungsgruppe geplant, die für den Personenschutz bestimmter Mandatsträger zuständig war – den Bundespräsidenten, die Mitglieder des Bundestags und des Bundesrats, des Bundesverfassungsgerichts und der Bundesregierung.

»Aber fangen wir vorne an. Es geht um Bramberger.«

»*Der* Bramberger?« Der Bundespräsident? Velten war überrascht.

»Ja. Bramberger macht Urlaub. Einer der Gründe, weshalb wir offiziell mit im Spiel sind. Gefahrenabwehr.«

Urlaube der Schutzpersonen waren besondere Situationen. In Berlin waren die Sicherheitsvorkehrungen eingespielt und erprobt, an Urlaubsorten dagegen mussten entsprechende Konzepte neu aufgebaut werden. Es war nicht unüblich, dass die Sicherungsgruppe bei diesen Gelegenheiten Unterstützung aus anderen Abteilungen bekam.

Soweit Velten wusste, wurde das Team der Personenschützer von Bramberger doch noch immer von Svenja Jenner geleitet. Er hatte sie seit Ewigkeiten nicht mehr gesehen.

»Ihn zieht es in den Norden, auf eine Insel. Juist. Heute in einer Woche wird er dort eintreffen.«

»Ah, Juist. Das ist Nordsee, oder?«

»Ja, eine der Inseln im Wattenmeer, ziemlich weit oben links auf der Karte, fast in den Niederlanden. Sehr ruhig, soll landschaftlich nett sein.« Sie machte eine Kunstpause. »Sie werden es bestimmt mögen.«

Ostfriesland. Spötter behaupteten, Bramberger bleibe im Urlaub am liebsten in Deutschland, weil seine Englischkenntnisse zu schlecht seien, um sich im Ausland zu verständigen.

Ein Reiseziel in Deutschland hatte den grundsätzlichen

Vorteil, dass die Sicherheitsmaßnahmen deutlich einfacher zu organisieren waren als bei Urlauben im Ausland. Kein Abstimmungsaufwand mit ausländischen Behörden, weniger Verwaltung und Diplomatie.

Allerdings besaßen Urlaubsziele im Ausland den Vorteil, dass sie sich besser vor den Medien verbergen ließen. Auch wenn die offiziellen Stellen grundsätzlich keine Informationen über Urlaubsziele herausgaben, wurden die Politiker im eigenen Land vor Ort meistens schnell erkannt. Im Zeitalter der Leserreporter waren oft schon nach wenigen Tagen Paparazzifotos in den üblichen Zeitschriften zu finden, was die Sicherheitsmaßnahmen immer aufwendiger machte.

»Bramberger hat vor Jahren schon mal seinen Sommerurlaub dort verbracht, jetzt möchte er wieder dorthin, wahrscheinlich will er in Erinnerungen schwelgen. Er besteht darauf, in dasselbe Hotel wie damals einzuziehen, warum auch immer, es geht uns nichts an. Es ist nicht ideal für uns, aber ich denke, es sollte machbar sein. Sie wissen, dass eine Diskussion mit ihm zu nichts führt.«

Bramberger war innerhalb der Organisation als launische Persönlichkeit bekannt.

»Wir arbeiten mit zwei Teams. Svenja Jenner führt wie bisher das Kernteam, also die unmittelbaren Personenschützer, ihr obliegt die Verantwortung für Bramberger und die direkte Sicherung des Hotels. Sie wird am Samstag mit ihrem Team auf der Insel eintreffen und ab diesem Zeitpunkt die Sicherheitsvorkehrungen koordinieren und verantworten. Sie, Velten, führen ein zweites Team. Ein Unterstützungsteam, um der Urlaubssituation gerecht zu werden. Ihnen obliegen Planung und Konzeption der Sicherheitsmaßnahmen, was die weitere Umgebung vor Ort betrifft. Sie werden bereits morgen nach Juist reisen. Die ersten Tage sind Sie auf sich gestellt. Die Mitglieder Ihres Teams werden im Lauf der Woche zu Ihnen stoßen, sobald es ihre aktuellen Einsätze zulassen.«

»Aha.«

Warum zwei Teams? Da lag noch etwas in der Luft. Die Chefin kramte in ihren Unterlagen.

Svenja Jenner. Es war schade, dass sie sich so aus den Augen verloren hatten. Ihre Karrieren waren eine Zeit lang praktisch im Gleichschritt verlaufen, sogar ihre Beförderungen hatten sie anfangs stets zum gleichen Datum erhalten. Und Svenja war eine gute Polizistin, richtig gut. Sie hatten einige brenzlige Situationen gemeinsam überstanden. Vor allem war es mit ihr nie langweilig gewesen. Mit Bramberger oblag ihr mittlerweile einer der wichtigsten und prestigeträchtigsten Einsätze innerhalb der Organisation. Mit Sicherheit würde sie bald die nächste Karrierestufe erklimmen.

Dr. Meyer skizzierte ihm das Aufgabenspektrum seines Teams: Erfassung möglicher Gefährdungspunkte auf der Insel, Planung möglicher Gegenmaßnahmen, Bewertung der allgemeinen Auffälligkeiten. Kommunikation mit den Kollegen in Uniform vor Ort.

Warum sollte das zuständige Team das nicht selbst übernehmen? Ohne Probleme wäre das Team von Svenja um vier bis fünf Leute zu erweitern gewesen, damit es diese Aufgaben erledigen konnte. Es gab eigentlich keinen Grund, ein zweites separates Team dort hinzuschicken. Das war, vorsichtig formuliert, alles etwas ungewöhnlich. Und, ohne sich selbst zu wichtig zu nehmen, dafür hätte es nicht jemanden mit seinem Dienstgrad gebraucht. Das ergab keinen Sinn.

»Die Vorgehensweise ist ... besonders«, bemerkte Velten zögerlich.

»Lassen Sie mich erklären«, entgegnete seine Vorgesetzte. »Manchmal ist es besser, wenn Verantwortung auf mehrere Schultern verteilt wird. Die Situation ist angespannt, aus zwei Gründen.« Sie sah ihm direkt in die Augen.

»Wie gesagt, Gefahrenabwehr ist einer der Gründe, warum wir den Einsatz mitgestalten. Denn es sind gewisse Hinweise eingegangen. Das tun sie immer, das wissen Sie, aber diese haben eine besondere Qualität. Die Amerikaner haben was abgefangen.«

»Hinweise konkreter Art?«

Informationen abfangen, das taten die Amerikaner andauernd. Aber sie verstanden in der Regel nicht, was sie abgefangen hatten. Schon aufgrund der Sprache. In neunundneunzig von hundert Fällen entpuppte sich ein vermeintliches *Issue* als Fehler des Übersetzungsprogramms oder als falsche Interpretation einer Redewendung.

»Offenbar hat eine Quelle einen Tipp gegeben«, erläuterte Dr. Meyer. »Dieser Tipp hat zu einer Adresse im Darknet geführt.« Das Darknet war eine Art Untergrundwelt im Internet, das nicht ohne Weiteres zugänglich und weitestgehend anonym war und daher von Kriminellen, aber auch von Oppositionellen in autokratischen Staaten genutzt wurde. »Dort haben die Amis auf einige Nachrichten zugreifen können. Sie waren durch einen Verschlüsselungsalgorithmus gesichert, der jedoch durch die NSA geknackt wurde. Ein Teil dieser Korrespondenz war auf Deutsch und wurde an uns weitergegeben. Darin fand sich das.«

Sie reichte ihm den Ausdruck einer E-Mail. Die Adressen von Absender und Empfänger bestanden aus wirren Folgen von Zahlen und Buchstaben, es handelte sich offensichtlich um Einmal-E-Mail-Accounts.

Die Nachricht bestand aus wenigen Zeilen:

Auftrag Jochen Bramberger schnellstmöglich durchführen. Entgelt wurde akzeptiert und angewiesen. Zweite Hälfte nach Bestätigung seines Todes durch Presseberichte.

»Ein Attentat? Auf den Bundespräsidenten?«

»Vielleicht. Insgesamt müssen wir die Information als potenziell valide einstufen«, erklärte Dr. Meyer. »Es besteht die realistische Möglichkeit, dass ein Auftragsmörder auf Bramberger angesetzt wurde. Weder Absender noch Empfänger haben Zeit- oder Ortsangaben gemacht. Es kann also sein, dass dieser Auftragsmörder während Brambergers Urlaub zuschlagen möchte.«

Ja, in der Gesamtbetrachtung sah das nicht nach einer dieser misslungenen Scherznachrichten aus, die mit großer Regelmäßigkeit eingingen. Dr. Meyer musste auf diese Information reagieren, alles andere wäre eine Pflichtverletzung gewesen.

Aber das war noch kein Grund dafür, dass *Verantwortung auf mehrere Schultern verteilt* werden musste, wie seine Vorgesetzte sich ausgedrückt hatte.

»Es gibt da noch einen zweiten Punkt, der mir ehrlich gesagt mehr Magenschmerzen bereitet«, fuhr sie etwas leiser fort. »Damit kommen wir zum inoffiziellen Teil Ihres Einsatzes. Sie sollen eine Ermittlung durchführen. Ich habe volles Vertrauen in jede Frau und jeden Mann des Bundeskriminalamts. Aber ich möchte, dass Sie als ein zweiter Teamführer einen unbefangenen Blick auf die Gesamtsituation vor Ort werfen.«

Es war nie gut, wenn die Chefin jemandem so demonstrativ ihr Vertrauen aussprechen musste, denn dann gab es gute Gründe, daran zu zweifeln. Er hatte ein ungutes Gefühl, in welche Richtung das jetzt gehen würde.

»Jenner hat mich angesprochen. Ihr ist seit längerer Zeit aufgefallen, dass die Presse ungewöhnlich gut informiert ist, was Brambergers Aktivitäten angeht. Als Bramberger zum Beispiel um Ostern ein paar freie Tage in den Alpen verbrachte, wurde das schon am ersten Tag in den Medien gemeldet. Erst hatte sie die Hotelleitung im Verdacht, die Information lanciert zu haben, zu Werbezwecken. Das konnte sie damals aber nicht beweisen. Inzwischen ist sie sich sicher, dass Informationen aus internen Quellen abfließen. Und es sind viele Informationen, Informationen unterschiedlicher Art und Qualität, Informationen, die das Sicherheitskonzept betreffen.«

»Sie vermutet eine undichte Stelle? In ihrer eigenen Truppe?«

»Sie sagt, sie würde ihre Hand für ihre Leute ins Feuer legen. Natürlich, das sagen wir alle, und das meinen wir auch so, das müssen wir. Wenn wir einander nicht mehr vertrauen können, fehlt uns die Basis für unsere Arbeit. Jenner vermutet das Leck woanders. Vielleicht Mitarbeiter in der Zentrale, eine Schwachstelle in der Technik, wie auch immer. Tatsache ist, dass sie unter erschwerten Bedingungen arbeiten muss.«

Velten lehnte sich zurück. Seine Ahnung bestätigte sich. Die Chefin sprach das Offensichtliche aus.

»Die Integrität unserer Teams ist entscheidend für unseren Erfolg. Ich möchte, dass Sie Jenners Team einmal unauffällig unter die Lupe nehmen. Nur Sie alleine, Ihr Team wird nicht in diese Aufgabe eingeweiht. Das ist der Kern dieses Einsatzes. Brambergers Urlaub gibt uns für eine begrenzte Zeit die ideale Gelegenheit dazu. Sie, Jenner und ich sind die einzigen Personen, die davon Kenntnis haben. Sie berichten in dieser Angelegenheit aber nur an mich. Informieren Sie niemanden sonst über Ihre Erkenntnisse, nicht einmal Jenner. Sie bittet im Übrigen auch darum, nicht eingebunden zu werden, sie will ihre Leute nicht unnötig verdächtigen. Mit der Ausnahme bei Gefahr im Verzug, natürlich.«

Dr. Meyer schob Velten eine Klarsichthülle mit Unterlagen zu. »Alles Weitere findet sich hier drin. Ihre Fähre geht Morgen um halb elf. Seien Sie pünktlich, das Schiff macht sich nur einmal täglich auf den Weg.«

Ein pelziger Geschmack lag auf Veltens Zunge, ihm war nach einem Schluck Wasser. Kollegen zu bespitzeln hieß, sie zu hintergehen.

»Es soll dort wirklich schön sein. Wenn alles glattläuft, betrachten Sie den Einsatz einfach als eine Verlängerung Ihres Urlaubs.« Zum Schluss lachte Dr. Meyer doch noch, ganz unvermittelt, vielleicht, weil er zu lange nachdenklich geschwiegen hatte. »Aber übertreiben Sie es nicht.«

2

DIE INSEL VERSTECKTE sich vor ihm. Er stand auf einer lang gezogenen Mole, von deren linker Seite die Fähren nach Juist ablegten, die rechte Seite war für die Fähren zur Nachbarinsel Norderney reserviert. Kalter Wind peitschte die Wellen gegen die Küstenbefestigungen. Tiefe graue Wolken über dem Meer kündigten Regen an. Sommer an der Nordsee.

»Selbst wenn jetzt kein Nebel wäre, könnten Sie Juist kaum erkennen, so flach wie es ist«, erklärte ihm ungefragt eine Frau, die neben ihm stand und auf das Meer hinausblickte. Ihre Sprachmelodie verriet sie als Rheinländerin, ihre Kleidung als wohlhabend. Neben ihr stapelte sich eine große Menge Gepäck.

»Tatsächlich?«

»Sie fahren das erste Mal dorthin, oder?« Sie wartete seine Antwort nicht ab. »Sie werden sich in sie verlieben. Wir sind jedes Jahr dort. Der Werbeslogan der Insel passt da schon echt gut: Es liegt ein Zauber auf ihr.«

»Na dann bin ich mal gespannt«, wich er der rhetorischen Frage, die er jetzt eigentlich hätte stellen müssen, und damit dem weiteren Gespräch aus, fügte aber der Höflichkeit halber an, dass sie sich bestimmt noch einmal über den Weg laufen würden. Verlieben war nicht so seine Sache, nicht in Landschaften, erst recht nicht bei diesem Wetter. Nachdem er seinen Koffer in einem der Gepäckwagen untergebracht hatte, die von der Schiffsbesatzung separat ein- und ausgeladen wurden – ja, ganz sicher, seien Sie mal unbesorgt, hatte der Hafenarbeiter gebrummt –, beeilte er sich, auf die Fähre zu kommen.

Es war erst Mittag, aber hinter ihm lagen bereits sieben Stunden Autofahrt. Er war wie jeden Tag pünktlich um 5:30 Uhr wach geworden. Körperlich wach. Geistig blieb er ohne Sport weiter in einer Art Halbschlaf.

Die Fahrt war weitgehend ereignislos verlaufen. Bei Hannover hatte es einen Stau gegeben und danach noch einen bei Bremen. Der Rest der norddeutschen Tiefebene war mangels Konturen unbemerkt an ihm vorübergezogen.

In den Nachrichten war die Meldung gekommen, dass am Vorabend eine Handvoll Autonome auf einer Demonstration in Münster Autos in Brand gesetzt hatte und dass die Vorsitzende der Partei Rechtsstaat Deutschland daraufhin einmal mehr striktere Sicherheitsgesetze gefordert hatte. Velten sympathisierte mit diesem Vorstoß. Viel zu oft hatte er in den letzten Jahren Sonderbefugnisse einzeln beantragen und richterlich genehmigen lassen müssen. Dennoch war er unsicher, was er von Rechtsstaat Deutschland selbst halten sollte. Die Partei gab es schon länger, aber sie war lange Zeit klein und unbedeutend geblieben. Viele ihrer Mitglieder waren die üblichen Wirrköpfe, wie sie sich in nahezu allen Kleinstparteien finden.

Doch seit knapp zwei Jahren hatte die Partei mit provokanten und öffentlichkeitswirksamen Aktionen massiv Aufmerksamkeit auf sich gezogen und damit die etablierten konservativen Parteien in der Innenpolitik geradezu vor sich her getrieben. Für ihre populistischen Methoden hatte Velten nicht viel übrig. Etwas weniger Alarmismus täte der Sicherheitsdebatte auf jeden Fall gut.

Dann hatte er Musik gehört. Sieben Stunden Autofahrt, sieben Stunden Dire Straits. Die Band seiner Jugend. Endlose Gitarrensoli, die mehr Inhalt transportierten, als Textzeilen es je vermocht hätten. Wenn Mark Knopfler das Tempo immer weiter anzog, war Velten wieder achtzehn Jahre alt, spürte den Glauben von damals, dass es keine Grenzen gab, die Träumer nicht überwinden konnten, dass die Welt eines Tages ein besserer Ort sein würde. In den letzten Wochen hatte er die Musik von damals wiederentdeckt, er hatte ja Zeit genug gehabt, nachdem die Chefin ihn angewiesen hatte, wenigstens die ungenutzten Urlaubstage der Vorjahre in Anspruch zu nehmen. Und die Musik berührte ihn noch immer.

Dr. Meyers Frage ging ihm durch den Kopf. Hatte er den Urlaub gut genutzt? Nein, er war nur froh, irgendwann doch noch die Kurve bekommen zu haben.

Jetzt hatte er ein Burn-out. Das sah jedenfalls die Identität vor, mit der er vorläufig auf Juist arbeiten würde.

Demnach war er Manager eines Technologiekonzerns aus dem Westen der Republik, verheiratet, aber in Trennung lebend, keine Kinder. Das war nah genug an der Wirklichkeit dran, dass er sich nicht allzu sehr verstellen musste, und lieferte ihm genug Spielraum, die Rolle bei Bedarf ausbauen zu können.

Bei seinen Außeneinsätzen arbeitete er regelmäßig mit falschen Identitäten. Es war eine Standard-Sicherheitsmaßnahme, um nicht unnötig Aufmerksamkeit zu erregen und sich und den Auftrag besser schützen zu können. Auch bei der Sicherungsgruppe agierte nur ein Teil des Teams als offizielle Personenschützer, der andere Teil verwendete ebenfalls Scheinidentitäten, um einen weiteren, für Außenstehende unsichtbaren Sicherheitsring um die jeweilige Schutzperson aufzubauen.

Genauso würden auch die anderen Mitglieder seines Teams nicht unter ihrem bürgerlichen Namen arbeiten, sobald sie auf Juist ankamen. Dr. Meyer hatte ihm wirklich gute Leute zugeordnet: Für Freitag hatten sich die Techniker angekündigt, Maxi Holmann und Mark Cramer, auch M&M genannt. Am Sonntag würde Bent Gustavson mit seiner Sprengstoffspürhündin Trönje eintreffen, ebenso wie Tom Martin und Jan Singer, zwei Kollegen, die früher bei den Spezialeinsatzkräften gedient hatten. Sie waren nicht nur mit dem Umgang von Sonderausrüstungen vertraut, sondern auch erfahrene Ermittler. Singer war außerdem innerhalb des BKA im Flurfunk relativ bekannt, da er, aufgrund seiner somalischen Wurzeln und regelmäßiger

Familienbesuche, der am häufigsten einer Sicherheitsüberprüfung unterzogene BKA-Beamte war.

Die ersten Tage, Mittwoch bis Donnerstag, würde er dagegen allein auf der Insel sein. Das war genug Zeit, um den offiziellen Teil des Einsatzes vorzubereiten. Freitag, wenn M&M ankamen, konnten sie mit der Platzierung der Sicherheitstechnik anfangen. Am Samstagnachmittag würde er mit Svenja die Einzelheiten des Einsatzes besprechen. Montag begann bereits Brambergers Urlaub, zwei Wochen wollte der Bundespräsident auf der Insel bleiben.

Velten war unter den Ersten, die die Fähre betraten, und bekam einen netten Fensterplatz im vorderen Bereich des Schiffes. Unter ihm platschte es an die Bordwand. Feine Wasserperlen benetzten das Fenster, wurden sekündlich größer, bis schließlich schwere Tropfen gegen die Scheibe schlugen. Das Unwetter war angekommen. Über dem Meer wurden die segelnden Möwen von den Windböen hin und her getrieben. Es sah nicht so aus, als störten sie sich daran.

Die Überfahrt sollte bis zu zwei Stunden dauern. Velten hatte sich vorgenommen, währenddessen zu arbeiten. Gerade als er sich von dem Naturschauspiel gelöst und dazu durchgerungen hatte, das Notebook aus der Tasche zu nehmen, hörte er die Stimme der Frau, die ihn bereits an der Mole angesprochen hatte.

»Sind die Plätze noch frei?« Gerne hätte er gelogen, aber ihm fiel keine plausible Ausrede ein.

»Ja klar, nur zu.«

Sie und ihre Kinder, eine Tochter im Teenager- und ein Sohn im Grundschulalter, nahmen auf der Sitzbank auf der gegenüberliegenden Seite des Tisches Platz, der Vater setzte sich neben ihn. Spätestens jetzt hatte sich die Idee mit dem Arbeiten erledigt. Was soll's, man muss es so nehmen, wie es kommt, dachte er.

Der Familie war die Vorfreude auf den Urlaub anzumerken. Sie waren unbeschwert, fröhlich und freundlich, aber auf unbestimmte Art weltfremd. Bestimmt eine Lehrerfamilie.

»Und, wohnen Sie im Dorf oder im Loog?«

»Entschuldigung, was?«

»Auf Juist. Haben Sie was im Loog oder im Dorf genommen?«

»Äh … ich wohne im Hotel«, antwortete Velten ausweichend.

Die Familie lachte.

»Wusste ich doch, dass Sie neu hier sind.«

»Ertappt«, entgegnete Velten und hob scherzhaft die Hände, als wolle er sich ergeben. »Ich bin zum ersten Mal überhaupt an der Nordsee. Was sollte man denn sonst noch so über die Insel wissen?«

Die Frau klärte ihn über die grobe Aufteilung der Insel auf. Juist war im Prinzip eine große, sehr schmale Sandbank, von Westen nach Osten fast 20 Kilometer lang, bei einer maximalen Breite von knapp 900 Metern auf Höhe des Dorfes. Die Insulaner teilten ihr Dorf in einen westlichen Teil, das sogenannte Loog, und den östlichen Teil, den sie einfach nur Dorf nannten. Loog und Dorf, ursprünglich getrennte Siedlungen, waren inzwischen über die dicht bebaute Billstraße miteinander verbunden.

Jetzt übernahm der Vater die Rolle des Fremdenführers: »Eigentlich beschreibt man alle Wege vom Dorf oder Loog aus. Wenn man nach Westen geht, kommt man hinter dem Loog erst einmal an einen großen See, den Hammersee. Auf ihn folgt ein kleines Waldgebiet, sehr niedlich, viele gedrungene, beinahe verwunschen aussehende Bäume, und dann, ganz am Westende, die sogenannte Domäne Bill. Dort war früher einmal das Hauptdorf, das aber vor Jahrhunderten bei einer Flut zerstört und nicht wieder aufgebaut wurde. Heute befindet sich dort nur noch ein Ausflugslokal. Da gibt es übrigens tolle selbst gemachte Stuten. Die müssen Sie probieren!«

»Papa ist Geschichtslehrer. Nur für den Fall, dass Sie sich über den Unterricht wundern sollten«, erklärte die Tochter, ohne vom Display ihres Handys aufzuschauen. Sie hatte blonde Haare, Sommersprossen und die aufgesetzte Coolness einer Vierzehnjährigen.

»Vorsicht, was Sie sagen, junge Dame«, warnte die Mutter.

»Sie hat ja recht. Ich sage immer, ich bin ein beruflicher Besserwisser«, beschwichtigte der Vater. »Ich habe halt die Lehrerkrankheit. Meine Frau ist übrigens auch Lehrerin. Grundschule. Unsere Kinder haben es wirklich nicht leicht.«

Das stimmte sicherlich, der Mann war aber trotzdem sympathisch.

»Wenn man von der Mitte der Insel, also vom Dorf aus nach Osten geht, kommt man nach ein paar Kilometern zum Flughafen. Dahinter kommt dann noch ein großes Naturschutzgebiet, das nicht betreten werden darf. Nur am Strand kann man noch weiter bis zum Ostende der Insel gehen, zum sogenannten Kalfamer, allerdings erst wieder ab August, wenn das Ende der Brutzeit erreicht ist. Ja, und das wären auch schon die wichtigen Ecken der Insel. Es gibt nicht viele Wege, Juist zu erkunden. Dafür ist die Insel schlicht zu schmal.«

»Danke«, sagte Velten. *Sehr gut*, dachte er. Das würde den Einsatz einfacher machen.

»Aber die Wege sind alle sehr lang, sehr lang«, warf die Tochter sarkastisch ein. Der Vater streckte ihr wortlos die Zunge raus, sie grinste.

Die Mutter ging nicht darauf ein, sondern pries erneut die Vorzüge der Insel, wo das Aufkommen von Hektik nahezu unmöglich sei. Da Autos auf Juist nicht erlaubt waren, war man entweder zu Fuß unterwegs, oder man mietete sich ein Fahrrad. Nicht einmal für schwere Lasten wurden Ausnahmen vom Autoverbot gemacht. Dafür gab es Pferdefuhrwerke, die auch als öffentliche Transportmittel zwischen Dorf, Loog und Domäne Bill sowie Dorf und Flughafen pendelten. »Man lernt zu akzeptieren, dass alles seine Zeit braucht, jeder Weg, jede Besorgung. Zeit ist eben ein Wert an sich, und auf Juist kann man diesen Wert genießen.«

Das waren Velten eigentlich zu viele Lebensweisheiten, aber er hörte trotzdem interessiert zu. Die beiden wussten eine Menge über die Insel, was für seinen Einsatz wichtig werden konnte. Hin und wieder schaltete sich auch die Tochter ein und gab einen spitzen Kommentar zu ihren Eltern ab, den diese aber an sich abprallen ließen.

»Wir sind übrigens die Florians. Wie der Vorname, aber zu viert«, sagte der Vater. Unverkennbar schwang eine gehörige Portion Stolz mit. Eine richtig heile Familie. Dass es so etwas tatsächlich gab, sinnierte Velten. Wie es wohl wäre, Familienvater zu sein? Könnte er das auch? Er scheiterte bereits bei dem Versuch, sich das vorzustellen.

Plötzlich knirschte es unter dem Kiel der Fähre, eine Bodenberührung mit dem Schlick des Wattenmeeres. Langsam rutschte das Schiff wieder in die Fahrrinne zurück. Die Florians erzählten, dass vor einigen Jahren tatsächlich einmal eine Fähre stecken geblieben war und die Passagiere zwölf Stunden auf die nächste Flut warten mussten, bis es weitergehen konnte. Das Wattenmeer zwischen Juist und dem Festland war tückisch. Nur bei Flut konnte die Fähre die schmale und gewundene Fahrrinne nutzen, und die Kapitäne mussten dabei möglichst exakt innerhalb der Begrenzungskennzeichen bleiben.

»Ich denke, ein wenig ist das von den Insulanern so gewollt«, sagte Florian. »Es fühlt sich so an, als reise man zu einer eigenen, abgeschiedenen Welt, die mit allem anderen gar nicht so viel zu tun haben möchte.«

Die Mutter lächelte selig, die Tochter verdrehte die Augen.

Als sie den Hafen erreichten, reihte Velten sich in die Schlange der übrigen Passagiere vor der schmalen Landungsbrücke ein. *Die zehn Minuten hätte ich auch noch sitzen bleiben können,* dachte er, während er sich im Pulk mit den Entspannungsurlaubern einen weiteren Meter nach vorne schob und die Absurdität seiner Situation erkannte. Na ja, so fiel er wenigstens nicht auf.

An Land wuchtete er seinen Koffer aus einem der Gepäckwagen heraus, die tatsächlich direkt nach dem Anlegen an Land gebracht worden waren, und hob ihn in einen bereitstehenden Handkarren, die hier, warum auch immer, Wippen genannt wurden. Ein lustiges Völkchen, diese Ostfriesen. Die Wippe ließ sich erstaunlich leicht ziehen, und bereits nach zehn Minuten erreichte Velten das *Haus am Meer.* Das größte Hotel der Insel thronte malerisch auf den großen Dünen und überragte wie ein Schloss das unter ihm liegende Dorf. Kein Wunder, dass Bramberger genau dieses Hotel haben wollte.

Veltens Zimmer war ein schmaler Schlauch, aber für eine Person ausreichend groß. Gegenüber dem Bett stand ein kleiner Schreibtisch samt Stuhl, ein Flachbildfernseher war an die Wand gedübelt, den Rest des freien Platzes beanspruchte eine überdimensionierte Standleuchte. Das Fenster bot einen fantastischen Blick auf die freie Nordsee. Wenn er von hier aus immer nach Norden segelte, käme er direkt in Norwegen an, oder aber, wenn er sich beim Kurs um wenige Grad verrechnete, am Nordpol.

Die Suite des Bundespräsidenten war eine Etage über ihm, in der obersten der drei Etagen. Mit seinem Stab und den Personenschützern würde Bramberger die Zimmer des gesamten Flures in Anspruch nehmen.

Es wurde Zeit, mit der Arbeit anzufangen. Bramberger würde sich sicherlich viel im öffentlichen Raum aufhalten, der nur schwer zu hundert Prozent kontrollierbar war. Die Abwehr spontaner Störer, also von Leuten, die ihn erkannten und bedrohten oder vielleicht sogar körperlich angriffen, war eine Routineaufgabe des operativen Personenschutzes, damit musste er sich nicht befassen.

Das Erkennen und Vereiteln echter Attentatspläne war ungleich komplexer. Dabei waren die Möglichkeiten der Prävention leider nach wie vor überschaubar, da hatten es die Dienste anderer Staaten deutlich einfacher. Wenn der amerikanische Präsident unterwegs war, sperrte der Secret Service die anliegenden Straßen und schweißte sämtliche Kanaldeckel zu, um mögliche Bombenanschläge zu vereiteln. So weit gingen die Befugnisse der Personenschützer in Deutschland bei Weitem nicht.

Aber ob man ein Attentat so wirklich verhindern konnte? Das Attentat durch einen fanatisierten Einzeltäter, der auf eigene Faust und aus persönlichem Groll handelt, lässt sich im Vorhinein nur schwer erkennen. Viele dieser Laien scheiterten zwar an der Umsetzung ihrer Pläne, weil sie den operativen Personenschutz nicht überwinden konnten, oder schlicht aufgrund fehlenden Know-hows. Trotzdem waren sie gefährlich, da sie teilweise ohne Rücksicht auf ihre eigene Gesundheit agierten. Die schlimmsten Beispiele dieser Art, und nicht nur deshalb der Horror aller Sicherheitsbehörden, waren Selbstmordattentäter.

Den gezielten Anschlag eines professionellen Killers, oder vielleicht gar eines Killerkommandos, konnte man schlicht nicht verhindern, da war sich Velten sicher. Und bei der abgefangenen Nachricht, die Dr. Meyer erwähnt hatte, sprachen allein die Rahmenbedingungen schon für einen Profi: Dark Web, Verschlüsselung, Einmal-E-Mail-Adressen, vereinbartes Entgelt. Darum wählte er einen anderen Ansatz.

Ein Profi benötigte nicht nur einen Anschlags-, sondern auch einen Fluchtplan. Es galt also, die Chance einer unbemerkten Flucht von Juist oder eines erfolgreichen Untertauchens dort auf nahezu null zu drücken. Dafür war Juist als Insel nahezu perfekt: Eine Insel konnte man abschirmen, kontrollieren, die Anzahl der zu beachtenden Parameter war eingeschränkt.

Velten breitete die Inselkarte aus, die er am Vortag mit einem Plotter auf DIN A0 hatte vergrößern lassen. Die Insel war zwar übersichtlich, aber ohne Auto waren die zurückzulegenden Entfernungen in der Tat nicht zu unterschätzen. Er würde je einen Tag für den Westen und Osten der Insel brauchen, um sich einen groben Überblick zu verschaffen. Dann blieb am Freitag noch genug Zeit, die Ergebnisse zusammenzufassen und sich tiefer gehende Gedanken zum Sicherheitskonzept zu machen. Drei Tage intensiv eine Urlaubsinsel erkunden: kein übler Einstieg in einen Einsatz.

Für den heutigen Tag war neben der Erkundung des Dorfes nur ein Termin bei Kommissar Jepsen geplant, der die kleine Polizeiwache in der Carl-Stegmann-Straße leitete. Es wurde Zeit, ihn in die Urlaubsplanung des Staatsoberhauptes mit einzuweihen.

Velten ging zu Fuß, natürlich. Es war ja nur knapp ein halber Kilometer. Der Spaziergang führte ihn wieder mitten durch das Zentrum des Dorfes. Die Leute, die ihm entgegenkamen, waren meist mittleren Alters, einige Familien, dazu ein paar wenige, meist sportliche Rentner. Man trug Windjacken über dem Hemd oder der Bluse, gerne kombiniert mit einer Sonnenbrille.

Velten passierte die Inselkirche mitsamt ihrem separaten Turm, der ihn wegen seines seltsamen Betonunterbaus irritierenderweise an eine Rakete erinnerte, und konnte am Ende der Straße bereits sein Ziel sehen. Ein roter Backsteinbau, wie eigentlich alle Häuser hier, nur das unauffällige blaue Schild verriet, dass es sich um eine Polizeiwache handelte.

»Moin.«

Als sich Velten dem Inselsheriff vorstellte, war dieser alleine auf der Wache. Sein Kollege sei mit dem Fahrrad im Loog, wo ein Pferdefuhrwerk mit einem Fahrrad kollidiert sei. Klaus Jepsen sah aus, wie Velten sich einen typischen Inselsheriff vorgestellt hatte: zwei Meter groß, strohblonde Haare, ein wettergegerbtes Gesicht. Er strahlte eine natürliche Autorität aus, die man in keinem Führungsseminar erlernen konnte.

Der Hüne führte ihn in ein karges Büro. Auf den beiden Schreibtischen lag je ein Notebook, an der Wand hing eine schwarz-weiße Bahnhofsuhr, darunter ein Kalender. Das Fenster bot einen Blick auf eine Wildwiese, dahinter lag der dem Wattenmeer zugewandte Deich.

»Ein Kriminalhauptkommissar. Aus der Hauptstadt. Na schau mal einer an.«

Bei der Bemerkung kam sich Velten vor wie ins 19. Jahrhundert zurückversetzt, wo er als preußischer Bote der Provinz die Ankunft des Kaisers ankündigte. Na ja, die Wirklichkeit war nicht weit davon entfernt.

»Wir möchten so wenig Aufmerksamkeit wie möglich«, erklärte Velten. »Wenn es gut läuft, erfährt die Öffentlichkeit erst nach Brambergers Abreise durch eine Presseerklärung, dass er seinen Urlaub auf Juist verbracht hat. Der Personenschutz wird sich um alles Notwendige kümmern. Es ist uns nur wichtig, dass Sie schon einmal grundsätzlich Bescheid wissen, falls wir doch Ihre Unterstützung benötigen sollten.«

Jepsen hörte aufmerksam zu, die Arme blieben vor der Brust verschränkt. »Wie ist das genau von Ihnen vorgesehen? Wir tun so, als wäre nichts, sind aber für Sie eine Art Hilfspolizei auf Abruf? «

Genau. Aber er hatte es freundlicher verpacken wollen.

»Wir machen unseren Job, Sie machen Ihren Job«, antwortete Velten freundlich. »Die nächsten zwei Wochen werden so ablaufen wie immer. Abgesehen davon, dass Sie temporär einige Kollegen vom Festland bekommen, offiziell als allgemeine Unterstützung.«

»Also kein Ausnahmezustand?« Jepsen griff nach seiner großen Teetasse.

»Wie gesagt, wenn alles gut läuft.« Velten skizzierte Jepsen die abgefangene E-Mail. Diese Information sei vertraulich zu behandeln. Hoffentlich nahm Jepsen den Vertrauensbeweis an. »Sie kennen die Insel am besten. Sagen Sie mir bitte Bescheid, wenn Ihnen etwas Ungewöhnliches auffällt. Egal was.«

»Okay.« Jepsen legte beide Hände um seine Tasse. »Ich weiß, dass das nicht die Liga ist, in der wir vom Dorf mitspielen können. Wir machen das mal so, wie Sie vorschlagen.«

Gerne hätte er die Gedanken seines Gegenübers gelesen, doch Jepsen verzog keine Miene. Velten dachte, dass er gegen ihn niemals Poker spielen wollte. Der Handschlag zum Abschied war kurz und kräftig.

Am Nachmittag stand für Velten das Erkunden der näheren Umgebung auf dem Programm. Er ließ sich durch das Städtchen treiben, wie er das Hauptdorf für sich nannte. Ja, es war nett anzuschauen. Kleine Gassen, viel roter Klinker, rote oder dunkle Dachziegel. An vielen Häuserwänden fanden sich Schaukästen mit Angeboten für Ferienwohnungen, meistens mit dem Hinweis, dass alle Zimmer zurzeit belegt waren. Zwei Mini-Supermärkte, einige

Tante-Emma-Läden, in denen man morgens Brötchen und die Zeitung holte. Im Souterrain eines Wohnhauses wurden gemäß Aushang wochentags zwischen acht und zehn Uhr Deichkäse, Sanddornmarmelade, Nordseeschinken und andere kulinarische Spezialitäten verkauft. Rund um das Zentrum wechselten sich Nippesläden, die Teetassen mit Leuchtturm- oder Möwenmotiven, Plüschrobben oder hölzerne Dekoartikel mit maritimen Sinnsprüchen anboten, mit Geschäften für hochpreisige Mode ab.

Nur wenige flache, gedrungene Friesenhäuser erinnerten an eine Zeit, in der das Leben auf Juist noch arm und entbehrungsreich gewesen war, und verströmten gleichzeitig das wohlige Flair einer Art Nordseeidylle. Die Straßen waren sauber, die Grünflächen gepflegt. Inzwischen lebten die Insulaner eindeutig ganz gut vom Tourismus.

Am Kurplatz befand sich ein mit einer steinernen Brüstung versehener Teich, an dem Kinder mit ihren Vätern Modellschiffe fahren ließen. Gegenüber lächelte einladend eine Kneipe, als ob sie auf ihn gewartet hätte.

Warum denn nicht?

Dunkle Holzvertäfelung, viel Messing in Marine-Optik, gedämpftes Licht, tausend Kleinigkeiten und Gedöns, genau wie man es von einer alten Seemannsspelunke erwarten würde. Es war eng, aber gemütlich, die Musik störte nicht, die Preise waren fair, nicht mal drei Euro für ein Pils, da konnte man nicht meckern, von Inselaufschlag keine Spur, und gerade wurde ein Platz an der Bar frei. Kurz entschlossen schwang sich Velten auf den Barhocker.

Die Frau links neben ihm, vielleicht Ende vierzig, saß ohne Begleitung vor einer Weinschorle. Sie verfolgte stumm das Billardturnier, das mit heruntergeregelter Lautstärke auf dem einzigen Fernseher übertragen wurde. Eine schmale Folge nordischer Runen war zwischen ihre Schulterblätter tätowiert, ein Versuch, Individualität zum Ausdruck zu bringen. Sie wollte in Ruhe gelassen werden. Zum Alleinsein in eine Kneipe gehen – früher einmal hatte Velten verständnislos auf solche Leute herabgeblickt.

Nach dem zweiten Pils kam er mit den Mitgliedern eines Dartklubs aus Düsseldorf ins Gespräch, nach dem vierten warf er ein paar Pfeile mit ihnen, nach dem fünften hatten sie ihn beinahe schon im Verein aufgenommen. Nach dem siebten mussten die Jungs gehen, weil ihre Familien auf sie warteten. Schade, der Abend hatte so gut angefangen.

Es war gerade erst halb neun. Velten trat einen Schritt zurück, um zu sehen, was inzwischen im Fernsehen lief, und stolperte.

»Aua!«

Als er sich umdrehte, sah er in das freundliche Gesicht einer Frau um die dreißig mit blonden, ungebändigten Haaren.

»Oh.«

»Der untere von beiden war mein Fuß.«

»Es tut mir leid …« Sie war zum Glück nicht beleidigt. Eher schien sie gespannt darauf, was er jetzt sagen würde.

»Kann ich dir ein Bier ausgeben?«

»Na, das ist ja mal eine interessante Masche.« Die vorwurfsvolle Miene war nur aufgesetzt, eindeutig. Sie lächelte. »Okay. Hier im Norden trinkt man übrigens Rum.« Sie prosteten sich zu. Ihr Name war Juna. Ihr linker Unterarm steckte in einem weißen Verband, Surfunfall, meinte sie achselzuckend. Ihr Lachen war herzlich und ansteckend. Brems dich, mahnte er sich selbst. Geh jetzt ins Hotel und auf dein Zimmer. Allein.

Nein, er wollte nicht. Jede gute Geschichte fängt mit einem Trinkgelage an. Sie sprachen über Unfälle, Zufälle, Glück im Unglück, und das Leben an sich. Und über die Gründe, die einen gerade an diesen Ort auf der Landkarte gebracht hatten.

»Die Arbeit«, sagte sie und erzählte etwas über *House sitting* von Ferienwohnungen, Sportkurse am Strand, Fitness, Yoga und Schwimmen.

»Die Flucht vor der Arbeit«, sagte Velten und versuchte zu verdrängen, dass er in Wirklichkeit ebenfalls beruflich hier war.

»Wir könnten unterschiedlicher nicht sein«, sagte sie.

»Besser gegensätzlich als langweilig.« Verdammt, versuchte er zu flirten? Er sprach bereits schneller, als er denken konnte.

»Wer weiß, vielleicht finden wir noch ein paar Gegensätze?« Und spielte sie das Spiel wirklich mit?

Sie erzählte, wie sie von einem Bauernhof in der Nähe von Norden in die große, weite Welt hinausgezogen war, erst nach Emden, dann nach Hamburg, dann nach New

York, alles sei toll gewesen. Aber eines Tages hatte sie aus ihrem Fenster in der fünfunddreißigsten Etage auf den Central Park geblickt, und ihr war klar geworden, dass sie das alles satthatte. Dass sie in einer Sackgasse angekommen war.

»Jedenfalls, jetzt bin ich hier.« Sie brach mit ihrer Geschichte ab, und er wusste sofort, dass sie beinahe mehr erzählt hätte, als ihr recht war.

Zwei Rum später gesellte sich eine Freundin von Juna zu ihnen, deren Namen Velten sofort wieder vergessen hatte. Sie war zwar ebenso fröhlich und entspannt wie Juna, aber er wäre lieber zu zweit geblieben. Drei waren eine zu viel. Das Gespräch kam ins Stocken.

Einen weiteren Rum und ein Pils später verabschiedeten sich die beiden von ihm. Juna legte dabei ihre Hand auf die seine, einen Sekundenbruchteil länger, als er es erwartet hatte. Vielleicht würde man sich ja die Tage noch einmal treffen?

Er bestellte noch einen Rum, einen letzten, um wieder nachdenken zu können, und zur Sicherheit noch einen allerletzten. Die Sache mit dem Nachdenken klappte trotzdem nicht. Beim Hinausgehen schaute Velten nach oben, der Himmel war voller Sterne. Fantastisch, so etwas konnte man in der Großstadt nicht sehen. Als er sich nach hinten lehnte, begannen sich die Sterne zu drehen, hagelten, Leuchtstreifen ziehend, zu ihm herab. Beinahe wäre er umgekippt.

Als am nächsten Morgen wieder um 05:30 der Wecker zu piepen begann, wusste er nicht mehr, wie er in das

Zimmer gekommen war. Schwankend suchte er sich den Weg zur Dusche. Die Erinnerungen an den späteren Abend verloren zunehmend an Schärfe, bis zur Unkenntlichkeit, überlagert von einer dunklen Sorge. Er hatte viel dummes Zeug erzählt, um diese Juna zu beeindrucken. Ziemlich viel, vielleicht auch zu viel. Mit Todesverachtung regelte er die Wassertemperatur der Dusche auf das Minimum und drehte den Hahn auf.

3

MIT ROUTINIERTEN HANDGRIFFEN band Julia Miller ihre
Haare zu kleinen Zöpfen, fixierte diese mit dünnen Haar-
gummis und steckte sie mit Klammern am Hinterkopf fest.
Dabei ließ sie ihre Gedanken schweifen, bis sie ins Nirgendwo trieben, während die Hände wie automatisch weiter arbeiteten, ein Ritual, das ihr ein Gefühl der Sicherheit
gab: Alles war bereits durchdacht, kein Störgefühl mehr,
alle Risiken waren einkalkuliert.

Mit einem Blick in den Spiegel vergewisserte sie sich, dass
sie keine Strähne vergessen hatte. Dann legte sie eine Unter-
ziehhaube über die fertig präparierten Eigenhaare. Früher
hatte sie bei einigen Einsätzen noch ohne gearbeitet, dann
aber gerade bei körperlicher Anstrengung unter einem ständigen Juckreiz gelitten. Ungünstig für Tätigkeiten, bei denen
man sich konzentrieren musste. Sie befestigte an Stirn, Nacken und Schläfen Klebestreifen, und stülpte sich die Perücke
mit den dunkelbraunen Haaren und dem Seitenscheitel über
den Kopf. Der feine Tüllstoff der Stirnpartie lag nahezu perfekt auf, wie eine zweite Haut. Puder und ein minimales
Make-up reichten aus, um den Übergang zu kaschieren.

Es musste mehr eine Verwandlung als eine Verkleidung sein. Es ging nicht darum, ein anderes Bild seiner selbst zu sein, sondern jemand anderes, eine glaubhaft andere Persönlichkeit. Anderer Name, anderes Aussehen, anderes Sein. Ihr wahres Ich war nur eine von vielen Identitäten, die sie beliebig aus- und anziehen konnte.

Diese hier hatte sie auf der Insel noch nicht verwendet. Die hochgeschlossene Windjacke in Grüntönen und die blaue Jeans waren maximal unauffällig, ebenso wie die Handtasche aus Jute, in der sie das separate Fach für ihre Ruger SR22 eingearbeitet hatte. Sie würde die Pistole bei diesem Einsatz erst einmal nicht gebrauchen. Trotzdem reinigte sie die Waffe sorgfältig, füllte das Magazin auf und lud schließlich durch, sodass lediglich der Sicherungshebel ein versehentliches Auslösen verhinderte. Es galt, sich auch auf das Unerwartete vorzubereiten. Hans Brann war ein gefährlicher Mann und nur zu einem gewissen Grad berechenbar. Er selbst hatte sich einmal ohne jede Selbstironie als ein moralbefreites Monster vorgestellt. Vor einer knappen Stunde müsste er auf der Insel eingetroffen sein.

Sie schloss die Tür zweimal ab, schulterte den Rucksack und setzte die dunkle Sonnenbrille sowie eine Baseballcap auf. Auf der Karl-Wagner-Straße passierte sie die verwaisten Tennisplätze und nahm den kurzen Anstieg zur Strandpromenade. Eine hölzerne Brücke führte weiter zu einem vergleichsweise wenig frequentierten Aussichtspunkt. Weder dort noch auf der Promenade waren Menschen zu sehen, die meisten Touristen nutzten andere Übergänge durch die Dünen – vorwiegend die, an denen sich auch Gastronomiebetriebe befanden. Als sie oben angekommen war, blickte sie auf den riesigen Strand. Es war Niedrigwasser. Feine, helle Sandfäden wehten über die dunklen, gerade trockengefallenen Bereiche in der Nähe des graublauen Meeres, bildeten ständig wechselnde Muster, wie von unsichtbaren Händen gezogen.

Zwei Strandsegler rasten an der Wasserkante entlang, überholten sich gegenseitig. Ein Wettrennen. Der mit dem roten Segel lag besser im Wind, sie war sicher, er würde gewinnen. Außerdem hatte sie sich vor einer knappen Woche zufälligerweise mit dem Piloten unterhalten. Dabei hatte sich herausgestellt, dass er ein Profi war, ein ehemaliger Vizeeuropameister im Strandsegeln. Informationen wie diese waren Kleinigkeiten, die man nur erfuhr, wenn man Zeit für einen Auftrag mitbrachte. Zeit, die Begebenheiten vor Ort kennenzulernen. Inzwischen kannte sie diese Insel, als wäre sie hier geboren worden – und damit auch die Möglichkeiten, die ihrem beruflichen Interesse dienlich waren.

Nach fünf Minuten sah sie, wie Hans Brann über die Promenade auf sie zukam. 1,75 Meter pure Muskelmasse. Die Hände hatte er in den Hosentaschen vergraben, den Kragen der schwarzen Lederjacke hochgeklappt, die Schultern zum Stiernacken zusammengezogen. Unter seinem Vollbart bewegten sich die Kiefer, er kaute ein Kaugummi.

»Scheiß Wind.«

»Ich hoffe, das stellt kein Problem für Sie dar?«

»Machen Sie sich darum mal keine Sorgen.«

»Ist Ihnen jemand gefolgt?«

Seine Augen blitzten aggressiv auf. Er war kein Anfänger. »Schluss mit Small Talk. Gehen Sie voran, ich folge.«

Noch immer war niemand außer ihnen beiden zu sehen. Sie nickte, wenn auch widerwillig. Brann sollte sich bloß nicht einbilden, Anweisungen geben zu können. Bestimmt sah er ihr die ganze Zeit auf den Hintern. Männer waren so, vor allem die seines Schlages, das war schlicht eine Tatsache. Früher hatte sie das gelegentlich für ihre Zwecke ausgenutzt.

Auf der Dünenstraße wandten sie sich nach links, in Richtung Flugplatz. Kurz vor dem Inselhospiz bog sie in einen unscheinbaren Trampelpfad ab, der zwischen hohen, überhängenden Büschen ein Stück in die Dünen führte und dann einen weiten Bogen zur Rückseite eines Ferienhauses schlug.

»Das Haus hat mehrere Wohnungen, aber nur Ihre hat eine separate Terrasse. Sie ist von den Fenstern der anderen Wohnungen aus nicht einsehbar. Es ist eine ehemalige Einliegerwohnung des vor zwei Jahren gestorbenen Großvaters der Eigentümerfamilie.«

Durch ein rostbraunes Gartentor, das früher einmal grün gewesen sein musste, betraten sie das Grundstück. Grashalme und Unkraut wuchsen zwischen den Bodenplatten, Brombeerbüsche überwucherten einen brusthohen Holzzaun, nahmen einem vernachlässigten Gemüsebeet das Licht.

Julia Miller schloss die Terrassentür auf. Abgestandene Luft schlug ihnen entgegen. Die zugezogenen blauen Stoffvorhänge ließen nur wenig Licht der Nachmittagssonne hindurchsickern, der Raum lag im Halbdunkel.

»Ein Hausverwalter legt Ihnen ab morgen Brötchen und Croissants vor die Wohnungstür, außerdem jeden Freitag frische Bettwäsche und Handtücher. Einen Putzservice gibt es nicht. Von den anderen Wohnungen sind erst zwei belegt. Sie werden hier weitestgehend ungestört sein.«

Brann zückte ein flaches Gerät, aus dem eine kurze, dicke Antenne herausragte. Ein Multi-Detektor zur Ortung von Funksignalen. Langsam durchschritt er Bad, Wohnküche und Schlafzimmer, sie folgte ihm. Sie kam sich schon fast wie eine Wohnungsmaklerin vor. Erst am Tag zuvor hatte sie selbst mit einem ähnlichen, allerdings moderneren Gerät die Wohnung überprüft, wohlwissend, dass man damit ein passives Abhören, wie es inzwischen State of the Art war, nicht würde bemerken können. Schließlich brummte Brann, wahrscheinlich war er zufrieden.

»Mein Werkzeug?«

Sie legte den Rucksack auf das Bett, entnahm einen schwarzen Hartschalenkoffer, der dem Aufdruck nach zum Transport von Angelzubehör diente. Beim Aufklappen falteten sich drei mit Schaumstoff ausgelegte Ebenen heraus, in deren Aussparungen die Einzelteile eines Zastava M76 lagen, dem Standard-Scharfschützengewehr der ehemaligen jugoslawischen Armee.

»Zeigen Sie es mir.«

Mit spitzen Fingern zog sie weiße Latexhandschuhe über beide Hände und setzte die Waffe zusammen. »Sie ist geeicht, ich habe es selbst überprüft. Sie haben Munition für dreißig Schuss.«

Sie ließ das Magazin einrasten und warf das Gewehr auf die Bettdecke, wo es durch sein Eigengewicht in einer tiefen Mulde verschwand. Der Kolben und der Pistolengriff waren aus Holz gefertigt. Zusammen mit den Blechprägeteilen erinnerte das Gewehr an eine Kalaschnikow. Es war letztendlich einfacher als gedacht gewesen, so ein Ding zu besorgen. Nach den Balkankriegen waren nicht wenige Exemplare nicht wieder in die Waffendepots der Armeen zurückgekehrt, und der ewige Krieg in Syrien und im Nordirak hatte den Schwarzmarkt für Waffen aller Art im Nahen Osten aufblühen lassen.

Eine durchaus verlässliche und robuste Waffe, aber Millers Einschätzung nach trotzdem der Schwachpunkt in einem ansonsten perfekten Plan. Ein westliches Fabrikat wäre ihr lieber gewesen. Zwar konnte man mit dem Gewehr, was Reichweite und Durchschlagskraft betraf, von hier aus ein auf dem Festland grasendes Schaf erschießen, aber ab einem Kilometer Entfernung ließ die Genauigkeit so langsam zu wünschen übrig. Sie würden ziemlich genau an der Leistungsgrenze arbeiten. Dafür konnte man mehrere Schüsse schnell nacheinander abgeben, das Magazin fasste zehn Patronen, nach einem Fehl- oder Streifschuss blieb so noch die Gelegenheit für einen zweiten oder eventuell sogar dritten Fangschuss.

Wie auch immer. Hans Brann hatte auf der Waffe bestanden, also sollte er sie auch bekommen. Die Landschaft der Insel war für den Einsatz eines Präzisionsgewehrs wie geschaffen: Die Dünen boten gute Möglichkeiten, sich zu verstecken, zugleich gab es viele äußerst flache Bereiche ohne natürliche Erhebungen, die Wege waren frei einsehbar, sodass ein Treffer aus großer Entfernung nicht nur möglich, sondern auch sehr wahrscheinlich war. Früher oder später würde Bramberger aus seinem Hotel herauskommen und die Natur genießen wollen. Miller hatte bereits mehrere gute Positionen ins Auge gefasst.

Brann nahm das Gewehr auf. Schneller als erwartet hatte er das Magazin durchgeladen und legte auf Miller an. Er grinste.

»Sie sind unvorsichtig.«

»Machen Sie keine Show«, erwiderte sie ungerührt. So etwas Ähnliches hatte sie beinahe erwartet. Als sie das Haus verließen und wieder durch verlassenen Garten liefen, verriet sie ihm beiläufig, dass die oberste, sich jetzt im Lauf befindliche Kugel nur eine Platzpatrone war.

4

VOM HOTEL AUS einmal um den kleinen Binnensee und wieder zurück waren es zehn Kilometer, genau so lang wie seine übliche Strecke in Berlin. Ideal, um seine Morgenroutine aufrechtzuerhalten. Routine und Disziplin gaben ihm Halt, und das war gut. Die flachen Sonnenstrahlen waren noch zu schwach, um echte Wärme zu spenden, sie schoben sich über goldene Dünenkämme und die zwei stumpfen Betonsockel an der Ostseite des Hammersees, die im Zweiten Weltkrieg wohl mal eine wichtige Radaranlage getragen hatten. Heute war dort nichts mehr, die Eingänge waren verschüttet und zugemauert, er hatte die Stelle selbst in Augenschein genommen. Nur noch hässliche Relikte aus der Vergangenheit, aus einem anderen Deutschland. Ein Mahnmal gegen das Vergessen.

Die Luft zerrte kühl an seiner Haut und ließ ihn angenehm frösteln. Heute würden er und Svenja sich wiedersehen. Wie sie wohl inzwischen aussah? Bestimmt hatte sie sich kaum verändert, sie war einer dieser Menschen, die selbst im hohen Alter noch Energie und Jugendlichkeit ausstrahlen würden.

Die letzten Meter seiner Laufstrecke führten ihn über die Strandpromenade, oben auf dem Kamm der Nordseedünen. Von links leuchtete der Strand weiß zu ihm hoch, rechts erwachte das Dorf, ein Pferdekarren rumpelte über die Pflastersteine einer schmalen Straße. Eigentlich wollte er hier zu seinem Schlussspurt ansetzen, wie er es zwei Tage zuvor getan hatte. Nein, heute nicht, ihm war nicht danach. Er lief lockerer, ließ die Arme fallen, wurde wie von selbst langsamer, bis er für die letzten Meter in ein gemütliches Schlendern wechselte. Er genoss die Aussicht, noch außer Atem, aber ansonsten angenehm entspannt. Mit dem linken Ärmel wischte er sich den Schweiß vom Gesicht, bemerkte, wie sich seine Mundwinkel nach oben zogen. Der Lauf war ein guter Start gewesen. Lass es gut sein, mach Frieden mit dir. Dienstagabend war nur ein Betriebsunfall gewesen. Gib der Zeit hier eine Chance.

Er erlaubte sich, mit seiner bisherigen Arbeit auf der Insel zufrieden zu sein. Er hatte Pläne und Karten gewälzt, die Straßen des Dorfes sorgfältig erkundet, war sowohl am Ost- als auch am Westende gewesen. Hatte die Risiken der nicht einsehbaren Pfade des Wäldchens im Westen und des scheinbar endlosen Strandes bewertet. Er hatte den Wellen der Nordsee gelauscht, wie sie immer und immer wieder gegen die Insel anrollten, und die Bewegungen des Strandhafers beobachtet, der stoisch dem Wind trotzte. Er hatte von der Terrasse seines neuen Lieblingsrestaurants, das sanft auf einer Düne über dem Meer thronte, in den Sonnenuntergang geblickt, sich ein Glas Weißwein gegönnt und den Tag noch einmal Revue passieren lassen. Wenn er einen Anschlag begehen wollte, wo und wie würde er es anstellen? Gar nicht, war die Antwort, jedenfalls nicht hier.

Nicht weil es hier so idyllisch war, auch wenn das zweifellos zutraf. Sondern weil sich die Insel einfach zu gut absichern ließ. Egal auf welche Weise ein Attentat durchgeführt werden sollte, als Giftmord, mit Sprengstoff oder Schusswaffe, in keinem Fall konnte ein Attentäter völlig unbemerkt anreisen. Alle Gäste mussten entweder per Flugzeug, Fähre oder mit einer privaten Jacht auf die Insel kommen. Ein heimliches Anlanden an anderen Stellen war so gut wie unmöglich.

Zusammen mit Mark Cramer und Maxi Holmann hatte Velten die neuen hochauflösenden Kameras platziert, eine am Flughafen und zwei am Hafeneingang. So war es ein Leichtes, sämtliche An- und Abreisenden zu filmen und die Bilder durch die Gesichtserkennungssoftware zu jagen, die alle biometrischen Daten erfasste. Dabei konnten sie en passant einen Abgleich mit den Fahndungsfotos der bekannten Gefährder durchführen. Eine Totalabdeckung war nie umsetzbar, aber das hier kam ihr schon ziemlich nahe.

Natürlich war die Gesichtserkennung nur ein Werkzeug, und das hatte seine Grenzen. Schon ein Vollbart konnte die Konturen eines Gesichts wesentlich verändern und damit für die Software eine eindeutige Identifizierung erschweren. Oder auch das Fehlen eines vorher getragenen Vollbarts. Eine Tatsache, die Attentäter mit islamistischem Hintergrund für sich nutzten, von denen es deshalb auch nur Fahndungsfotos mit Vollbart gab und die sich mit einer einfachen Rasur ein neues Aussehen geben konnten.

Und von Profis existierten sowieso keine Aufnahmen. Von Profis begangene Morde zeichneten sich dadurch aus, dass es keine Tatverdächtigen gab. Ein echter Profi war nicht als solcher zu erkennen, entsprach nicht dem Hollywood-Bild des einsamen Auftragsmörders, des gestählten Einzelkämpfers mit Kriegserfahrung. Meist waren diese Leute ganz unscheinbar.

»Super, dass ihr die Kameras schon installiert habt«, sagte Svenja Jenner. Sie hatten einen Tisch im Außenbereich eines auf einem einsamen Hügel gelegenen Cafés auf halbem Weg zwischen Dorf und Flugplatz. Zu ihrer Seite breitete sich das Wattenmeer aus und schwappte gemütlich gegen die vorgelagerten Salzwiesen.

Svenja machte einen müden Eindruck. Ihre großen Augenringe schimmerten unter dem sparsamen Make-up durch. Die schulterlangen Haare wurden nachlässig von einem einfachen Haarband zusammengehalten. Sie tunkte den Teebeutel in die Tasse und zog ihn gedankenverloren wieder hoch. »Wie macht man das noch mal? Erst Zucker, dann Milch, oder andersherum? Muss man umrühren, oder darf man das nicht?«

»Was? Worum geht es?«

»Ostfriesische Teezeremonie. Schon mal gehört?« Sie blickte Velten vorwurfsvoll an. »In Ostfriesland gibt es eine eigene Tradition, wie man Tee zubereitet und auch trinkt, das steht in jedem Reiseführer.«

»Ich glaube, die Ostfriesen trinken ihn gerne heiß.«

»Haha. Schwach, Herr Kollege. In meinem Team ist es üblich, dass man sich mit den Bräuchen der Eingeborenen vertraut macht, bevor die Expedition losgeht.« Sie warf ihm einen nicht ernst gemeinten tadelnden Blick zu und beförderte dann den Teebeutel auf die Untertasse. »Okay, Scherz beiseite. Schön, dass wir mal wieder zusammenarbeiten.«

»Schade, dass es dafür erst einen Auftragsmörder brauchte.«

»Da du es ansprichst: Mein Team weiß nichts von der Meldung der Amis. Und ich möchte, dass das so bleibt.«

»Warum?« Das verwirrte ihn. Wenn sie das Team über einen möglichen Auftragsmörder informierte, wäre es doch mit erhöhter Aufmerksamkeit im Einsatz.

»An neunundneunzig Prozent der Warnungen ist doch eh nichts dran. Und ich möchte nicht, dass in späteren Einsätzen die Aufmerksamkeit sinkt. Sie müssen immer mit voller Konzentration bei der Sache sein, nicht nur hier.«

Aus ihr sprach die Erfahrung der letzten Jahre. »In Ordnung«, meinte er, »du leitest den Einsatz.« Wohl war ihm dabei nicht.

Svenja waren insgesamt zehn Personenschützer unterstellt, die im Schichtdienst rund um die Uhr für Bramberger im Einsatz waren. Eine Früh- und eine Spätschicht mit je vier Leuten und außerdem eine Nachtschicht, die aus zwei Leuten bestand. Mit vielen arbeitete sie schon seit Jahren zusammen, und, darauf wies sie ausdrücklich hin, sie würde für jeden ihrer Kollegen die Hand ins Feuer legen.

»Ach, Frieder Dittmann ist in deinem Team?« Velten deutete auf eines der Fotos. Er hatte Frieder aufgrund seines markanten Schnurrbarts sofort erkannt.

»Du kennst ihn? Er ist quasi meine rechte Hand.«

»Von früher. Er ist super, einer der wenigen Leute, mit denen ich mich duze. Wir hatten vor Jahren einen gemeinsamen Einsatz, als wir einen russischen Spionagering ausgehoben haben.«

Er verschwieg, dass sie ab und zu ganz schön aneinandergeraten waren, weil Frieder, der ihm damals unterstellt gewesen war, vehement für einen früheren Zugriff plädiert hatte. Eine Zeit lang hatte er ein Autoritätsproblem bei Frieder vermutet. Aber letztlich war es ihm immer nur um die Sache gegangen, und sie hatten sich jedes Mal wieder zusammengerauft. Ja, Frieder war manchmal schwierig. Aber wenn es drauf ankam, konnte man sich auf ihn verlassen, dachte Velten.

Svenja stellte ihm der Reihe nach die restlichen Teammitglieder vor. Manche von ihnen kannte Velten vom Sehen, andere sagten ihm nichts. Zusätzlich zu den Personenschützern gab es noch einen elften Mann in Svenjas Team: Ulf Larsen, den persönlichen Bodyguard von Bramberger. Er hatte bereits für Bramberger gearbeitet, als der noch Wirtschaftsminister gewesen war, und Bramberger hatte darauf bestanden, weiter von ihm begleitet zu werden. Natürlich war dem Wunsch entsprochen worden. Larsen verfügte zwar nicht über die gleiche Ausbildung wie die anderen, doch war es unüblich, etablierte Personenschützer auszutauschen. Ein persönlicher Bodyguard bekam zwangsläufig Einblick in das Privatleben seines Schutzbefohlenen, und das Vertrauensverhältnis, das dabei entstand, ließ sich nicht beliebig oft erneut aufbauen.

»Larsen ist schon in Ordnung«, erklärte Svenja. »Er verhält sich manchmal anders als meine Mitarbeiter und spielt sich wie Brambergers Erster Offizier auf, aber er versteht seinen Job. Wie alle anderen auch. Ich kann mir nicht vorstellen, dass einer von den elf Leuten uns verraten würde.«

Die Folgen, die ein Leck in der Sicherheitsorganisation haben konnte, waren kaum zu unterschätzen. Svenjas Team führte in Zusammenarbeit mit dem Verfassungsschutz auch die Sicherheitsüberprüfungen der anderen Mitarbeiter des Bundespräsidialamts durch. Und unter Bramberger gab es da durchaus einiges an Fluktuation. Ein illoyaler Mitarbeiter könnte im Zweifel weitere Lecks gerissen haben.

Svenja mahlte mit den Zähnen. Die Vorstellung, aus ihrem Team könnten interne Informationen abfließen, machte ihr offenbar zu schaffen.

»Ich dachte, die Schreibtischtäter würden uns unterstützen. Stattdessen überwachen wir uns jetzt gegenseitig. Ich bin froh, dass die Meyer dich und nicht jemand anderen geschickt hat.«

»Moment. Wie bitte? Meyer hatte mir gesagt, du selbst hättest die Meldung gemacht, dass Informationen abfließen?«

»Nein. Das war eine Idee aus der Zentrale.«

Seltsam, dachte Velten. Vielleicht hatte Dr. Meyer Svenja schützen wollen? Als ob das notwendig gewesen wäre. Einen Moment lang sah es so aus, als ob Svenja gekränkt wäre. Er beschloss, das Thema zu wechseln.

»Elf Leute. Das ist ein großes Team.«

»Die Zeiten sind stürmisch geworden. Sehr stürmisch. Gute Zeiten für unsere Budgets. Für ihre persönliche Sicherheit ist den Politikern kein Preis zu hoch.«

»Na, dann wird sich das ja demnächst sicher auch in unseren Gehältern niederschlagen.«

»Haha, ja, klar.«

Wieder einmal schwebte die Frage unausgesprochen im Raum, warum sie ihre Jobs eigentlich machten. Er war jetzt in der Blüte seines Lebens, wie es so schön hieß, und hatte keine Kinder, keine Frau, nicht mal eine Beziehung. Ihm blieb der bescheidene Ausblick auf mindestens zwanzig weitere Jahre Dienst, an deren Ende eine mittlere Pension wartete, die vielleicht für ein kleines Eigenheim reichen würde, wenn es dann eine Frau gäbe, die mit ihm dort leben wollte.

Beziehungen mit Polizisten waren schwierig, vor allem,

wenn der Partner nicht selbst der Polizei angehörte. Svenja war es ähnlich ergangen, das wusste er. Vor fünf Jahren hatte ihr Mann – wie hieß er noch? Jan? Keine Ahnung – sie für eine andere verlassen, mit der er etwas aufbauen wollte und es vor allem auch konnte. Svenja war unendlich traurig gewesen, natürlich, hatte es ihrem Mann aber nicht verübeln können. Bei ihr zu viel Stress, zu viel Härte gegen sich selbst. Bei ihm zu viele Unsicherheiten, zu wenig Verständnis für ihre Situation, weil er nicht bei der Truppe gewesen war. Sie hatten erst feststellen müssen, dass die Verliebtheit fehlte, dann die Nähe, und schließlich auch die Perspektive, dass sich das jemals ändern könnte. Jan lebte weiterhin in dem ehemals gemeinsamen Haus mit dem selbst gepflanzten Apfelbaum im Garten und dem Whirlpool auf der Dachterrasse, aber inzwischen mit einem anderen Nachnamen. Und zwei Kindern, von denen eines bereits in den Kindergarten ging.

»Am besten wäre es, wenn wir den Job hinschmeißen«, sagte sie.

Velten lachte. »Dann hätten wir ja gar nichts mehr.«

»Der ideale Zeitpunkt, neu anzufangen, meinst du nicht?« Mechanisch rührte sie mit dem Löffel in ihrer Teetasse. Sie blickte auf. »Lass uns besser wieder über den Einsatz reden.«

Sie hatte zusammen mit Frieder Dittmann die übrigen Gäste im *Haus am Meer* bereits einer Sicherheitsüberprüfung unterzogen. Es waren keine Auffälligkeiten dabei gewesen; einige Rentner, viele eher gut situierte Familien, nur wenige Einzelgäste. Hier waren keine Gefährder zu vermuten.

Velten erläuterte die von ihm ausgearbeiteten Routen, auf denen Gustavson mehrfach täglich die nähere Umgebung des Hotels mit dem Sprengstoffspürhund abgehen sollte. Außerdem hatte er der Inselpolizei zehn weitere Beamte zuweisen lassen, die allerdings noch nicht über den wahren Grund des Einsatzes informiert waren.

»Der Aufenthalt Brambergers unterliegt, so lange es geht, der Geheimhaltung. Nur die beiden Inselsheriffs wissen Bescheid. Den neuen Kollegen wurde gesagt, es gehe um die Aufrechterhaltung der Nachtruhe, weil es letztes Jahr um diese Zeit so viel Ärger mit Randalierern gab.« Er musste darüber schmunzeln. Ruhestörungen. Als ob Juist der neue Ballermann wäre.

»Gut so«, sagte Svenja. »Das hier soll alles so diskret wie möglich ablaufen.«

»Machen wir das Beste daraus. Vielleicht wird es ja einfach ein entspannter Urlaub.«

»Das ist das richtige Stichwort. Ich hab was für dich.« Sie griff in ihre Handtasche und zauberte ein flaches, in rot-weißes Geschenkpapier gehülltes Paket hervor. »Ein kleines Präsent. Ist mir gestern Abend in die Hände gefallen. Beziehungsweise es hat mich angelacht.«

Er wusste nicht, was er sagen sollte, also nahm er das Geschenk an. Ärgerlich, dass er nicht daran gedacht hatte, Svenja ebenfalls etwas mitzubringen. Frauen waren einfach besser in so was.

Zum Vorschein kam ein dünnes Taschenbuch.

»*Juister Mordsee*«, las Velten laut. »Der erste Fall für Mathilde Sommerblum.«

»Guck nicht so blöd. Ein Urlaubskrimi. Damit du weißt, wie gefährlich das Terrain ist, auf dem wir uns hier bewegen.«

5

JOCHEN BRAMBERGER SAH aus dem Fenster und über die Tragflächen, dachte daran, dass das da unten sein Land war. Er repräsentierte Deutschland. Er war Deutschland. Erst durch seine Unterschrift traten Gesetze in Kraft. Wie einst die Kaiser, auch wenn er im Gegensatz zu ihnen leider den Inhalt der Gesetze nicht mehr bestimmte. Er schwebte über den Dingen, der Respekt vor dem Amt übertrug sich auf ihn als Person, er konnte die Aura, die Macht, die ihn umgab, nahezu körperlich spüren.

Eigentlich hätte er zufrieden sein müssen, aber das war er nicht. Er trommelte mit seinen Fingern gegen die Bordwand. Zufriedenheit hieß Stillstand, Stillstand Bedeutungslosigkeit.

»Warum machst du das?«, fragte Anja genervt.

»Weil ich es kann.«

»Lass die Arbeit in Berlin.«

»Mach dir keine Gedanken.«

Es ging seiner Frau um Sabine Moost, die mit ihnen in dem kleinen Flugzeug saß, das war ihm schon klar. Anja hatte schon in Berlin die Augen verdreht, als er Sabine für die Zeit des Urlaubs als seine persönliche Medienberaterin bestimmt hatte. Zugegebenermaßen gab sich Sabine keine Mühe, sich mit seiner Frau in irgendeiner Weise gut zu stellen, eine Mühe, die wahrscheinlich ohnehin umsonst gewesen wäre.

»Stell dir vor, ich könnte gelegentlich ins Nachbarzimmer gehen und mit Larsen schlafen.«

»Tust du aber nicht, ich habe es ihm verboten.« Bramberger nahm ihren Kopf und zog ihn zu sich, sie widersetzte sich ihm, bis sich ihre Lippen berührten, dann gab sie auf, erwiderte seinen Kuss. »Du bist süß.«

»Irgendwann …« Sie beendete den Satz nicht.

»Ich mag es, wenn du eifersüchtig bist.«

Larsen auf der Sitzbank hinter ihnen sah stoisch an ihnen vorbei, als habe er nichts bemerkt – was eine absolute Fehleinschätzung gewesen wäre, Larsen bekam immer alles mit, meist noch bevor es tatsächlich geschah. Ein guter Mann. Er war noch niemandem begegnet, der so loyal war wie Larsen.

Der Platz neben Larsen und die Sitzbank hinter ihm waren leer, Sabine hatte ganz hinten in der letzten der vier Sitzreihen Platz genommen. Sie schaute nach vorne, ihre Blicke trafen sich. Bramberger mochte ihre großen Augen. Wahrscheinlich, weil sie mit ihnen das Kindchenschema so gut bediente, stellte er fest. Vielleicht war sie auch nur gut geschminkt.

Sabine provozierte. Ihre Karriere verlief steiler als die derjenigen, die immer nur mitschwammen. Ihr Auftreten war kühl, sachlich und präzise, ihre Röcke waren eine Handbreit kürzer als gewohnt, ihre Blusen stets körperbetont. Mit jeder Faser signalisierte sie, dass sie nach oben wollte und dass sie keine Rücksicht auf irgendjemanden zu nehmen gedachte.

Diese Einstellung gefiel Bramberger. Konkurrenz belebte das Geschäft und das Leben an sich. Aus einer Laune heraus hatte er dafür gesorgt, dass sie ein Zimmer auf der gleichen Etage zugewiesen bekam, in der auch Anja und er sowie die Personenschützer untergebracht waren. Die anderen Mitarbeiter seines Amtes waren in Berlin geblieben oder nutzten die Gelegenheit, auch einmal selbst Urlaub machen zu können.

Das Flugzeug überflog den letzten Deich am Festland, unter ihnen lag das von grau-blauen zu grau-braunen Farbtönen übergehende Wattenmeer, das in zwei Stunden Niedrigwasser haben würde.

In einer Viertelstunde würden sie schon wieder landen, und der Urlaub konnte beginnen. Wenn diese nervigen Personenschützer es denn zuließen und nicht zu sehr mit ihren Sicherheitsbedenken dazwischenfunkten. Larsen war ja in Ordnung, aber mit dieser Svenja Jenner war er schon im Osterurlaub mehrfach aneinandergeraten. Anfangs hatte er sie als etwas überpenibel abgetan, aber inzwischen kam es ihm so vor, als ob sie ihn warum auch immer nicht leiden konnte. Eine richtige Zicke. Falls sie zu sehr Stress machen würde, musste er mal mit der Leitung des BKA reden.

Das war Macht: Dinge beeinflussen zu können und

seinerseits einflussreiche Freunde zu haben, die einem zu Diensten waren. Und der Mut, diese Möglichkeiten voll auszuschöpfen.

Nur hatten sich in der letzten Zeit die Machtverhältnisse insgesamt verändert, es war schwieriger geworden, ohne dass er die Hintergründe dafür mitbekommen hätte. Einige Hebel, die früher so gut funktioniert hatten, griffen nicht mehr richtig. Tatsächlich brauchte er diesen schon lang geplanten Urlaub, diese Auszeit, um selbst wieder einmal in Ruhe über die politische Gesamtkonstellation nachdenken zu können, alleine, ohne die vielen Einflüsterer, die sich ständig in seinen Terminkalender drängelten.

Vor über fünfzig Jahren war er in die Politik gegangen, um die Welt zu einem besseren Ort zu machen. Hatte auf sich selbst vertraut. Wie naiv er damals doch gewesen war. Er gestand sich ein, gescheitert zu sein, vor allem an sich selbst. Vielleicht hatte es die Chance eines Sieges nie gegeben. Seine Mundwinkel verzogen sich zu einem bitteren Lachen. Manchmal erkannte man erst am Ende der Reise, weshalb man sie überhaupt angetreten hatte. Immerhin, ein kleines Ziel blieb ihm ja noch. Nach dem Urlaub.

Ein langer sandiger Streifen lag vor ihnen im Meer. Der Pilot, der direkt vor Anja saß, kündigte die Landung von *German Air Force 001* an. Obwohl er ein ziviles Flugzeug einer der Fluggesellschaften nutzte, die regelmäßig die Nordseeinseln ansteuerten, war das Rufzeichen der Maschine durch seine Anwesenheit fest vorgegeben. Er reiste schließlich privat, nicht inkognito.

6

EIN BAUUNTERNEHMER WAR hinterrücks in seinem Büro erschlagen worden, und während die Polizei sich vergeblich mühte, den Fall aufzuklären, waren Mathild Sommerblum, Inhaberin des Inselhotels, bereits mehrere verdächtige Zusammenhänge aufgefallen: Der Ermordete hatte nicht nur mehrere heimliche Liebschaften gehabt und mit dubiosen Geschäftspartnern in Kontakt gestanden, er war am Abend vor seinem Tod auch in einen heftigen Streit mit seinem leicht reizbaren Bruder geraten.

Veltens Ansicht nach waren das allerdings allesamt falsche Fährten. In Krimis sind die Mörder immer die unauffälligen, wie nebenbei eingeführten Personen. Also verdächtigte er die zweite Ehefrau, die der Bauunternehmer auf dem Festland kennengelernt hatte. Außerdem hatte sie Spielschulden, zumindest war das angedeutet worden.

Der Roman war gut zu lesen, beste Urlaubsunterhaltung, Velten war bereits zur Hälfte durch. Doch nun wurde es Zeit, in die Realität zurückzukehren.

Von seinem Platz auf der Sonnenterrasse des Flugplatzes aus konnte er das Treiben auf den Start- und Landebahnen gut beobachten. Irgendwie gehörte es für ihn dazu, die Ankunft Brambergers persönlich mitzuerleben, als Startschuss für den eigentlichen Einsatz sozusagen.

Die benachbarten Tische waren von Wandergruppen besetzt, die den Flughafen für eine Erholungspause nutzten, um bei netter Aussicht einen Snack oder eine Erfrischung zu genießen. Neben ihm klickte sich ein Hobbyfotograf durch das Display seiner Kamera, anhand der Fotos ließ sich die Route seines Spazierganges rekonstruieren. Strandkörbe am Badestrand, Möwe auf Holzpfahl, Dünengras vor Meereskulisse, Möwe mit Dünengras und Meereskulisse, die Skyline der Nachbarinsel Norderney, Möwen über dem trockengefallenen Wattenmeer, Flugzeug im Landeanflug über Dünengras. Die klassische Runde durch den östlichen Teil der Insel.

Velten hob die Hand, um bei der vielleicht zwanzigjährigen Bedienung mit asiatischen Wurzeln noch einen Kaffee zu bestellen, aber sie übersah ihn ein weiteres Mal. Er nahm es ihr nicht übel, es war gerade wirklich viel los, und außerdem konnte er hübschen Frauen grundsätzlich nichts übel nehmen. Ob ihn das eigentlich schon zum Macho machte? Nein, ich bin kein Macho, beantwortete er sich großherzig seine eigene Frage, allein schon deshalb, weil ich mir diese Frage gestellt habe.

Alle Personen, die mit dem Flugzeug die Insel erreichten, mussten ein großes Tor passieren, das in dem die Flughafengebäude umschließenden Schutzdeich eingelassen war und bei Sturmfluten geschlossen werden konnte.

Zusammen mit Maxi Holmann hatte Velten im Tower eine der Überwachungskameras installiert, die die gesamte Breite des Tores abdeckte, aber für ankommende Personen nur sehr schwer zu erkennen war.

Hinter dem Tor wartete bereits eine Kutsche, eines der Inseltaxis, ein zweispänniger Planwagen, der die Brambergers direkt zum Hotel bringen würde. Velten hatte angeordnet, dass die Kutsche verdeckt fahren sollte. Die Flughafenstraße, die knapp drei Kilometer durch das offene Gelände bis zum Dorf führte, war weithin einsehbar. Eine Fahrt mit offenem Dach hatte er als zu gefährlich abgelehnt.

Mit der linken Hand schützte er sein Gesicht vor der Sonne, um den Himmel besser beobachten zu können. Svenja Jenner hatte vor knapp zehn Minuten eine Nachricht geschickt, dass das Flugzeug in Emden gestartet sei. So langsam sollte der Bundespräsident also eintreffen.

Auf dem Vorfeld tauchte Gustavson auf, neben sich die Schäferhündin Trönje. Gustavson ließ sie noch einmal bei den kleinen Gebäuden der Gepäckabfertigung schnüffeln und ging dann durch das Tor, um den Innenbereich ein weiteres Mal abzusuchen. Er macht seine Sache sorgfältig, dachte Velten. Wenn die Amerikaner einen Verräter in unseren Reihen vermuten, er war ein eher unwahrscheinlicher Kandidat.

Am Himmel blitzte etwas auf, eine Reflexion von Sonnenlicht an Metall, deutlich weiter östlich, als er angenommen hatte. Ein heller Punkt mit zwei Flügeln. Natürlich, ärgerte er sich, die Landebahn verläuft ja auch in Ost-West-Richtung, da muss der Pilot ja eine Kurve fliegen.

»Das ist eine Britten-Norman Islander BN-2«, hörte er eine Stimme neben sich. Da stand Maxi Holmann, wie er den Blick nach oben gerichtet. Eine Schirmmütze bedeckte ihre raspelkurzen schwarzen Haare. Eigentlich war gerade ihre Freischicht, Mark Cramer hatte Dienst. Sie sorgten abwechselnd dafür, dass die Einsatzleitstelle, wie sie das umgerüstete Zimmer in der obersten Etage nannten, besetzt war. Dort wurden alle Informationen gebündelt. Aber Holmann wollte die Ankunft des Bundespräsidenten wohl auch live beobachten. »Das sind die Standardmaschinen der OFD.«

Die Ostfriesischer-Flug-Dienst-GmbH bot unter anderem die Flüge vom Festland auf die Insel an. Bramberger hatte darauf bestanden, genauso wie bei seinem Urlaub vor dreizehn Jahren anzureisen.

Langsam entwickelte sich der helle Punkt am Horizont zu einem Sportflugzeug mit knapp fünfzehn Metern Spannweite. »Größere Flugzeuge könnten hier wegen der kurzen Landebahn nicht ohne Weiteres landen«, bemerkte Holmann. Sie erklärte, dass die BN-2 Islander ideal für den Inselverkehr geeignet war, da sie auf unbefestigten und relativ kurzen Pisten starten und landen konnte. Aber auch im australischen Outback und im tropischen Regenwald wurden die Maschinen eingesetzt. Sie galten als sehr robust, viele der seit den 1960er-Jahren unterschiedlichsten Modelle und Varianten waren seit Jahrzehnten im Dienst.

»Wusste gar nicht, dass Sie sich so für Flugzeuge interessieren?« Mit zugekniffenen Augen verfolgte Velten den Flug der kleinen Maschine.

»Ich habe eine Privatpilotenlizenz. Eigentlich wollte ich mal beruflich Pilotin werden, aber der Eignungstest für Verkehrspiloten … Na ja, wie auch immer. Es blieb halt beim Hobby.« Sie wechselte das Thema. »Machen Sie sich Sorgen über den Einsatz?«

»Nein«, log er. »Höchstens darum, hier keinen Kaffee mehr zu kriegen.«

Schon wieder hatte die hübsche Asiatin ihn nicht beachtet, sondern stattdessen geistesabwesend einen der frei gewordenen Tische abgeräumt. Eher der verträumte Typ. Vielleicht war sie schüchtern.

Das Flugzeug verschwand für einen kurzen Moment hinter der östlichen Düne, um dann kurz vor dem Aufsetzen auf der Landebahn wieder aufzutauchen. Es berührte kurz den Boden, machte einen kleinen Hopser in die Luft, blieb beim zweiten Aufsetzen auf der Bahn, bremste ab und rollte dann in aller Ruhe bis zu dem vordersten Halteplatz.

Nach knapp einer Minute öffnete sich die Tür der Maschine, und ein sportlicher Herr mittleren Alters mit betont legerem Kleidungsstil sprang heraus, blaues Hemd, Cargohose und schwarze Sonnenbrille. Er musterte kurz die Umgebung, umrundete dann das Flugzeug. Kurz darauf kam er wieder hinter der Maschine hervor, gefolgt von einem Mann, der auf der anderen Seite des Fliegers ausgestiegen sein musste. Dieser war offensichtlich deutlich älter, vielleicht Mitte sechzig, und trug einen hellen Sommeranzug. Es war Bramberger, keine Frage. In den Fernsehberichten wirkte er immer deutlich größer. Ihm folgte seine Ehefrau, mittlerweile seine dritte, Mitte dreißig. Ihre offenen blonden Haare wurden von einer Windböe durcheinandergewirbelt. Zuletzt stieg, in gebührendem Abstand, die persönliche Assistentin aus dem Flieger.

Der Bodyguard lief dem Ehepaar Bramberger zwei Schritte voraus. Als er bei dem Taxi ankam, wechselte er ein paar Worte mit dem Kutscher, ließ am Heck die Leiter herunter und half den anderen ins Innere. Auf ein Zeichen des Kutschers hin trabten die beiden Pferde los. Schnell hatte die Kutsche das große Tor im Deich um den Flughafen passiert und rollte über die Flughafenstraße in Richtung Dorf.

Zwei Arbeiter entluden derweil das Gepäck des Bundespräsidenten, vier Koffer und mehrere große Taschen, und verfrachteten es in eine der bereitstehenden Wippen. Der größere der beiden bugsierte die Wippe vorsichtig bis vor einen zweiten Planwagen, in den die Sachen nun wieder eingeladen wurden.

Zwei Minuten später fuhr der Gepäcktransport los, ebenfalls mit geschlossenem Verdeck. Mit an Bord waren Reiner Jens, als ehemaliger Kickboxer der erfahrenste Nahkämpfer im Team, und Daniela Kruse, die den Bundespräsidenten auf diese Weise unauffällig begleiten konnten. Der Weg durch das Dorf bis zum Hotel wurde zusätzlich von Tom

Martin und Jan Singer aus Veltens Team gedeckt, die, auf den Dächern der beiden höchsten Häuser postiert, die Umgebung im Auge behielten. In der Hotellobby warteten Frieder Dittmann und zwei Kollegen, um Larsen vor Ort beim unmittelbaren Schutz der Brambergers zu unterstützen.

Maximale Sicherheit unter der Vorgabe, nur minimale Aufmerksamkeit zu erregen. Wieder einmal wurde Velten bewusst, wie aufwendig die tägliche Aufgabe von Jenner und ihrem Team war. Und all das für so jemanden wie Bramberger.

Ihm erging es wie Svenja, er mochte Bramberger einfach nicht. Er kannte ihn zwar noch nicht persönlich, aber das, was er über ihn wusste, reichte schon aus, um ihm gegenüber Vorbehalte zu haben.

Dabei störten ihn nicht die angeblichen Affären, über die es zahlreiche Gerüchte gab, und auch nicht, dass er seine Doktorarbeit manchen Kritikern zufolge nicht ganz alleine geschrieben hatte. Bramberger verkörperte einfach ganz grundsätzlich all das, was Velten gegen den Strich ging. Er war nach seinem Jurastudium zeit seines Lebens Parteifunktionär gewesen, nicht wenige sagten ihm nach, nie richtig gearbeitet zu haben, und das als Mitglied einer Arbeiterpartei. Er schmiedete politische Allianzen mit Wirtschaftsführern, denen er eigentlich die Stirn hätte bieten müssen. Mit zunehmender Verweildauer an der Macht, erst als Parteivorsitzender, dann später als Arbeits- und Wirtschaftsminister, war er immer herrischer geworden.

Er verhinderte Sachdiskussionen zu politischen Positionen oder setzte sich gleich komplett über sie hinweg. Bramberger strebte offensichtlich Ämter an, um Geld zu verdienen, um Gefälligkeiten austeilen und einsammeln zu können, nicht um Werte durchzusetzen. Für Velten war er alles in allem, trotz seines unbestreitbaren Charismas und rhetorischen Talents, nicht mehr als ein gewissenloser Opportunist.

Und beinahe wäre ihm das ja trotzdem eigentlich egal gewesen, da hätte er professionell drüber hinwegsehen können. Doch da war noch etwas. Bramberger hatte mit seinen sehr feinen Antennen für die Stimmung in der Bevölkerung, eine besondere Eigenschaft, die er in launenhafter Beliebigkeit ausnutzte, eine neue Möglichkeit ausgemacht, sich zu profilieren. Er hatte bemerkt, dass das Verständnis für die Sicherheitsgesetze, die ihnen, dem BKA und den Nachrichtendiensten die notwendigen Kompetenzen für eine effektive Arbeit verliehen, bei den Deutschen stark abgenommen hatte. Seit einem halben Jahr versuchte er, sich die Stimmung in der Bevölkerung politisch zunutze zu machen, um sein Image zu polieren.

Bürgerrechtspräsident, den Titel hatten ihm die wenigen wohlgesinnten Blätter verliehen. Bei jeder Gelegenheit wetterte Bramberger gegen Justiz, Verfassungsschutz und Polizei, warnte mit schrillen Tönen vor der unkontrollierten Macht eines Überwachungsstaates. Dabei zerstörte der Mann aus purem Opportunismus nicht nur die Basis für moderne Polizeiarbeit, sondern säte gleichzeitig auch

Zweifel an der Integrität der Behörden, vergiftete das Klima zwischen Bürgern und Staat. Vergiftete seine, Veltens, Arbeit.

Ein bitterer Geschmack lag auf seiner Zunge. Eigentlich wäre es gar nicht so unvorteilhaft für ihn und seine Kollegen, wenn sie das Attentat auf Bramberger nicht verhinderten.

Bleib professionell, mahnte die Stimme der Disziplin. Der Widerwille blieb. War es sogar Hass? Er konnte es nicht ausschließen.

Nachdem Velten seinen Kaffee bezahlt hatte, überprüfte er seine E-Mails. Vier neue. Zwei interne Newsletter, die er sofort löschte, ohne sie gelesen zu haben. Eine Nachricht eines Kollegen, der einen Tipp für eine Quelle benötigte, markierte er für später als zu erledigende Aufgabe. Die letzte E-Mail war eine kommentarlose Nachricht von Svenja Jenner, die lediglich einen Link enthielt.

Velten klickte ihn an. Der Link führte direkt zur Onlineausgabe der Boulevardzeitschrift *Sunshine*, die meldete, dass der Bundespräsident seinen Urlaub auf Juist verbringen würde. Es gab auch schon Fotos, auf denen zu sehen war, wie Bramberger aus dem Flugzeug stieg, wie er seiner Frau zulachte, wie sie gemeinsam in der Kutsche saßen, bevor Larsen das Verdeck zugeschlagen hatte.

Das war's mit der Diskretion. Wie lange hatten sie den Urlaubsort des Präsidenten geheim halten können? Bis zur Ankunft? Das einzige Gute an der Sache war, dass derjenige, der auf den Auslöser gedrückt hatte, nur eine

Kamera und nicht ein Gewehr in der Hand gehabt hatte. Der Perspektive nach musste der Fotograf ebenfalls auf der Flughafenterrasse gesessen haben. Von dort schoss aber niemand zufällig solche Fotos, nicht auf die Entfernung.

Er zeigte Maxi Holmann die Fotos. »Können Sie versuchen, den Fotografen ausfindig zu machen, der an dem Tisch neben mir saß? Unauffällig, ohne viel Staub aufzuwirbeln? Ich würde mich gerne mal mit ihm unterhalten.«

7

DIE SEGMENTE DER DIGITALUHR blieben erbarmungslos. Er war zu langsam. Noch genau einen Kilometer. In den Waden warnte ein dumpfes Stechen vor Überlastung, und seine Lungenflügel schmerzten von der kühlen, hastig eingesogenen Morgenluft. Nein, antwortete er seinem Körper, ich will eine neue Bestzeit. Und zwar heute.

Also zog er das Tempo früher an, als er es eigentlich vorgehabt hatte. Der Puls hämmerte in seinen Ohren. Das Gesichtsfeld verengte sich, sein Blick war starr auf den Weg vor ihm gerichtet. Passanten reduzierten sich zu Schemen, wandelnden Hindernissen. Velten geriet ins Straucheln, kam aus dem Tritt, stolperte und fing sich, lief weiter, beschleunigte noch einmal. Die Waden brannten, als würden sie jeden Moment reißen. Alles oder nichts. Durchziehen. Einfach nur wollen.

Er passierte die Parkbank, die den Anfang der Laufrunde markierte, und drückte den Knopf der Stoppuhr, taumelte, konnte sich fangen, ging ein paar Schritte. Dreizehn Sekunds besser als die bisherige Bestzeit. Keuchend kam er zum Stehen, beugte sich tief über und schnappte nach Luft. Na also, ging doch. Gut, richtig gut! Früher hatte ihn dieses Gefühl durch den gesamten Tag tragen können.

Der Kopf war frei. In allem lag eine Chance. Die Fotos in *Sunshine* waren das Beste, was ihm hatte passieren können. Wenn es ihm gelang, den Fotografen aufzufinden, könnte er womöglich auch den Tippgeber und damit die undichte Stelle lokalisieren. Zufrieden machte er sich auf den Weg zum weißen Saal, in dem das Frühstücksbuffet wartete.

Hohe Decken, prachtvolle Kronleuchter, vor den riesigen Fenstern goldene Vorhangschals. In dem Ambiente ließ es sich speisen. Und an der Seeluft schmeckte eh alles besser. Oder sie legten hier oben im Norden einfach mehr Wert auf gutes Essen. Oder die Küche vom *Haus am Meer* meinte es besonders gut mit ihnen. Die hart gekochten Eier, dazu der frische, salzige Rohschinken, die große Fischplatte, er hätte den ganzen Tag hier frühstücken können.

Bramberger speiste wie erwartet oben in seiner Suite. Bald würde er ihn kennenlernen. Der Präsident hatte das gesamte Team eingeladen, zu einer Kick-off-Besprechung, wie er sich ausgedrückt hatte. Punkt elf Uhr. Das klang nicht nach lockerem Small Talk, eher danach, dass Bramberger etwas loswerden wollte. Vielleicht hatte er von den Fotos in *Sunshine* erfahren.

Velten ließ seinen Gedanken freien Lauf. Ob die undichte Stelle mit der abgefangenen Nachricht der Amerikaner zu tun hatte? Wer sollte Interesse an einem Mordanschlag auf den deutschen Präsidenten haben, der ja im politischen Alltagsgeschäft kaum eine Rolle spielte? Sicher, er war das Staatsoberhaupt, ein erfolgreicher Anschlag wäre natürlich auch eine Machtdemonstration. Terroristen, die diesen Staat als solchen ablehnten? Die zeigen wollten, wie angreifbar die westliche Welt war? Oder sogar ein anderer, verfeindeter Staat, ein ausländischer Geheimdienst?

Velten stand auf, um sich noch einmal an dem fantastischen Fischsalat des Frühstücksbuffets zu bedienen. Durch einen von drei Seiten verglasten Erker in der Nähe des Eingangs war der Vorplatz des Hotels mitsamt einem Teil der Strandpromenade einsehbar. Dort standen viele Leute, auffällig viele. Er zählte knapp zwanzig Personen, die dort unschlüssig vor dem Eingang warteten, einige hatten große Rucksäcke dabei, andere waren ohne Gepäck, einer trug ein Megafon. Wer nimmt ein Megafon mit auf die Insel? Viele hatten schwarze oder dunkle Kleidung an. Einige spähten nach oben in Richtung Balkon. Es war unschwer zu erraten, nach wem sie Ausschau hielten.

Svenja Jenner nahm das Gespräch bereits nach dem ersten Klingeln an.

»Tobias?«

»Komm runter, wir haben Besuch.«

Sie verabredeten sich im Foyer, um die Lage zu besprechen. Mit einem letzten großen Schluck des köstlichen Kaffees beendete Velten sein Frühstück. Auf dem Weg in Richtung Ausgang ließ er noch eines der hart gekochten Eier vom Frühstücksbuffet in seiner Jackentasche verschwinden.

Zwei Minuten nach Velten traf Svenja mit dem Aufzug ein. Vor dem Eingang hatten sich zu den ersten zwanzig Leuten weitere Personen dazugesellt.

»Die sind nicht zufällig hier«, bestätigte sie das Offensichtliche.

»Und auch nicht wegen der guten Aussicht.«

»Ich spreche mit dem Concierge. Von denen kommt keiner weiter als bis in das Foyer.«

»Wir brauchen jemanden hier unten, der die Lage im Auge behält.«

Per Funk orderte Svenja Frieder Dittmann und Daniela Kruse nach unten. Währenddessen musterte sie die Versammlung vor der Tür.

»Solange sie sich ruhig verhalten und draußen bleiben, können wir nichts unternehmen. Und das sollten wir auch nicht. Ich will nicht unnötig Wind aufwirbeln und womöglich weitere Medien scheu machen. Die Kollegen in Uniform sollen sich die Meute mal ansehen.«

»Ich sag Jepsen Bescheid. Der mit dem Megafon scheint der Leitwolf zu sein. Den sollen sie mal interviewen.«

»Mach das. Aber wir bleiben in Deckung. Ich will nicht, dass in der nächsten *Sunshine* Fotos von uns zu sehen sind.«

Der mit dem Megafon, hochgewachsen, sportlich, mit dunkelgrüner Bomberjacke, gab einzelnen Gruppen mit ausgestrecktem Arm Anweisungen. Eine Frau mit Kurzhaarfrisur und olivfarbener Bundeswehrjacke aus den Achtzigerjahren nahm eine Plastiktüte aus ihrer großen Hand-

tasche und schien etwas daraus an die anderen Anwesenden
zu verteilen. Velten konnte nicht verstehen, was draußen
gesprochen wurde, doch die Stimmung wirkte aufgeheizt.
Energisch redeten mehrere Leute aufeinander ein.

»Ich hab da kein gutes Gefühl«, sagte Jenner.

Die Frau in der Bundeswehrjacke trennte sich von der
Gruppe, ging auf den Eingang des Hotels zu, stieg die wenigen Stufen der Freitreppe hoch und betrat das Foyer. Mit
einem kurzen Blick nahm sie die Anwesenden in Augenschein und wandte sich dann an den Concierge. Sie sprach
zwar leise, aber laut genug, dass Velten sie verstehen
konnte.

»Entschuldigen Sie, können wir kurz Herrn Bramberger
eine Unterschriftenliste übergeben?«

Velten hoffte, dass der Concierge die Falle erkennen
würde.

»Ich kann Ihnen leider nicht folgen«, hörte er den Concierge sagen. »Was möchten Sie an wen übergeben?«

Gut reagiert.

»Der Bundespräsident«, sagte die Frau. »Er ist doch hier,
in Ihrem Haus, oder? Das wurde gestern in den Medien
gemeldet?«

»Tut mir leid, wir geben grundsätzlich keine Auskunft
über unsere Gäste«, entgegnete der Mann, und Velten ahnte,
dass die Antwort der Fragerin zu viel Raum zur Interpretation geben würde.

»Also ist er hier!« Ein Schuss ins Blaue. Sie provozierte.

»Wer?«

Das war ungeschickt gewesen, es war klar, um wen es ging. Ein Lächeln huschte über ihr Gesicht. Siegessicher.

Sie drehte sich zu ihren Leuten um. »Bramberger ist hier!«, rief sie und streckte ihre Arme triumphierend nach oben.

»Bitte verlassen Sie unser Haus«, sagte der Concierge nun höflich, aber bestimmt.

Sie interpretierte das als die finale Bestätigung, die sie hatte haben wollen.

»Danke.«

Auf ihrem Weg nach draußen griff sie nach ihrer Handtasche, öffnete den Reißverschluss, langte hinein und nahm einen Gegenstand heraus. Svenja atmete hörbar ein.

Es kam eine Trillerpfeife zum Vorschein. Das schrille Pfeifen erfüllte das Foyer, als die Frau in der Bundeswehrjacke in Siegerpose nach draußen trat.

Die Gegenstände, die unter den Demonstranten verteilt worden waren, entpuppten sich als Farbbeutel. Velten und Jenner sahen, wie sie gegen die Fenster knallten. Rote Farbe lief über die Glasscheiben. Von außen musste es so aussehen, als ob das Gebäude blutete. Der Mann mit der Bomberjacke entrollte zusammen mit einem weiteren Mitstreiter ein Plakat, ein Betttuch, mit roter Farbe bemalt. »Volksschmarotzer.«

Sie drehten sich auf den Stufen der Freitreppe zu ihren Mitstreitern um, die mit Smartphones und Kameras die Szenerie filmten. Dank Internet wurden Bilder und

Videos bestimmt live auf sämtliche soziale Netzwerke hochgeladen.

Das waren keine Anfänger, ganz im Gegenteil, das sah alles nach einer lange vorbereiteten, durchgeplanten Aktion aus. Weitere, kleinere Plakate wurden hochgehalten: »Bramberger, verrecke!«, »Danke für Nichts!«, »Wir finden dich«.

»Volksschmarotzer, Volksschmarotzer!«, wiederholten die Demonstranten.

Der Concierge sah ratlos zu ihnen herüber. Jenner ging zu ihm hin.

»Es bleibt dabei: Wir bestätigen nichts. Verstanden?«

Der arme Mann nickte tapfer.

»Scheiß Politiker«, hallte es zu ihnen herüber.

Frieder Dittmann, im auffällig unauffällig schwarzen Anzug, und Daniela Kruse, im Business-Hosenanzug, kamen die Treppe hinunter. Sie trug als Einzige im Team bei fast jeder Gelegenheit Schuhe mit hohen Absätzen, die ihre geringe Körpergröße kaschierten. Mit knapp ein Meter sechzig erfüllte sie gerade noch die vorgeschriebene Mindestgröße.

»Schulze und Schultze sind auch schon da, herzlich willkommen.« Jenner spielte auf die beiden unrühmlichen Geheimagenten aus *Tim und Struppi* an, die bei ihren Missionen stets schwarze Anzüge oder, bei den vergeblichen Versuchen sich zu tarnen, lächerliche landestypische Tracht trugen. »Wenn einer von denen hier reinkommt, festnehmen. Ruhestörung, Land- und Hausfriedensbruch.

Das volle Programm. Auf gar keinen Fall dürfen die ins Treppenhaus oder zum Aufzug, verstanden? Lasst euch vom Personal helfen.«

Als Velten sich wieder zu den Demonstranten umdrehte, ebbte das Treiben vor dem Haus bereits ab, so abrupt, als ob jemand den Stecker gezogen hätte.

»Das wird wahrscheinlich nicht nötig sein.«

Neben ihm betrachtete Svenja ungläubig den Abzug der Störer. »Die wissen genau, was sie tun. Das ist alles perfekt geplant.«

Die kleine Menge löste sich auf. In alle Richtungen strömten sie, zum Strand, in die Straße zur Stadt, die Promenade entlang.

Perfekt geplant, hatte Svenja gesagt. Das führte genau zu einer Frage.

»Woher wussten die, dass Bramberger hier ist?«

»Verdammte Scheiße. Wer weiß das eigentlich nicht?« Jenner schnappte nach Luft.

Die erste Fähre würde in knapp zwei Stunden ankommen. Diejenigen, die hier auf Bramberger warteten, waren schon länger auf der Insel. Die Demonstranten mussten unabhängig von *Sunshine* von Brambergers Urlaubsziel erfahren haben. Aber von wem hatten sie die Information? Und was wussten sie noch?

Würde man mehr über die Störer erfahren, ergäben sich womöglich Anhaltspunkte auf der Suche nach der undichten Stelle. Ob die Quelle des Fotografen von *Sunshine* und die der Demonstranten dieselbe war?

Als Jepsen zusammen mit fünf seiner Kollegen am Platz vor dem Hotel ankam, zeugte dort nur noch das zum Plakat umfunktionierte, vor dem Eingang liegen gelassene Betttuch von der unangemeldeten Demonstration.

»Könnt ihr versuchen, noch einen von denen zu kriegen? Egal wen. Vorläufig festnehmen, wegen irgendetwas. Ich will mir einen von denen mal vorknöpfen. Wenn's geht, gerne auch zwei oder drei.«

Jepsen nickte, wirkte aber skeptisch. Mit knappen Bewegungen unterstrich er die Anweisungen an seine Leute.

Diese Störer hatten genau gewusst, wie weit sie gehen wollten. Velten war sich sicher, dass die meisten von ihnen mit der nächsten Fähre zum Festland verschwinden würden. Sie hatten Aufmerksamkeit erregt und damit erreicht, was sie wollten. Es war ihnen um die Bilder gegangen, um die Aktion. Darum, die Schlagzeilen des Tages zu kapern. Selbstinszenierung, sie hatten die Gelegenheit genutzt. In Berlin wäre der Auftritt wohl keine Schlagzeile wert gewesen, dort waren entsprechende Aktionen und Demonstrationen weniger ungewöhnlich.

Bei dem Gedanken, dass die bestens organisierten Störer womöglich entkommen würden, war Veltens gute Laune vom Frühstück verflogen.

Svenja fasste ihn am Arm.

»Lass uns zu Bramberger hochgehen. Es ist gleich so weit, der Kaiser lässt bitten.«

Könnte bessere Situationen geben, dachte er.

8

IN DER SUITE des Bundespräsidenten war der vorderste Raum zu einer Art Wartezimmer umfunktioniert worden. Eine graue Couchgarnitur bot insgesamt vier Sitzplätze, auf dem niedrigen Glastisch standen Kaffeekannen und Tassen, in einer flachen Schüssel ein wenig Gebäck. An den Wänden hingen großformatige Fotografien von der Insel, sie zeigten geschwungene Sanddünen oder Sanddornpflanzen.

Abgesehen von Frieder Dittmann und Daniela Kruse war das Team vollständig anwesend. Die Tür zum nächsten Zimmer war geschlossen.

»Der Kaiser speist noch«, kommentierte Mark Cramer, der auf einem breiten Sessel Platz genommen hatte. Der Älteste des Teams war der Einzige, der offensichtlich nicht jeden Tag Sport machte. Das brauchte er auch nicht, denn er war die fleischgewordene BKA-Kapazität in Sachen technischer Überwachung, in den letzten zehn Jahren hatte er die Systeme zur optischen Mustererkennung, die auch hier zum Einsatz kamen, maßgeblich mitentwickelt.

Der Kaiser speiste lange. Warten lassen als Machtdemonstration, das alte Spielchen. Klarmachen, wer hier zu bestimmen hatte, wer wann wo was zu tun hatte.

Nach einer Viertelstunde öffnete sich die Tür zum Flur, ein Kellner kam herein, schritt durch den Raum, klopfte an die Tür zu Brambergers Gemächern.

»Herr Bramberger?«

Es dauerte einen Augenblick, dann öffnete ihm Larsen einen Spalt, durch den er durchschlüpfen konnte. Ihnen beschied er noch zu warten, ließ die Tür aber ein kleines Stück offen stehen. Eine bekannte Stimme schallte zu ihnen herüber.

»Nein, verdammt noch mal. Der Kaffee schmeckt nicht nur abgestanden, er ist auch abgestanden.«

»Es tut mir leid, Herr Bramberger.« Der Kellner, nur halb verdeckt von der Tür, rang nach Worten. »Ich kann mir das auch nicht erklären. Ich kann Ihnen versichern, wir haben die Packung Ihres Kopi Luwak vor gerade erst fünf Minuten frisch aufgebrochen und aufgebrüht.«

Die Antwort brachte Bramberger erst recht in Rage. »Wie bitte? Wollen Sie mir etwa sagen, dass das an meinem Kaffee liegt? Dass der Präsident von Indonesien dem Bundespräsidenten der Bundesrepublik Deutschland einen muffigen Kaffee schickt? Habe ich Sie da richtig verstanden?«

Es tat Velten leid, wie der Mann von Bramberger abgefertigt wurde, aber dass der Kaffee angeblich nicht schmeckte, ließ ihn auch aufhorchen. Eine Abweichung im Geschmack deutete auf eine neue oder veränderte Zutat hin. Eine neue Zutat könnte eine giftige Zutat sein. Bramberger hatte nur einen einzigen Schluck aus der Tasse genommen und die Tasse anschließend angeekelt wieder abgestellt. Schnell googelte Velten Kopi Luwak.

Es war der Name eines Spezialkaffees. Eine asiatische Katzenart hatte die Angewohnheit, reife Kaffeefrüchte zu fressen, von denen sie aber nur das Fruchtfleisch verdauen konnte, sodass sie die Bohnen wieder ausschied. Im Darm der Katze wurden sie einer Nassfermentation durch Enzyme ausgesetzt, welche die Geschmackseigenschaften der Bohne veränderte und sie nach Meinung einiger Gourmets zur Delikatesse machte. Andere dagegen bezeichneten ihn als etwas muffig, stand dort zu lesen. Velten biss sich auf die Zunge, um nicht laut loszulachen. Bramberger wurde nicht vergiftet, er trank Kaffee aus Katzenkacke.

Der Türspalt öffnete sich ein wenig, Velten sah die Frau des Präsidenten, eine zierliche Person, die Bramberger vor vier Jahren auf einem Parteitag kennengelernt hatte. Neben ihr saß Larsen, der Bramberger vor allem als Butler und persönlicher Sekretär zu dienen schien. Es gab sicherlich niemanden, der mehr über Bramberger und seine Pläne wusste. Außer vielleicht Anja Bramberger. Ob Larsen die undichte Stelle war? Als Jenner ihn nachträglich geprüft hatte, hatten sich keine Auffälligkeiten ergeben. Aber Bramberger hätte wohl so oder so auf Larsens Weiterbeschäftigung bestanden.

Der Kellner verabschiedete sich, um dem Kaffeerätsel auf den Grund zu gehen, und versprach, schnellstmöglich für frischen Kaffee zu sorgen. Velten wettete insgeheim, dass er Bramberger einfach eine Tasse stinknormalen Filterkaffees servieren würde.

Larsen erhob sich und ging zur Tür, öffnete sie zur Gänze und gab ihnen endlich das Zeichen einzutreten.

Bramberger saß an einem langen, gläsernen Frühstückstisch, auf dem Körbe mit Croissants und Brötchen standen, daneben die Reste zweier ehemals gut gefüllter Aufschnitt- und Käseplatten. Zu seiner linken Hand war hinter bodentiefen Panoramaglasscheiben eine tosende Nordsee zu sehen. Der nächtliche Sturm hatte das Meer aufgepeitscht, und noch immer ließen vereinzelte heftige Böen die Wellenkämme weiß aufschäumen. In der Ferne gingen tief hängende, graue Wolken und die See konturlos ineinander über. Zum Glück hatte der Wetterbericht gemeldet, dass ab dem frühen Nachmittag die Sonne wieder hervorkommen sollte. Für den Rest der Woche waren blauer Himmel und über fünfundzwanzig Grad Celsius vorhergesagt.

Bramberger wartete, bis das Team vollständig eingetreten war, dann wandte er sich ihnen zu.

»Schön, Sie alle einmal kennenzulernen.« Tonfall und Geschwindigkeit ließen wissen, dass er kein Gespräch führen wollte, sondern wie geahnt eine Ansprache zu halten gedachte. Er nahm das Smartphone, das neben seinem Brotmesser lag, in die Hand und warf einen kurzen Blick drauf. »Eigentlich hatte ich angenommen, meinen Urlaub in aller

Ruhe verbringen zu können, ohne dass die halbe Welt weiß, in welchem verdammten Zimmer ich in welchem Hotel auf welcher Insel abgestiegen bin. Ich will gar nicht wissen, warum *Sunshine* diese Fotos bringen konnte oder warum sich ein wild gewordener Mob unbehelligt unten vor der Tür austoben konnte. Ich hätte erwartet, dass das Bundeskriminalamt fähige Leute schickt, die genau so etwas verhindern.«

Er war offensichtlich kurz davor, die Selbstbeherrschung zu verlieren. Woher hatte Bramberger von der Störaktion erfahren? Idiot, schimpfte Velten sich selbst, als ihm die Antwort in den Sinn kam. Ein Zimmer weiter wohnte Brambergers Medienberaterin, und die hätte sich gleich selbst entlassen können, wenn sie ihm nicht davon berichtet hätte.

»Offensichtlich mangelt es Ihnen an Kompetenz. Das ist kein Vorwurf, nur eine Feststellung. Sie können es halt nicht besser.«

Der Präsident hielt einen Moment inne, tupfte sich mit einer Serviette die Lippen ab. Der ruhige Tonfall verlieh seinen Worten, die in der Stille des Moments hingen, zusätzliches Gewicht.

»Und genau darum möchte ich auch nicht, dass Sie mir in meinen Urlaub hineinreden. Wenn Sie es schon nicht hinkriegen, dass meine Anwesenheit unbemerkt bleibt, dann versuchen Sie wenigstens, für meine Sicherheit zu sorgen, ohne mir irgendwelche Ratschläge zu erteilen. Also: Kein ›Machen Sie das Verdeck zu‹, kein ›Gehen Sie bitte hier lang‹, kein ›Da ist es zu unsicher‹. Verstanden?«

Schweigen im Raum. »Ich möchte nicht«, fuhr der Präsident fort, »dass Sie meinen, mir sagen zu können, wie ich meinen Urlaub zu verbringen habe, nur weil Sie Ihren verdammten Job nicht ordentlich hinbekommen.«

Jetzt wollte Jenner etwas sagen, aber Bramberger machte einfach weiter. »Denn damit eines klar ist, verdammt noch mal. Ich mache hier Urlaub!« Er war laut geworden. »Das heißt, ich tue und lasse, was ich will. Machen Sie Ihren Job vernünftig. Sorgen Sie für meine Sicherheit, aber ohne mir hier den Spaß oder die Aussicht zu vermiesen. Ich will auch nicht an jeder Ecke Personenschützer erkennen müssen. Ersparen Sie mir Ihre Anwesenheit, oder sorgen Sie wenigstens dafür, dass es mir so vorkommt. Seien Sie unsichtbar. Der Einzige, den ich von Ihnen um mich herum akzeptiere, ist Larsen. Verstanden?«

Die Temperatur in dem Raum war um mehrere Grad gefallen. Marleen Junker, die Jüngste im Team, konnte vor Verlegenheit den Blick nicht von ihren schwarz lackierten Fingernägeln lösen. Reiner Jens' kantiges Gesicht blieb unbewegt, während er einen unbestimmten Punkt weit außerhalb der Fensterglasscheiben fixierte. Jenner trat einen Schritt nach vorne, auf Bramberger zu. Velten zollte ihr in Gedanken Respekt.

»Entschuldigen Sie bitte die Unannehmlichkeiten, Herr Bundespräsident.« Dann wandte sie sich Larsen zu. »Sagen Sie kurz Bescheid, wohin es im Zweifel gehen soll. Wir bleiben dann im Hintergrund.«

Bramberger ließ Larsen nicht zu Wort kommen. »Ich

gedenke, Urlaub zu machen, ohne Ihnen vorher irgendetwas anzumelden, habe ich mich klar ausgedrückt, Jenner? Machen Sie einfach Ihren Job, versuchen Sie es wenigstens. Und um das mal klar zu sagen: Bisher hätten das meine ungeborenen Enkelkinder besser hinbekommen. Und jetzt raus hier.«

Er machte eine Geste, als scheuchte er lästige Fliegen weg. Dann nahm er das Smartphone in die Hand, tat, als wäre er alleine im Raum, noch bevor sie ihn verlassen hatten.

»Was bin ich froh, meinem Land dienen zu können«, murmelte Marleen Junker hinter ihnen, als sie durch die zweite Tür auf den Flur traten.

»Spar dir deine Ironie«, wies Jenner sie zurecht. Junker wollte energisch etwas entgegnen, Jenner hob warnend den Zeigefinger.

Es sah nur für einen Moment so aus, als ob sich Junker davon beeindrucken ließ.

»Jawohl, meine Kaiserin.«

9

DIE FOTOS VON BRAMBERGERS Ankunft waren inzwischen in den Onlineausgaben sämtlicher Boulevardzeitungen erschienen. Da die Schnappschüsse nicht sonderlich spektakulär ausfielen, waren die Bilder meist nur unter »Sonstiges« zu finden. Einzig *Sunshine* hatte einen kurzen Artikel dazugedichtet, Titel »Liebes-Comeback«. Darin wurden erst noch einmal Brambergers alte Affären aufgewärmt, um dann darüber zu spekulieren, ob er seiner Frau nun länger treu bleiben werde.

Zu Veltens Freude betrat Maxi Holmann die Leitstelle.

»Sie kommen wie gerufen. Haben Sie inzwischen herausgefunden, wer die Fotos gemacht hat?«

»*Sunshine* selbst gibt keine Quelle an, kein Pseudonym, nichts. Da sind wir noch nicht weitergekommen. Dasselbe gilt für die anderen Artikel und Fotos. Aber ich habe die Software zur Personenerkennung mit Merkmalen des Hobbyfotografen vom Nachbartisch am Flugplatzrestaurant gefüttert. Das System hat mehrere Treffer ausgegeben, die ich gerade abarbeite. Ich bin an der Sache dran.«

»Sagen Sie mir Bescheid, wenn es etwas Neues gibt.«

»Heute Abend habe ich einen Namen für Sie. Hoffe ich.«
Das Telefon klingelte. Es war Jepsen.

»Wir haben drei der Vögel, die heute Morgen vor dem *Haus am Meer* für den kleinen Aufruhr gesorgt haben.«

»Endlich mal gute Nachrichten«, antwortete Velten. »Ich komme bei euch vorbei.«

Als er das Hotel verließ, wurde gerade dessen Fassade gereinigt. Der Hausmeister spritzte die von den Farbbeuteln getroffenen Stellen mit einem Gartenschlauch ab.

»War nur Wasserfarbe«, kommentierte er lakonisch. »In einer Viertelstunde ist das weg.«

Ein Glück für die Störer, dachte Velten und lief los. Fünf Minuten später begrüßte er Jepsen in dessen Büro. Das Moin ging Velten schon ganz flüssig über die Lippen. »Wen habt ihr denn da eingefangen?«

»Die Herren Paul, Mundt und Ranzlow.« Jepsen zeigte ihm die Ausweise, deren Besitzer gerade in den Zellen im hinteren Bereich der Wache warteten. Alle waren knapp zwanzig Jahre alt, Paul und Mundt trugen einen Seitenscheitel, Ranzlow hatte einen Bürstenschnitt sowie eine randlose Brille. Keiner von ihnen war polizeibekannt. Eine schnelle Internetrecherche zeigte, dass sie Videos und Fotos von der morgendlichen Aktion in sozialen Netzwerken geteilt hatten, Ranzlow sogar über seinen persönlichen Account.

»Es sind offensichtlich Anfänger. Ich würde sagen, absolut harmlos. Sie sind uns aufgefallen, weil sie vor uns wegliefen, als sie uns gesehen haben. Bei einem konnten wir sogar noch einen Farbbeutel sicherstellen. Ich würde ihnen vielleicht noch etwas Angst machen und sie dann wieder laufen lassen.«

Jepsen hatte recht. Allein die Tatsache, dass die drei sich hatten schnappen lassen, sprach dafür, dass sie nur kleine Fische waren. Mitläufer. Trotzdem musste er sie genauer unter die Lupe nehmen. »Ich brauche die Formulare für Verschwiegenheitserklärungen«, sagte er zum Inselsheriff. »Und dann unterhalte ich mich noch kurz mit ihnen. Einzeln. Mit großem Programm, Handschellen und so.«

»Können wir machen«, brummte Jepsen, »aber ich weiß nicht, ob ich das gut finden soll. Das sind ja fast noch Kinder.«

Für das erste Gespräch hatte er sich Herrn Paul ausgesucht, bei dem Jepsens Leute den Farbbeutel gefunden hatten. Sichtlich nervös, rutschte er auf dem Stuhl auf der anderen Seite des Schreibtisches hin und her.

»Was wollen Sie denn von mir?« Der junge Mann wollte selbstbewusst wirken, klang aber trotzig wie ein pubertierender Teenager, der er ja fast noch war.

Velten ließ sich Zeit mit der Antwort, wartete auf Augenkontakt, den Paul zu vermeiden versuchte. »Land- und Hausfriedensbruch, Belästigung, Ruhestörung, Beleidigung, Gefahr im Verzug. Wir müssen Sie vorläufig bei uns behalten. Nennen Sie uns bitte Ihren Arbeitgeber, damit wir ihm Bescheid geben können.«

Jepsen, der auf einem Stuhl in Pauls Rücken Platz genommen hatte, zog die Augenbrauen zusammen. Velten wusste, dass er gerade etwas arg dick auftrug. Auch wenn ihm die neuen Anti-Terror-Gesetze einen gewissen Spielraum ließen, durfte er Verdächtige natürlich nicht bei Dritten denunzieren. Doch mit etwas Glück würde ihm der Bluff einiges an Arbeitszeit ersparen. Sein Gegenüber starrte ihn an, als habe er ihm drei Tage Folterhaft angekündigt.

»Das wäre die eine Möglichkeit. Aber ich mache Ihnen auch ein Alternativangebot.«

Er gab Jepsen ein Zeichen, dass er ihm die frisch angelegten Handschellen wieder abnehmen und einen Kaffee anbieten könne. Während Jepsen die bereitstehende Tasse füllte, legte Velten ein leeres weißes Papier vor Paul auf den Tisch, daneben eine Verschwiegenheitserklärung. »Sie schreiben mir hier auf das leere Blatt, wie Sie darauf kamen, heute Morgen das *Haus am Meer* zu besuchen. Und insbesondere, wer Ihnen den Tipp gegeben hat, wer da wohl wohnen könnte.«

»Ich sage nichts. Sie können mir gar nichts«, entgegnete der junge Mann.

Velten überging den Einwand, sprach ruhig weiter. »Namen, Kontaktdaten, alles, was Ihnen einfällt. Dann unterzeichnen Sie die Verschwiegenheitserklärung. Sie nehmen noch heute Abend die Fähre auf das Festland, und wir vergessen alle diesen blöden Vorfall. Niemand erfährt etwas davon.«

»Ich verrate nichts, haben Sie nicht zugehört?«

»Das müssen Sie auch nicht. Ich habe Ihnen gesagt, was ich haben möchte. Wenn einer von euch drei Scherzkeksen mir einen überprüfbaren Tipp geben kann, dann bin ich zufrieden.«

Als er das Büro verließ, drehte er sich noch einmal um. »Wenn in einer Stunde das Papier immer noch weiß ist, führen wir Sie alle wieder in Ihre Zelle und werden gleich morgen die Verlegung in die Untersuchungshaft beantragen.«

Der Mann hatte den Kopf in den Händen vergraben.

»Verdammt, das geht doch nicht«, murmelte er vor sich hin.

Damit hatte er recht. Aber das wusste er ja nicht.

Mit Mundt war Velten ähnlich schnell durch. Nachdem er Ranzlow bearbeitet hatte, kam ihm Jepsen bereits entgegen. »Paul wird eine Aussage machen.«

Paul war tatsächlich recht gesprächig. Natürlich waren die anderen schuld, und er, Paul, hatte sich zu etwas überreden lassen, was er gerne wieder rückgängig machen würde. Er hatte eine Art Kick gesucht. Den Bramberger habe er sowieso noch nie ausstehen können. »Der müsste mal wegen Volksverrat vor ein Gericht gestellt werden.« Als er, so Paul weiter, von der Tour hierhin auf die Insel gehört hatte, war er einfach mitgefahren. Die Aktion und die Tour hatten die anderen geplant, nachdem sie einen Tipp von einem Kontakt namens Matthäus bekommen hatten. Der Mann betrieb auch einen Blog. Eine Art Ein-Mann-Online-Zeitung, über Sachverhalte, die in diesem Staat schiefliefen, aber von den großen Medien nicht behandelt würden. »Mehr weiß ich echt nicht«, schloss Paul seine Ausführungen ab. Er hatte alles schnell, emotional und detailreich geschildert.

»Alle Namen bitte hier auf das Blatt, mit den Ihnen bekannten Kontaktdaten. Wir überprüfen die Angaben. Wenn uns das gefällt, dann schauen wir, was wir machen können. Je mehr, desto besser.« Er tippte Paul aufmunternd auf die Schulter.

Es dauerte nicht lange, dann wurden Pauls Angaben durch Ranzlows Aussage bestätigt. Mundt dagegen schwieg eisern, was aber keine Rolle mehr spielte. Velten vereinbarte mit Jepsen, die drei noch zwei Stunden schmoren zu lassen, vielleicht fiel ihnen ja noch mehr ein, und dann abends zu entlassen. Sie hatten die Personalien, und sie hatten zwei Geständnisse. Das reichte aus, um ihnen falls nötig später immer noch auf den Zahn fühlen zu können.

Jepsen begleitete Velten zur Tür.

»Auf dieser Wache spielen wir eigentlich nicht diese Spielchen.«

»Eigentlich ist nicht jetzt. Im Moment können wir uns den Luxus eines überkorrekten Vorgehens leider nicht leisten.«

»Es geht mir um Respekt«, brummte Jepsen.

»Glauben Sie mir, es ist für uns alle besser, wenn ich so schnell wie möglich an die Ergebnisse komme.« Velten war schon auf dem Weg nach draußen, Jepsen begleitete ihn hinaus. Sie standen vor der Wache. »Das Vorgehen erfolgt auf meine Verantwortung«, sagte er und versuchte dabei, versöhnlich zu wirken.

»Allerdings«, versetzte Jepsen.

Es war dunkel geworden. Mit schnellen Schritten lief Velten zurück zur Leitstelle. Holmann erwartete ihn bereits.

»Der Typ, der die Fotos für *Sunshine* gemacht hat, heißt Michael Simon.«

Simon bezeichnete sich als freier Journalist und war Redakteur für verschiedene Online-Zeitungen, unter anderem für *Sunshine*. Seine Themen waren zumeist reißerischer Art. Kurze Texte, große Fotos, Emotionen. Der Artikel »Liebes-Comeback« war sein einziger in den letzten zehn Tagen gewesen.

»Er hat ein Zimmer im Hotel Meerblick, zusammen mit seiner Frau. Laut den Meldescheinen des Hotels ist er seit zwei Wochen auf der Insel. Eigentlich wollte er vorgestern schon abreisen, hat aber seinen Aufenthalt letzte Woche spontan um weitere zwei Wochen verlängert. Die letzten Jahre war er ebenfalls hier, damals aber immer nur zwei Wochen. Sollen wir uns das näher ansehen?«

Näher ansehen war die Umschreibung für eine Abhöraktion.

Eine Abhöraktion bei einem Journalisten war mehr als heikel. Auch schien das Ganze eher darauf hinzudeuten, dass Simon da eine Gelegenheit, die sich zufällig in seinem Urlaub ergeben haben könnte, nutzen wollte. Es sah nicht nach einer von langer Hand geplanten Aktion aus. Womöglich hatte jemand Michael Simon gezielt einen Tipp gegeben. Eigentlich brauchten sie also Einblick in Mails,

Telefonate oder Ähnliches, die bereits zurücklagen, und gar nicht unbedingt in zukünftige. Andererseits konnten sie es sich kaum leisten, ihn nicht zu beobachten.

»Bereitet das Notwendige vor. Aber seid vorsichtig. Es geht nur um seine Quelle. Sobald wir die haben, geht ihr da raus.« Kein unnötiges Risiko.

Er telefonierte mit Berlin und forderte Dossiers an, eins über diesen Matthäus und eines über Michael Simon. »Kommt morgen, heute schaffen wir es nicht mehr«, war die Antwort am andere Ende der Leitung.

Velten konnte die Stimme nicht genau zuordnen, aber sie ließ ihn an diese bleiche junge Frau denken, die ihm aus dem Vorzimmer seiner Chefin in Erinnerung geblieben war.

10

NACH DEM ABENDESSEN war Svenja Jenner mit auf sein Zimmer gekommen.

»Morgen wird ein anstrengender Tag. Die Brambergers planen einen ausgedehnten Spaziergang.« Sie betrachtete die auf dem Schreibtisch ausgebreitete Karte der Insel mit den besonderen Gefährdungspunkten, die sie eingezeichnet hatten. »Bis zur Westspitze. Zumindest bei gutem Wetter. Das Ergebnis einer Wette mit seiner Frau. Mehr wissen wir nicht.«

»Da hat er sich aber was vorgenommen. Du denkst an dein Schleierkonzept, oder?«

»Anders wird es nicht gehen. Du hast ja die Ansage bei seinem Frühstück gehört.«

Sie skizzierte eine sichere Zone rings um Bramberger, die sich, egal wo sich Bramberger hinbewegte, wie ein durchsichtiger, nahezu unsichtbarer Schleier um ihn herum legte, und sich mit ihm verschob. Personen, die in diese Zone eindrangen, mussten möglichst unauffällig überprüft werden. Sie würden dafür mehr Leute benötigen als eine normale Tagesschicht. Eigentlich benötigten sie alle Kollegen, die nicht für andere Zwecke unabkömmlich waren.

»Wenn Bramberger wieder in seiner Suite ist, können sie ja eine längere Pause machen. So oft wird er schon nicht ausfliegen wollen.«

»Wenn ich eines über Jochen Bramberger gelernt habe, dann, dass man ihn nie unterschätzen sollte.«

Svenja wischte sich genervt eine widerspenstige Haarsträhne aus dem Gesicht. Sie hatte die Jacke ihres Hosenanzugs und den Halfter mit der Dienstpistole achtlos auf Veltens Bett geworfen. Als sie sich noch einmal über den Schreibtisch beugte, baumelte aus dem schmalen Ausschnitt ihrer Bluse ein silberner Anhänger heraus. Velten wusste, dass es einstmals ihr Ehering gewesen war, den sie in eine Eisenpresse gelegt hatte. Die zwei sich gegenseitig umfließenden Herzen waren zu einem unförmigen, teilweise scharfkantigen Etwas mutiert.

Svenja war eine attraktive Frau, aber er hatte nie den Drang verspürt, etwas mit ihr anzufangen, auch nicht in der ein oder anderen langen, gemeinsam durchfeierten Nacht. Seltsam. Manchmal war das so. Vielleicht aus Sorge, dass darunter ihre Freundschaft gelitten hätte. Ob das ein Fehler gewesen war, all die Jahre? Sie waren sich doch nahe, sie mochten sich doch. Warfen sie unversucht etwas weg, was hätte funktionieren können?

»Wir überlegen uns morgen, wie wir genau vorgehen werden, wenn wir mehr Informationen haben«, meinte sie, als sie die Karten zusammenschob. »Dass wir überhaupt von Brambergers Plänen wissen, verdanken wir übrigens wieder einmal Larsen. Er ist der Einzige, der einen direkten Draht zum Bundespräsidenten hat. Vieles, das Bramberger betrifft oder das der von sich gibt, erfahren wir nur durch ihn. Wir beschützen Brambergers Leben, aber er traut uns nicht. Das ist echt schizophren.«

»Nein. Das ist unprofessionell.«

Sie zuckte mit den Schultern. »Die Gegebenheiten sind nun einmal, wie sie sind.«

Gut, dass die Öffentlichkeit keine Ahnung hatte, unter welchen Voraussetzungen sie manchmal arbeiteten. Nein, arbeiten mussten, korrigierte er sich. Der Tipp der Amerikaner: Misstraute Bramberger seinen eigenen Beschützern, weil es tatsächlich einen Grund dafür gab?

Jenner verstaute mit fahrigen Bewegungen den Halfter wieder unter ihrer Jacke und verabschiedete sich. Sie war noch mit Gustavson und Trönje verabredet, für eine gemeinsame Runde durch das Städtchen.

»Wenn ich etwas Neues erfahre, schick ich dir eine Nachricht.«

Die Tür schlug zu. Velten war allein. Die Anspannung des Tages wich langsam einem gesunden Fatalismus. Sie hatten bisher alle Einsätze gemeistert, es würde auch dieses Mal wieder gut laufen, irgendwie.

Er blickte aus dem Fenster. Der Strand, darüber dunkelgraue Wolken, die der Wind mit hoher Geschwindigkeit vorantrieb. Es war gerade Niedrigwasser. Etwas weiter entfernt prallten die Wellen in stummer Regelmäßigkeit gegen die Insel.

Ich könnte Ewigkeiten zusehen, dachte Velten. Es war, wie wenn er früher in die Flammen des Lagerfeuers geschaut hatte. Wellen waren wie Flammen, immer wieder anders, wild, ungebändigt. Er erinnerte sich an die Reise mit dem Rucksack durch Schottland, an das wilde Campen, an die allabendlichen Lagerfeuer, nur er und seine damalige Freundin. Und er hatte daran geglaubt, dass sie die Liebe des Lebens sei. Wie albern man mit achtzehn doch war.

Wie klug man mit achtzehn doch war. Einfach mal machen, einfach mal das Leben auf sich zukommen lassen. Warum verlernte man so etwas?

In dem Strandstreifen, der nach der letzten Flut wieder trockengefallen war, entdeckte Velten eine Gruppe von schwarzen, sich gleichartig bewegenden Punkten. Wie war das noch einmal mit dem Sport am Strand gewesen? Yoga und Entspannung und so. Es war vielleicht an der Zeit für einen kleinen Spaziergang. Der morgige Tag würde stressig werden, etwas Abwechslung vorher sollte guttun.

Ganz in der Nähe des Hotelvorplatzes zweigte von der Promenade ein langer Holzsteg ab, der durch die mit Strandhafer bewachsenen Dünen hinunter zum Strand führte. Dort wehte ihm weißer Sand entgegen, der zwischen den weiß-blau-blassen Strandkörben emporgewirbelt wurde.

Juist rühmte sich, einen der schönsten Strände der Welt zu haben. Vor allem bei Ebbe war er nahezu endlos. Auch von hier waren die dunklen, nur schemenhaft erkennbaren

Gestalten, die vor der Brandung langsame Bewegungen vollführten, kaum voneinander zu unterscheiden. Bei einer meinte er aber eine bekannte blonde Mähne zu erkennen.

Velten lief noch ein paar Meter weiter, bis der Steg vollständig unter Sandverwehungen vergraben war. Er drehte sich in den Wind und schloss die Augen. Die Windböen, die an seinen Haaren zerrten, zogen alle Gedanken, den ganzen Stress aus ihm heraus. Als würde das Tosen der Nordsee alle schlechten Gedanken unter sich begraben.

Was für ein Unsinn. Er musste lachen, nicht bitter, sondern befreiend. Herrlich, dass er gerade an nichts dachte, nichts plante, einfach nur da war.

Einige Meter weiter gab es einen Strandkorb, dessen Schloss, das eine unbefugte Nutzung hätte verhindern sollen, aufgebrochen war. Daneben lagen zwei leere Weinflaschen, wahrscheinlich die Überreste eines romantischen abendlichen Rendezvous. Er setzte sich in den Windschutz, zerrte die Fußbank unter dem Sitz hervor und machte es sich mit Blick auf das Wasser bequem. Trotz des Windes, Wellenrauschens und gelegentlichen Möwengeschreis war es ruhig um ihn herum. Er konnte die Entschleunigung regelrecht spüren.

Wie war das, wenn man hier wohnte? Nicht nur ein paar Tage, sondern länger, zwei Wochen, vielleicht einen Monat? Konnte es sein, dass man dann diese Entschleunigung mitnahm, sozusagen in sich aufnahm? Dass sich diese ziellose Unruhe abschwächen oder sogar zähmen ließ?

Nein, bestimmt nicht, allein die Gedanken daran klangen viel zu sehr nach der typischen Großstadtverdrossenheit und daraus resultierendem Esoterikquatsch, nach Sinnsuche in der angeblich unberührten Natur, nach dem pseudo- wahrhaftigen Leben in der Einfachheit.

Velten schloss die Augen. Der Gedanke ließ ihn nicht los. Wenn man sein ganzes Leben hier verbringen würde, dann musste man doch anders empfinden, anders ticken als jemand, der in Berlin, München oder Köln lebte. Man hatte weniger Ablenkung, dafür mehr Zeit, sich auf das Wesentliche zu konzentrieren. Was immer das auch sein mochte. Die Luft schmeckte salzig.

»Na, du Träumer?« Juna stand vor ihm, in einem zweiteiligen Trainingsanzug, den Reißverschluss der Trainingsjacke bis unter das Kinn hochgezogen. Ihre Haare flatterten wild im Wind, ein breites Grinsen zog sich quer über ihr Gesicht. »Sag bloß, du bist hier eingeschlafen?«

Velten rieb sich über die Augen. Konnte es tatsächlich sein, dass er eingenickt war?

»Möglich …«

Er überprüfte kurz, ob eine Nachricht von Jenner eingetroffen war. Nein, alles war in Ordnung, warum hätte es anders sein sollen?

»Sag mal, hattest du mir nicht erzählt, dass du Ruhe und Entspannung suchst? Und das Erste, was du nach dem Aufwachen machst, ist, auf dein Telefon zu schauen?«

»Der Job …« Sein Großhirn kam nur langsam auf Betriebstemperatur. »Ich weiß auch nicht, ob das gut für mich ist.«

»Was tut einem schon gut?«

»Es tat gerade gut, einfach mal nachzudenken.«

Er stemmte sich zu ihr auf. Die Sonne stand bereits in ihrem Rücken, er musste blinzeln. »Es ist gar nicht so einfach zu wissen, was gut für einen ist, was man eigentlich will.«

»Damit bist du nicht der Einzige. Hier kommen so einige Großstädter hin, die auf die eine oder andere Weise auf Sinnsuche sind«, sagte Juna. »Und sie meinen dann, diesen in drei Wochen meditativer Entschleunigung finden zu können. Das ist genau mein Geschäftsmodell: Entspannung unter Anleitung. Die Nachfrage ist riesig.«

»Und das kriegen die echt nicht alleine hin?«

»Nein. Bei manchen Leuten funktioniert das nur, wenn sie dafür Geld ausgeben können.«

Er blickte kurz zu Boden, dann ihr in die Augen.

»Ich weiß jetzt, was ich will.«

»Geld, Macht und viele Frauen?«

»Ich möchte dich auf einen Kaffee einladen.«

»Wie bitte?«

»Kaffee. Und dazu heiße Waffeln mit Kirschen, wenn es die irgendwo gibt. Ich habe Hunger.« Denk nicht darüber nach, was du hier gerade machst, sagte er zu sich.

»Jetzt?« Sie schaute auf die rote Sportuhr, die sie auf das Ende ihres Verbandes geschnallt hatte. Es war acht Uhr abends.

»Jetzt.« Los, Juna, sei spontan, so als ob du noch achtzehn wärst.

»Ich muss duschen. Und in zwei Stunden beginnt ein Nachtkurs. Ein Sonderevent. Das passt gerade nicht, leider.« Ihrem Gesicht meinte er anzusehen, dass es keine Abfuhr war, dass sie es ehrlich meinte.

Schade. Das wäre ein toller Anfang gewesen.

»Wie sieht es denn mit morgen Abend aus?«

Sie wusste es noch nicht. Aber sie gab ihm ihre Telefonnummer, er solle ihr doch eine Nachricht schicken. Ehrlich.

Zurück im Hotelzimmer suchte Velten in der Juister Mordsee nach Ablenkung und Zerstreuung. Vergebens. Als ein neuer Kommissar vom Festland eintraf, legte er das Buch auf den Nachttisch und löschte das Licht. Der Mann war Einzelgänger, Alkoholiker und vom Leben gefrustet. Das war zu viel des Guten.

Er überlegte, ob er sich wirklich bei Juna melden sollte. Er musste aufpassen, durfte nicht vergessen, weshalb er eigentlich hier war.

11

JOCHEN BRAMBERGER MUSSTE sich darauf konzentrieren, Sabine beim Abendbriefing zuzuhören. Er versank nahezu in der Couchgarnitur seines Vorzimmers, die Luft war stickig, und er hatte zu viel von dem schweren Braten gegessen. Irgendeine besondere Note hatte der gehabt. Vielleicht Whisky? Oder war ihm das nur so vorgekommen?

»… und sie will sich mit Ihnen treffen, möglichst noch vor dem Sommerinterview. Terminlich ist sie sehr flexibel, darauf wurde von ihrem Büro explizit hingewiesen.«

Die Arbeitgeberpräsidentin. Sie hatte ihm ins Amt geholfen, die letzten Abweichler bei den Konservativen mit ins Boot geholt, im Austausch dafür, dass er in seiner Partei die Ausnahmen beim Mindestlohn durchgedrückt hatte. Er mochte sie nicht besonders, aber sie hatten gemeinsam eine tragfähige Arbeitsbeziehung entwickelt, mit Vorteilen für beide Seiten.

Ein Treffen vor dem Sommerinterview. Also sollte er da etwas ansprechen, für etwas eintreten, andere Möglichkeiten politischer Einflussnahme boten sich ihm ja in seinem Amt nicht. Sie war ausdrücklich terminlich flexibel? Bestimmt wollte sie, dass er sich für eine weitere Flexibilisierung am Arbeitsmarkt aussprach.

»Gut, organisieren Sie ein Treffen in den Wochen zwischen der Reise durch den Nahen Osten und dem Sommerinterview.«

In seinen früheren Ämtern hatte er seine engsten Mitarbeiter geduzt, als Bundespräsident war er auf das Sie zurückgekommen, in Kombination mit dem Vornamen, da in englischsprachigen Meetings die Anrede mit dem Vornamen die Regel war. Sabine beugte sich zu ihrem auf dem Tisch stehenden Notebook vor, um sich eine entsprechende Notiz zu machen. Heute trug sie statt der sonst üblichen Bluse und Rock ein schlichtes, aber wie immer sehr figurbetontes Sommerkleid. Die Farbe nannte man wohl Mint, da kannte er sich nicht so aus, ihre Haare waren wie immer streng nach hinten geflochten.

»Sie sollten Ihre Haare offen tragen, das würde noch besser aussehen.«

Sie lächelte nur.

»Die Auslandsreise ist ja schon eine Woche nach Juist. Neben der Wirtschaftsdelegation haben auch die üblichen Pressevertreter angefragt, ob sie uns begleiten können. Nur – beim letzten Mal kam es ja zu diesem kleinen Eklat in dem Hotel in Riad …«

Er erinnerte sich. Einer der Journalisten hatte abends in der Bar eine Debatte über die Gleichberechtigung von Mann und Frau angefangen. Was dem Mann persönlich einen mehrtägigen Gefängnisaufenthalt samt anschließender Ausweisung und der Delegation insgesamt schwierige Fragen zur Vermittlung westlicher Werte eingebracht hatte.

»Es wäre sicher vorteilhaft, ähnliche Vorfälle im Vorhinein zu vermeiden«, fuhr Sabine fort. »Wir könnten mit Hinweis auf den heiklen diplomatischen Charakter der Reise dieses Mal keine Journalisten an Bord mitfliegen lassen, sondern selbst ein paar Bilder und Statements anfertigen lassen und diese direkt an die Redaktionen verteilen.«

Es war ihr anzusehen, dass ihr diese Alternative am liebsten wäre. Keine Querschüsse, alles unter eigener Kontrolle. Aber ihm war danach, es ihr nicht so einfach zu machen.

»Nein. Ich möchte die Presse nicht ausladen. Suchen Sie die Leute doch persönlich aus, verteilen Sie direkte Einladungen. Das kommt sowieso besser bei den Journalisten an.«

Sabine machte sich eine weitere Notiz, ging dann über zum nächsten Punkt. Ein Journalist hatte sich erkundigt, ob Bramberger während seiner Zeit als Wirtschaftsminister über der Vergabe von Rechtsgutachten durch das Wirtschaftsministerium an eine Kanzlei, an der Brambergers Cousin beteiligt war, informiert gewesen war. Er erwarte eine Stellungnahme innerhalb von achtundvierzig Stunden.

Sie biss sich auf den Finger. Nervosität? War ihr der Punkt unangenehm? Hatte sie das Thema deshalb so spät angesprochen?

»Nein, auf das Ultimatum gehen wir gar nicht ein.« Das würde einem Schuldeingeständnis gleichkommen. Und die Anfrage war sehr unkonkret, weder wurden einzelne Gutachten noch irgendwelche Summen genannt. Gut möglich, dass da jemand im Dunkeln stocherte und auf einen Glückstreffer hoffte, ohne etwas in der Hand zu haben. Insgesamt roch das sehr nach einem Bluff. Kein Grund, sich in die Karten sehen zu lassen. »Antworten Sie ihm, dass ich nicht in die Vergabe einzelner Gutachten eingebunden war. Dazu ein wenig Standard-Blabla, wie wichtig mir die Einhaltung von Complianceregeln ist, Ihnen fällt da was ein. Aber schreiben Sie ihm erst morgen.«

Er hatte damals penibel darauf geachtet, dass er offiziell nicht in den Vergabeprozess eingebunden war, rechtlich war da alles sauber, das wusste er. Trotzdem nahm er sich vor, bei Gelegenheit seinen Cousin anzurufen und ihn vorzuwarnen, sollte sich der Journalist melden.

Die Tür zu seiner Suite öffnete sich, Anja trat heraus.

»Ah, ihr seid noch in eurem Tête-à-Tête. Braucht ihr noch lange?«

»So lange es halt nötig ist.« Normalerweise dauerten die Briefings eine knappe halbe Stunde, jeden Morgen und jeden Abend. In ihnen stellte Sabine ihm die wesentliche Korrespondenz vor, zumindest die, bei der eine zeitnahe Entscheidung auch in seinem Urlaub notwendig war.

»Schon gut«, meinte Anja, »ich mach mal einen kleinen Spaziergang am Strand. Dann nehme ich eben Larsen mit, wenn das für dich okay ist.«

»Kein Problem«, antwortete er, »hier sind noch genug Personenschützer für mich übrig.«

Anja gab ihm einen Kuss auf die Wange, winkte mit dem Zeigefinger nach Larsen, der ihr brav hinterhertrottete, und ließ sie alleine. Die Tür zur Suite stand weiterhin offen.

»Lassen Sie uns reingehen. Ich kann Ihnen da besser folgen.« Er ging in Richtung Konferenztisch, an dem man deutlich höher als in diesen unbequemen Sesseln saß, außerdem stand dort vom Nachmittagssnack noch eine Thermoskanne. »Kann ich Ihnen einen abgestandenen Kaffee anbieten, Sabine?«

»Gerne.« Sie nahm die Tasse aus seiner Hand, probierte. »Heiß genug.«

Sie nahm jedoch nicht Platz, sondern ging weiter zu den Panoramafenstern, das Kleid betonte ihren knackigen Po.

»Es hat uns jede Menge Überzeugungsarbeit gekostet, bei *Sunshine* Einfluss auf die Berichterstattung über Ihren Urlaub zu nehmen. Wir haben uns mit denen auf den Deal geeinigt, dass die Fotos, die eh in der Welt sind, weiterhin genutzt werden, und dass Sie außerdem in den nächsten Wochen an ein paar Ecken der Insel auftauchen, an denen der Reporter Sie und Ihre Frau wie zufällig ablichten kann. Dafür bekommen wir im Gegenzug eine Feel-Good-Kampagne, und etwaige dreckige Wäsche bleibt außen vor.«

»Okay.« Er mochte es, wenn Sabine die Sache selbstständig in die Hand nahm.

»Wenn aber Fotos Ihrer Frau mit Larsen auftauchen sollten, und das vielleicht außerhalb *Sunshine*, können wir im Moment nichts machen.«

»Lassen Sie meine Frau in Ruhe. Sie kann tun und lassen, was sie möchte.«

Sie sah ihn ruhig an, dann deutete sie zum Fenster. Er trat neben sie. Draußen waren Anja und Larsen auf dem Vorplatz zu sehen, nebeneinander. Sie wirkten vertraut, sehr vertraut, aber das waren sie ja auch, und es sah eigentlich auch nicht nach mehr aus. Schweigend beobachteten sie die beiden, bis sie auf dem Weg zum Meer hinter Dünen verschwunden waren.

»Warum wollen Sie in die Politik, Sabine?«

»Meine Eltern waren politisch. Sie waren nicht religiös, stattdessen glaubten sie an Demokratie. *Frage nicht, was dein Land für dich tun kann, sondern was du für dein Land tun kannst.*«

»John F. Kennedy. Und, glauben Sie auch daran?«

Er dachte an Kennedys zahlreiche Affären. Marilyn Monroe, Judith Campbell, Callgirls.

»Ich bin Atheistin. Und ehrgeizig.« Sie lehnte sich mit den Schultern an die Fensterscheibe, die Hände hinter dem Rücken verschränkt. Eine Haarsträhne löste sich und umspielte ihre linke Wange. Ihre Brüste hoben und senkten sich bei jedem Atemzug. »Wenn ich an etwas glaube, dann an Geben und Nehmen. Gefälligkeit gegen Gefälligkeit. Diskretion. Ich denke, so funktioniert Politik.«

12

»AM STRAND?«

»Den Hinweg am Strand. Die gesamte Strecke, bis ans äußerste Ende.« Julia Miller zog mit dem Zeigefinger eine gerade Linie auf der Inselkarte. »Zurück dann durch das Inselinnere.«

»Okay.« Hans Brann nickte.

»Wir arbeiten autark. Kommunikation auf das Minimum reduziert. Wer morgen zuerst eine gute Gelegenheit hat, nutzt sie.«

»Okay.« Branns Mund stand offen, während er mal wieder Kaugummi kaute. Lange blickte er auf das Kreuz, das seine geplante Position markierte. »Okay, das geht. So machen wir das.«

Natürlich ging das. Er sollte nur ausführen, nicht hinterfragen. Aber gut, dass das dann ja geklärt war.

13

»AM STRAND?«

»Den Hinweg am Strand. Die gesamte Strecke, bis ans äußerste Ende.« Svenja Jenner zog mit dem Zeigefinger eine gerade Linie auf der Inselkarte. »Zurück dann durch das Inselinnere.«

Die Westspitze der Insel war vom Hotel aus ungefähr acht oder neun Kilometer entfernt, je nachdem, wie weit man auf die große Sanddüne am Westende hinausgehen wollte und konnte. Der Weg am Strand bot die volle Nordseeidylle: zur rechten Seite das Meer, zur linken die malerischen, unter Naturschutz stehenden Dünen, die dem Inselinnern Schutz gegen schwere Sturmfluten boten. Und der Sand an der Wasserkante war meist trittfest, sodass man, ohne ständig einzusinken, gut und stetig vorankam.

Wenn sie beide Tagesschichten zusammenlegten, hatten sie, Larsen und sich selbst eingerechnet, insgesamt fünfzehn Leute zur Verfügung. Larsen blieb fest bei Bramberger, das war gesetzt. Ein Techniker und zwei Personenschützer mussten im Hotel bleiben, um die Integrität der sicheren Etage zu gewährleisten.

»Ich möchte außerdem zwei Leute zu Brambergers Zwischenziel an der Domäne Bill vorausschicken, die dort dieses Ausflugslokal sichern. Kann das dein Team übernehmen?«

»Das machen Tom Martin und Jan Singer.«

»Dann sollen sie auch Trönje und Gustavson mitnehmen. Sicher ist sicher.«

Damit blieben noch neun Leute für den eigentlichen Schleier, um den Bereich um Bramberger zu beobachten und zu sichern und gegebenenfalls verdächtige Personen zu kontrollieren, unabhängig davon, wohin er sich bewegte.

»Der Radius muss sehr weit gezogen werden. Mindestabstand fünfhundert Meter, wenn wir Brambergers Forderung nachkommen wollen, dass er freie Sicht ohne uns störende Personenschützer haben will.«

»Wir müssen uns die Leitung aufteilen«, erklärte Svenja. »Du kennst die Insel und ihre Gegebenheiten von uns allen am besten, ich möchte, dass du den Einsatzbereich vor Bramberger koordinierst.«

»In Ordnung.«

Sie brauchten noch ein Team, das die Dünen überprüfte, ebenfalls vor Bramberger, aber seitlich versetzt. Und ein weiteres, das sich, von den Dünen verdeckt, mit Bramberger mit bewegte, möglichst nah, um im Zweifel sofort eingreifen zu können.

»Das übernehmen Reiner Jens und Daniela Kruse. Die beiden wirken eh wie ein Liebespärchen, dann fallen sie ihm nicht auf, wenn sie mal keine Deckung haben.«

»Sind sie das eigentlich auch?« Velten war aufgefallen, dass die beiden jede Gelegenheit nutzten, um einander zugeteilt zu werden.

»So genau weiß das keiner«, antwortete Jenner und deutete ein Schmunzeln an.

Ein letztes Zweierteam, das sie zur Verfügung hatten, blieb im Rücken Brambergers und behielt dort die Lage im Blick. Jenner würde zwischen den einzelnen Teams pendeln, soweit die Situation es zuließ. Über Funk würde sie den Einsatz koordinieren.

»Sollen wir außerdem die Kollegen in Uniform mit einbeziehen?«

»Nicht als Teil des Schleiers.« Vielleicht dachte sie daran, dass Bramberger keine Polizisten sehen wollte. »Aber Jepsen könnte im Dorf und Loog ein paar Patrouillengänge anordnen. Dann haben wir sie in der Nähe, falls wie gestern etwas passieren sollte.«

»Ich spreche mit ihm und sorge dafür, dass eine seiner Streifen auch mal bei Domäne Bill vorbeifährt.«

»… mit dem Polizeifahrrad«, fügte Svenja in sarkastischem Ton hinzu und lächelte.

»Wie bitte? Äh, ja.« Die Besonderheiten Juists. So richtig hatte sich Velten noch nicht daran gewöhnt.

Maxi Holmann übernahm die Einsatzleitstelle, und ein junger Kollege aus Jenners Team setzte sich schicksalsergeben auf den einsamen Stuhl auf dem Etagenflur, von wo er beide Treppenaufgänge sowie die Türen des Fahrstuhls überblicken konnte. Er war zusammen mit einer Kollegin für die Sicherheit des Hotels verantwortlich. Die Kollegen hatten mit Strandhafer die Verteilung der Aufgaben ausgelost, und er hatte offensichtlich den kürzesten Halm gezogen.

Bramberger brach eine Viertelstunde später als geplant auf, in einer nagelneuen beigen Trekkinghose, »sandtarnfarben«, wie Daniela Kruse trocken durchgegeben hatte. Zweimal war er auf dem Weg zum Strand von Passanten erkannt, dann aber von ihnen weitestgehend in Ruhe gelassen worden. Ein Mädchen fragte nach einem Selfie mit ihm. Larsen hatte ihre Bitte bereits höflich, aber entschieden abgelehnt, als Bramberger ihn überstimmte. »Das geht schon in Ordnung, das mache ich gerne.« Er bat nur noch darum, das Foto erst nach der Beendigung seines Urlaubs weiterzugeben, da er ja privat hier sei.

Ohne weitere Zwischenfälle spazierten die Brambergers seit einer halben Stunde am Wasser entlang. Einmal hatte der Kopf eines Seehundes aus den Wellen geschaut, war aber sofort wieder untergetaucht.

Neben Velten lief schweigend Sebastian Sams, einer der jüngsten Personenschützer. Ab und zu schnaubte er leicht. Wegen seiner Sommersprossen nannten ihn die Kollegen nur »das Sams«, in Anlehnung an das Wesen aus dem Kinderbuch, ein Kosename, den er mit Sicherheit nie wieder loswerden würde. An seinem Haaransatz zeigten sich kleine Schweißperlen.

»Alles klar bei Ihnen?«

»Alles okay«, antwortete Sams und schnappte nach Luft.

Zweifel blieben. Er war zumindest im Moment nicht fit.

»Bin nur ein wenig erkältet, die Nase ist zu, aber sonst ist alles prima.«

»Sagen Sie Bescheid, wenn sich das ändert!«

»Wird schon gehen.«

Wenn Sams meldete, dass er fit war, dann blieb ihm nichts anderes übrig, als sich darauf zu verlassen. Er würde sich schon einschätzen können.

Eine Frau mit einem großen Wanderrucksack, die aus der entgegengesetzten Richtung gekommen war, huschte weit vor ihnen vom Strand in die Dünen.

»Team 2, könnt ihr euch die Frau vorne links mal ansehen?«, fragte Velten über Funk. »Dunkelgrüne Jacke, schwarze Outdoor-Hose. Entfernung zu uns ungefähr sechshundert Meter.«

Frieder Dittmann, der Team 2 anführte, bestätigte den Auftrag. Er war wie seine Partnerin Marleen Junker als Wanderer gekleidet, dazu trugen sie Feldstecher um den Hals. Falls sie sich nicht als Personenschützer zu erkennen geben mussten, sollten sie sich als Vogelkundler ausgeben. Das hatte zu einigen Witzeleien bei den Kollegen geführt.

Es folgten zwei Minuten Schweigen.

»Wir können die Zielperson nicht finden. Habt ihr Sichtkontakt, Team 1?«

»Negativ. Sie ist zwischen den beiden schmalen Bäumen durchgegangen«, präzisierte Sams.

Ein Schnaufen tönte über den Funk, dann fluchte Junker, dass gefühlt eintausend kleine und große Mulden in den Dünen wären. Das Gelände sei kaum einsehbar. Sie hatte wohl nur aus Versehen auf Senden gedrückt.

Velten ärgerte sich, Junker hielt sich nicht an die Funkdisziplin und verstopfte den Funkkanal. Die Geräuschkulisse erschwerte es den anderen, im Falle des Falles gehört zu werden.

Svenja Jenner schaltete sich ein, sie klang ebenfalls unzufrieden, rief Junker aber nicht zur Ordnung. Sie wollte wohl die ohnehin gereizte Stimmung nicht weiter verschlechtern. Stattdessen orderte sie Team 3 zur Unterstützung dazu. Kruse bestätigte. In zwei Minuten wären sie da.

»An der Dünenkante sind zwei Vögel hochgeflogen, offensichtlich durch etwas aufgescheucht. Sie rufen wie verrückt. Wir gucken uns das mal an, vielleicht ist sie da.« Auf Frieders Meldung folgte monotones Rauschen.

»Sichtkontakt zur Zielperson.« Endlich befolgte seine Begleiterin wieder die Regeln der Funkkommunikation.

»Hallo.« Offensichtlich sprach Frieder die Person an. »Hallo, können wir Sie kurz stören. Was machen Sie da? Das Betreten der Dünen ist verboten. Hier brüten einige geschützte Vogelarten.«

Velten hörte, wie die Frau antwortete. Sie wirkte peinlich berührt, dass sie entdeckt worden war. Sie habe das nicht gewusst, antwortete sie ausweichend. Am Tonfall erkannte er sofort, dass das eine Lüge war. Frieder auch. Er forderte sie auf, den Rucksack zu öffnen. Nein, das werde sie nicht tun, sagte sie mit einer für alle überraschend festen Stimme.

Jenner schaltete sich wieder ein. Dittmann solle sich ausweisen und die Kontrolle vornehmen, während seine Kollegin ihn sichere.

Die Leitung blieb stumm.

Eine Minute später meldete sich Team 3, sie hätten jetzt freie Sicht auf Team 2. Dort sei es hektisch geworden.

»Was ist denn los, Dittmann?«, bellte Jenner.

Rauschen.

Endlich meldete sich Junker. »Entwarnung. Die Dame hatte sich zuerst der Überprüfung widersetzen wollen. Alles in Ordnung. Sie hat die Nester der hier brütenden Austernfischer geplündert. Ich habe in ihren Rucksack geschaut, der ist voll mit Vogeleiern. Wir übergeben den Fall an die Kollegen in Uniform. Alles in Ordnung.«

Jenner blödelte, der Frau eine Selbstanzeige bei der örtlichen Dienststelle nahezulegen, und bedeutete den Teams, wieder auf die Posten zu gehen.

14

HANS BRANN WAR in Position und wartete. Er hasste das Warten. Aber es war nun einmal notwendiger Bestandteil seiner Arbeit, und dieser Job war mit Abstand seine bisher größte Operation. Eine Operation, die ihm in den entsprechenden Kreisen eine Menge Renommee einbringen und neue Türen aufstoßen würde. Ein neues Leben ermöglichte. Ein Zurück gab es nicht mehr. Alle Spuren, die aus seinem alten Leben hierhin führten, hatte er vernichtet.

Im Hinterhalt warten. Den Großteil des Tages würde er nichts anderes tun und musste dann doch auf die Sekunde hin topfit sein. Seine Partnerin hatte einen weiteren Hinterhalt im Westen der Insel gelegt. Derjenige, der zuerst einen freien Schuss bekam, würde die Sache erledigen. Jeder von ihnen hatte ein Wegwerfhandy dabei, in dem eine Kurzmittelung vorbereitet war. Das Senden der Mitteilung war für den jeweils anderen das Zeichen, auf die vorgesehene Weise zu verschwinden.

Nach einem kurzen Frühstück war Brann bereits um sieben Uhr aufgebrochen, eine Uhrzeit, die außer ihm offensichtlich nur Hundebesitzer und einige wenige morgendliche Jogger kannten. Das in seine Einzelteile zerlegte Zastava M76 führte er in einem kleinen Rucksack mit sich, versteckt unter einer dünnen Schicht Proviant. Das zweite Dorf, das Loog, wie es alle hier nur nannten, befand sich noch komplett im Tiefschlaf. Erst als er das letzte Haus passierte, hörte er, wie irgendwo hinter ihm ein Rollladen nach oben gezogen wurde. Er folgte einem schmalen Trampelpfad und durchquerte eine letzte Düne, dann blickte er auf den Hammersee, an dessen gegenüberliegendem Westende er die Umrisse der Aussichtsdüne ausmachte. Der See selbst war schmal wie die Insel, aber über einen Kilometer lang. An seiner Nordseite lag einer der beiden ihn umschließenden Wanderwege wie mit dem Lineal gezogen neben den Dünen, der andere, verschlungenere Pfad auf der Südseite des Sees wurde von den Blättern der weit überhängenden Bäume verdeckt.

Er begab sich in die vorgesehene Position am Südostufer des Sees, eine Mulde in einer steil ansteigenden Düne, gedeckt von kleinen, schmalen Bäumen und blickdichten Büschen. Über ihm befanden sich die Betonreste einer alten Bunkeranlage. Die Mulde war außergewöhnlich gut geeignet, hier war er, sollten nicht erhebliche Zufälle geschehen, nahezu unauffindbar. Er befand sich mitten im Naturschutzgebiet, der Zutritt hierhin war verboten, und selbst wenn jemand sich hierhin verirren würde, war er, flach am Boden ausgestreckt, nur äußerst schwer zu entdecken. Und von hier aus garantierte der See nicht nur eine freie Sicht auf das Ziel. Er verhinderte auch ein schnelles

Näherkommen möglicher Personenschützer. Sie würden es schwer haben, ihn oder auch nur die genaue Herkunft der Schüsse auszumachen. Ihm würde genug Zeit bleiben, ins Dorf zu entkommen und dort unterzutauchen.

Die Entfernung zur gegenüberliegenden Aussichtsdüne betrug knapp einen Kilometer. Für das Zastava kein einfacher Schuss, aber er traute ihn sich zu. Er und das Gewehr, sie waren eine Einheit, eine tödliche Kombination, hundertfach erprobt.

Erste Wandergruppen liefen am Nordufer des Hammersees entlang. Mit ihren bunten Jacken und Ausrüstungen stachen sie als farbige Punkte in der ansonsten gleichartig sandig-grünen Umgebung hervor. Dieser Weg war wie ein Laufsteg, schnurgerade, ohne störende Hindernisse. Wenn er das Ziel auf der Aussichtsdüne nicht klar anvisieren konnte, würde sich eventuell dort noch eine zweite Chance ergeben. Wie damals, in Falludscha, im Irak, als er aus dem leer stehenden Bürohochhaus runter auf den Markt … Er hörte wieder das leise Plopp aus dem Schalldämpfer. Plopp. Nachladen. Plopp. Nachladen. Plopp. Wie bei einem Computerspiel. Plopp.

Eine Waffe zu nutzen, die Bereitschaft sie zu nutzen, bedeutete Macht, größtmögliche Macht. Macht über Leben und Tod. Und wenn man sich innerlich für die Waffe öffnete, sich auf sie einließ, dann konnte man diese Macht auch spüren. Ihn hatte sie beim ersten Kontakt erfasst. Der kalte Stahl des Verschlusses, die festen, glatten Holzapplikationen, jeder Bestandteil des Gewehres atmete die tödliche Funktion seiner Gesamtheit. Er erinnerte sich daran, wie er zum ersten Mal in einem Einsatz durch das Zielfernrohr gesehen hatte. Wie er damals durch die Vergrößerung das Ziel beobachten hatte können, das so arglos, so dumm über die offene Straße ging. Das Ziel war schwach, er war mächtig, es war Krieg, es war so einfach abzudrücken. Es war der Lauf der Welt.

Viele erzählten, es wäre eine Überwindung gewesen, das erste Mal zu töten. Er hatte das nicht so empfunden. Nein, es war kinderleicht gewesen. Anstatt Überwindung war es vielmehr eine Befreiung gewesen, eine neue Welt hatte sich für ihn geöffnet, eine Welt, in der er Richter und Henker war, in einer Person. Und er wusste, dass er gut war, dass selbst die Offiziere vor ihm Angst hatten, weil er besser war als sie, weil er kälter war als sie. Weil er die Aufgaben erledigte, die andere verweigerten. Dabei war das der Lauf der Dinge, das Recht des Stärkeren. Für ihn hatte das kein moralisches Problem bedeutet.

Später, als die politische Lage sich änderte, hatten sie ihn hinterrücks abserviert. Die Waffe entzogen, ihn fallen lassen. Auf einmal war er allein gewesen. Aber er hatte sich nicht kleinkriegen lassen, er hatte sich durchgeschlagen zurück nach Deutschland, nach Hamburg. Und es hatte nicht lange gedauert, da hatten sich dort Möglichkeiten ergeben, seine Dienste erneut anzubieten und seine Fähigkeiten unter Beweis zu stellen.

Zufrieden lächelte er in sich hinein. Nach und nach hatte er sich dann doch wieder einen Namen gemacht. Der

Wirt im Anker, bei dem er anschreiben lassen konnte und dem er im Gegenzug ein wenig bei der Diskussion mit säumigen Freiern unter die Arme griff, machte ihn auf die Anfrage einer Dame aufmerksam, die auf der Suche nach einem Typen wie ihm wäre.

Er erinnerte sich an das Treffen, wie übervorsichtig sie gewesen war und wie albern ihm das vorgekommen war. Aber diese unscheinbare Person, das hatte er schnell erkannt, hatte vielleicht beinahe so viel drauf wie er. Sie hatte ihn auf die Probe gestellt. Und er hatte sie überzeugen können. Inzwischen, da er ihren großen Plan kannte, verstand er auch ihre Vorsicht.

Eine Nachricht seiner Partnerin. Ihre Position am Strand hatte sich als zu unsicher erwiesen, sie hatte keinen Schuss setzen können.

Es war schon nach Mittag. Warten war ein Geduldsspiel. Aber er war gut darin.

Seine Partnerin hatte ihm in groben Zügen erklärt, wer die Auftraggeber waren. Es waren Idealisten. *Antikapitalistischer Widerstand*, er hatte den Erklärungen über die Gründe, weshalb sie den Tod Brambergers wollten, nicht folgen können. Da hatte er die Bande noch für eine Gruppe von Laien gehalten, aber sie waren bemerkenswert gut informiert gewesen, und sie hatten saubere Informationen geliefert. Ihnen fehlte nur jemand, der das Ding für sie durchzog. So waren sie auf seine Partnerin gekommen. Und die brauchte nun ihn, weil für einen großen Auftrag nur die besten Leute gut genug waren.

Eine Meldung von ihr erreichte ihn, dass Bramberger durch das Inselinnere zurückkehren wollte. Er solle sein Können beweisen.

Er war im Spiel. Endlich. Endlich konnte er der Welt zeigen, wozu er imstande war. Er würde eine Schlagzeile produzieren. Eine Schlagzeile, die in allen Ländern der Welt gelesen werden würde.

Behutsam öffnete er den Rucksack, schob die zuoberst liegende Brotdose zur Seite und hob den weißen Hartschalenkoffer heraus. Mit schnellen, geübten Handgriffen setzte er die Waffe zusammen. Zum Schluss ließ er das kurze Stangenmagazin in dem Schacht vor dem Abzug einrasten. Er hatte zehn Schuss. Aufgrund der relativ langen Nachladezeit würde er maximal drei Schüsse setzen können. Besser, er traf direkt mit dem ersten.

Nach dem Schuss das Gewehr an Ort und Stelle liegen lassen, nur einmal mit dem vorbereiteten Spezialtuch an den kritischen Stellen die Spuren vernichten. Über die rückwärtige Düne flüchten, durch das Loog bis zum Dorf. Dort unter die Menschen mischen und unauffällig bis zum Sportboothafen kommen, wo ihr Boot lag, die *Seestern*, knapp acht Meter lang mit einer kleinen Kajüte, bis oben hin mit Nahrungsmitteln gefüllt. Dort konnte er erst einmal untertauchen. Mit Sicherheit wurden Flughafen und Fährbetrieb überwacht und vielleicht auch die abfahrenden Jachten. Aber sicherlich nicht die im Hafen liegenden Jachten. Und sobald die Luft rein wäre, vielleicht schon in der Nacht, vielleicht nach einem Monat, würde er mit dem Boot flüchten können.

Das war seine Bedingung gewesen. Er hatte einen ordentlichen Fluchtplan verlangt, und den hatte sie ihm geboten. Sie bekam ja auch im Gegenzug den Mann, den Profi, nach dem sie gesucht hatte.

Auf der Aussichtsdüne kam eine neue Wandergruppe an. Wahrscheinlich war es nicht Bramberger, dafür war es noch zu früh. Er fokussierte sie mit dem Zoom des Zielfernrohrs. Nein, er war es nicht, nur zwei Wanderer. Das Fadenkreuz bewegte sich auf und nieder, im Rhythmus seiner Atmung. Wir sind eins, die Waffe und ich, dachte er.

Die Gruppe verließ den Aussichtspunkt wieder. Er setzte das Gewehr noch einmal ab. Die beiden Wanderer erschienen auf der rechten Seite, am Nordufer des Sees. Sie drehten sich nach allen Seiten, sahen sich offenkundig um. Wahrscheinlich Personenschützer von Bramberger, eine Art Vorhut. Einer der beiden lief die Dünen hoch. Der Mann stapfte wieder nach unten, es sah nicht sehr elegant aus, ging weiter am Ufer des Sees entlang. Kletterte wieder nach oben. Sprach mit dem zweiten Mann. Die beiden waren relativ nah an ihm dran. Zwar nicht nah genug, um ihn zu entdecken oder ihm direkt gefährlich zu werden, aber nah genug, um seinen Fluchtweg zu erkennen.

Vielleicht sollte er nicht nur Schüsse für das eigentliche Ziel, sondern auch noch einen weiteren für einen der beiden investieren. Das verschaffte ihm im Zweifel Zeit. Nicht dass sie ihm den Weg in das Loog abschnitten.

Auf der Aussichtsdüne kam wieder Bewegung auf. Drei Personen. Ein Pärchen, sie jung, er eher im Rentenalter, hinter ihnen ein drahtiger Mann um die vierzig. Nacheinander stiegen sie die Stufen des kurzen Aufstiegs hoch. Brann schloss das linke Auge, presste das rechte an das Zielfernrohr, ließ langsam das Fadenkreuz nach unten schweben, mit jedem Atemzug ein kleines Stück tiefer. Zog langsam am Abzug, vorsichtig, fühlte, wie der mechanische Widerstand stärker wurde. Er hatte es sich angewöhnt, erst beim Ausatmen zu schießen, um die Gefahr des Verreißens zu minimieren. Ein letzter Atemzug, nicht tiefer als sonst auch, dann ließ er das Fadenkreuz auf dem Oberkörper Brambergers zur Ruhe kommen. Die Entfernung war kein Problem. Der Wind hatte nachgelassen. Die Sonne war hinter einer dunklen Wolke verschwunden. Kein störender Schalldämpfer, der die Flugbahn beeinflusste. Es war so einfach.

Der Schuss löste sich, perfekt, genau so, wie er es geplant hatte.

15

ENDLICH HATTE ER WIEDER eine Datenverbindung. Das Restaurant an der Domäne Bill war in einem ehemaligen Bauernhof untergebracht, einem weit ausladenden Haus aus roten Backsteinen und, natürlich, roten Dachziegeln. Es war über die Billstraße aus Dorf und Loog gut erreichbar und eines der beliebtesten Tagesausflugsziele der Insel, auch jetzt war der riesige Fahrradparkplatz gut zur Hälfte belegt. Abends würde es wieder ein Haus im Nirgendwo sein. Vor dreihundert Jahren war hier mitten in der Nacht ein gesamtes Dorf in den Fluten der Nordsee ertrunken. Der Tod hatte sich damals nicht angekündigt, die üblichen Anzeichen einer Sturmflut waren durch eine seltene Wetterkonstellation verhindert worden. Als ob die Natur ein Attentat verübt hätte.

Nur eine einzige E-Mail war eingetroffen, die allerdings war von Dr. Meyer und als vertraulich gekennzeichnet. Anbei sende sie ihm die angeforderten Dossiers. Die Sache sei sensibel, das weitere Vorgehen mit ihr abzustimmen.

Velten öffnete die Dateianhänge. Zu Michael Simon lagen keine besonderen Informationen vor, nichts, was

Maxi Holmann nicht auch rausgefunden hatte. Ein freier Fotograf und Journalist, der mit verschiedenen Boulevardmedien zusammenarbeitete. Das Dokument über Matthäus umfasste dagegen bereits fünf Seiten: vierzig Jahre alt, abgebrochenes Jurastudium, Bürgerrechtler, Berufsbezeichnung »freier Aktivist«. Der Verfassungsschutz hatte mit einer Überwachung begonnen. Mehr Informationen seien derzeit noch nicht dokumentiert.

Derzeit noch nicht dokumentiert. Eine interessante Formulierung.

Er wählte direkt Dr. Meyers Durchwahl.

»Sie rufen wegen der Dossiers an?«

»Mehr Informationen sind derzeit noch nicht dokumentiert?«

Dr. Meyer räusperte sich. »Sagen wir mal so. Die Informationsbeschaffung liegt im Graubereich. Ich nehme an, niemand kann mithören?«

Eine illegale Überwachung. Er hatte es geahnt. »Zwei Kühe stehen auf einer Weide neben mir. Ich denke, sie sind harmlos.«

»Haha, sehr witzig. Die Sache ist nicht ungefährlich für uns. Sollten Matthäus oder Simon mitbekommen, dass wir sie beobachten, werden sie das an die große Glocke hängen. Wir wollen keine Aufmerksamkeit erregen. Darum: vorsichtig. Bleiben Sie weg von Simon.«

»Es geht mir um beide. Simon und Matthäus. Kommen wir an ihre bisherige Korrespondenz ran? E-Mails, Chatprotokolle und so?«

Ein weiteres Räuspern kam durch die Leitung, sonst nichts.

»Simon hat die Fotos für *Sunshine* wahrscheinlich machen können, weil ihm jemand vor Kurzem einen Tipp hat zukommen lassen. Und ich habe Matthäus im Verdacht, Informationen über Brambergers Aufenthaltsort an ein paar Störer weitergegeben zu haben, vielleicht schon vor Wochen. Woher hatten Simon und Matthäus ihre Informationen? Was sind ihre Quellen?«

»Ich rufe morgen bei Gelegenheit bei Ihnen durch, okay?«

»Dann bis morgen.«

Es war kein Zufall, dass Dr. Meyer nicht aussprach, ob und auf welche Weise sie die Informationen zu beschaffen gedachte. Die Abteilung Polizeilicher Staatsschutz besaß zwar dank der Anti-Terror-Gesetze weitreichende Befugnisse, und auch Einsätze, für die eine richterliche Erlaubnis notwendig war, wurden normalerweise ohne Rückfragen bewilligt. Aber sie setzte diese Mittel nur mit Bedacht ein, aus politischen Gründen, um sich gegen den Vorwurf einer unverhältnismäßigen Bespitzelung der Bürger wehren zu können. Und sie behielt sich vor, den Einsatz dieser Mittel höchstselbst zu koordinieren.

Trotzdem forderte Bramberger, ihnen, dem Bundeskriminalamt, diese Rechte grundsätzlich zu entziehen, das seien Mittel der Geheimdienstarbeit, und Polizeiarbeit und Geheimdienstarbeit hätten nichts miteinander zu tun. Ob Bramberger bei diesem konkreten Fall seine Meinung beibehalten hätte? Wenn sie aufgrund dieser Sonderrechte einen Maulwurf in ihrem Team ausfindig machen konnten und so Brambergers Sicherheit wieder besser garantieren konnten? Vielleicht änderte er ja bald seine Meinung.

Zufrieden betrat Velten das Lokal. Schlicht, aber gemütlich. Fröhliches Stimmengewirr. Menschen, die Urlaub machten. Er konnte es ruhig auch etwas lockerer angehen lassen. Hatte auf der Fähre die Familie Florian nicht von dem selbst gemachten Stuten der Restaurantbetreiber geschwärmt? Es wurde Zeit, den mal auszuprobieren.

Sollte er sich bei Juna melden? Warum eigentlich nicht? Vielleicht besser erst morgen Abend? Es soll ja nicht so aussehen, als ob er ihr nachlaufe, aus dem Alter war er seit mehr als zwanzig Jahren raus.

Nach und nach kehrten die Kollegen in das Restaurant ein. Svenja sprach ihn an, sie mussten das Sicherheitskonzept für Brambergers Rückweg anpassen, es waren mehr Leute als vorher notwendig, Jan Singer und Tom Martin mussten nun ebenfalls Teil des Sicherheitsschleiers sein. Die Wege durch das Inselinnere waren, da weniger gut einsehbar als der Strand, zwar grundsätzlich einfacher abzusichern, Bramberger hatte aber leider auch mehr Optionen, aus denen er wählen konnte.

Schon im ersten Wegabschnitt, einem kleinen Wäldchen mit recht dichtem Unterholz, gab es unterschiedliche Pfade. Dieses Waldgebiet endete direkt am Hammersee, der die schmale Insel praktisch in zwei parallel verlaufende Dünenketten teilte, mit insgesamt vier voneinander getrennten Wanderwegen: den am Strand, den Bramberger auf dem Hinweg genommen hatte, je einen an Nord- und Südseite des Sees und zuletzt jener, der die Verlängerung der Billstraße auf dem Deich am Wattenmeer war.

»Wahrscheinlich wird er am Hammersee entlanglaufen, wir müssen aber alle vier Wege sichern. Uns bleibt nicht viel anderes übrig, als uns schon jetzt entsprechend aufzuteilen«, sagte Jenner. »Bramberger hat seinen Rosinenstuten beinahe aufgegessen.«

Velten übernahm zusammen mit Sams wieder die Führung. Unter dem Blätterdach des kleinen Waldes schien es ihnen, als wären sie an einen anderen Ort versetzt worden, so verträumt und unwirklich sah die Umgebung aus, wie aus einem kitschigen Märchenbuch. Die mal sanft, mal steil ansteigenden Dünen zwangen den Wanderweg immer wieder zu verschlungenen Kurven. Es hätte Velten nicht gewundert, wenn hinter der nächsten Ecke drei grüne Kobolde gemeinsam an einem Lagerfeuer gesessen hätten. Jenner meldete per Funk, dass Bramberger sich für den gleichen Wanderweg entschieden hatte.

Die Wege blieben auffällig leer. Einmal meinte Velten, im Unterholz ein Reh gesehen zu haben. Ansonsten begegneten sie auf den Wegen nur einem älteren Ehepaar. Sams kontrollierte es, wenn auch eher nachlässig.

Nach einer letzten Düne kamen sie an der Nordwestseite des Hammersees an. Kleine Wellen kräuselten seine Oberfläche. In etwa hundert Metern Entfernung umkreiste ein Schwarm Möwen eine Stelle im Wasser, vielleicht hatten sie dort Fische entdeckt. Enten und Gänse trieben auf dem See umher, tauchten gelegentlich mit dem Kopf hinab, um kurz danach wieder zum Vorschein zu kommen und in die Luft abzuheben. Ich wäre gern wie sie, dachte Velten. Jeden Tag hier verbringen, die raue Seeluft genießen, das gute Essen, und wenn es einem dann doch zu viel wurde, einfach die Flügel ausbreiten und weiterfliegen, dorthin, wo es ebenfalls schön ist.

»Wie geahnt möchte Bramberger einen Blick auf den Hammersee werfen«, meldete Larsen. »Ein Schild verweist auf eine Aussichtsdüne, dort möchte er hin. Wir nehmen die nächste Abzweigung links.«

»Velten, er geht also weiterhin eure Route.« Es war komisch, wenn Svenja ihn mit Nachnamen anredete. »Ihr sichert das Nordufer des Sees ab. Wir treffen uns am Eingang zum Loog, ich komme über die Billstraße zu euch.« Anschließend gab sie die Routen für die anderen Teams durch.

Wie die anderen Teams bestätigte auch Velten ihre Anweisungen. Team 1, nur ein Teamführer unter Svenja Jenner, seine Freundin hatte ihn karrieretechnisch überholt. Na ja, so war es halt.

Nach dem Abstecher zur Aussichtsdüne führte sie der Wanderweg durch eine kurze Kurve an das Nordufer des Sees. Während Sams unten am Weg stehen blieb, erklomm er die Dünen und nahm die Umgebung in Augenschein. Zu seiner Linken, weit weg, tosten die Wellen der Nordsee. Die Dünen waren unregelmäßig und schroff, die vielen Mulden, die am Vormittag dem Team 2 Schwierigkeiten gemacht hatten, konnte er hier ebenfalls nicht einsehen.

Na ja. Er stapfte zurück zum Weg, zusammen gingen sie weiter, bis zum zweiten Drittel des Sees. Dieses Mal kam Sams mit nach oben, vielleicht von einem schlechten Gewissen angetrieben. Die Dünen waren leer, soweit er das einschätzen konnte. Nicht einmal eine scheue Eierdiebin hatte sich hierhin verirrt. Er beobachtete Singer und Martin, die am Strand einen einsamen Kitesurfer kontrollierten. Martin hatte das Sprechen übernommen, obwohl er trotz seiner fast zwei Meter eher der zurückhaltende Typ war. Singer hielt sich drei Schritte hinter seinem Partner auf, deckte ihn. Wahrscheinlich ein unbewusstes Verhaltensmuster aus seiner Militärzeit.

»Wir kommen jetzt bei der Aussichtsdüne an«, meldete Larsen über Funk.

Velten blickte zurück. Auf einer kleinen Erhebung erschienen mehrere Gestalten, noch halb von Büschen verdeckt. Er wusste um die Gefahr der Situation. Bramberger war dort praktisch auf dem Präsentierteller. Jenner hatte gut daran getan, die Teams umzugruppieren, um die Wanderwege abzusichern, aber dort oben würde Bramberger wie auf einer Bühne stehen, weithin sichtbar.

Er ließ seinen Blick über den See schweifen. An der Südostseite, unterhalb der großen Düne, aus der zwei Betonsockel eines Bunkers aus dem Zweiten Weltkrieg herausragten, mitten im dunklen Unterholz, blitzte etwas auf. Das Sonnenlicht wurde reflektiert. Sonnenlicht, das auf Metall fällt.

Eine Ahnung stieg heiß in ihm hoch.

16

EINE WOLKE SCHOB SICH vor die Sonne, das Glitzern auf der anderen Seite verschwand. Sonnenlicht konnte von allem Möglichen reflektiert werden, das musste nichts bedeuten. Auf der Aussichtsdüne trat Bramberger aus dem Schutz der Büsche, stapfte hinter Larsen nach oben. Bei seinem Gewicht und Alter musste sich die zurückliegende Wanderung wie ein Marathon anfühlen. Oben angekommen, stemmte er die Fäuste in die Hüften, machte einen letzten Schritt.

Und stolperte nach vorne. Der Knall eines Schusses zerfetzte die Stille über dem See.

Die sehnige Gestalt Larsens drehte sich innerhalb von Sekundenbruchteilen um. »Rot«, brüllte seine Stimme über Funk. Er warf sich von der Seite mit voller Macht gegen den Körper Brambergers, der nun vollkommen die Balance verlor und zu Boden stürzte.

Ein zweiter Schuss peitschte durch die Luft.

»Alarm Rot«, schrie Larsen wieder. »Scharfschütze. Gegenüberliegendes Ufer. Wiederhole: Alarm Rot!«

Jenner gab Anweisungen. »Unmittelbare Umgebung sichern. Totalsperrung. Habt ihr Sicht auf den Schützen?«

»Team 2. Verstanden. Position des Schützen unbekannt.«

»Team 3. Verstanden. Position des Schützen unbekannt.«

»Team 4. Wir sind gleich bei Bramberger. Position des Schützen unbekannt.«

Auch das neu gebildete Team 5 meldete, dass es unterwegs zu den Brambergers war. Velten hatte sich nach dem zweiten Schuss zu Boden fallen lassen. In Deckung der Sanddüne klinkte er sich in den Funk ein. »Team 1: Schütze befindet sich vermutlich am Südostufer des Sees. Unterhalb der Betonsockel der alten Bunkeranlage.«

Sams lag neben ihm, pumpte schwer. Jenners Stimme überschlug sich fast. »Verstanden. Betonsockel am Südostufer. Ich bin da in der Nähe. Quasi hinter ihm.« Rasch gab sie weitere Anweisungen. »Team 2, Annähern und Absichern. Feuern nach eigenem Ermessen. Zielperson festnehmen oder ausschalten.«

»Team 2. Bestätigt. Wir tasten uns ran.« Frieder Dittmanns Stimme knirschte gepresst durch den Funk.

»Larsen, Status?«

»Die Brambergers sind beide unverletzt. Ich habe einen Streifschuss am Oberarm abbekommen. Team 3 ist da. Erstversorgung erfolgt.«

Velten hatte seine Dienstpistole aus dem Halfter gerissen. Zu dem anderen Ufer waren es mehr als vierhundert Meter Luftlinie. Viel zu weit für einen gezielten Schuss, trotzdem beruhigte ihn die Waffe, vermittelte ihm ein Gefühl von Stärke. Während er mit der freien Hand nach seinem Handy wühlte, wandte er sich an Sams.

»Wie ist die Lage? Können Sie den Schützen sehen?«

Sams sah ihn entgeistert an. Der Mann zitterte am ganzen Leib.

»Moin.« Bereits nach dem zweiten Klingeln hatte er Jepsens fröhliche Stimme am Ohr. Velten schnitt ihm das Wort ab, skizzierte ihm die Lage.

»Riegelt alle Wege zum Dorf ab. Der Schütze darf nicht entkommen.«

»Ich habe zwei Streifen im Loog postiert. Aber die sind nicht auf diese Art von Einsatz vorbereitet.«

»Lasst keinen mehr in das Gebiet westlich des Loogs rein. Überprüft alle, die rauswollen. Das ist jetzt verdammt noch mal ernst!« Wütend beendete er das Gespräch.

Scheiße, er wusste, dass Jepsen recht hatte. Seine Leute waren dafür nicht ausgebildet. Wie viel durfte er ihnen zutrauen? Ein Profikiller war nicht ihre Kragenweite.

»Dittmann, Status?«, fragte Jenner, die offenbar in vollem Tempo rannte.

»Wir nähern uns an.«

»Vorsicht!«, unterbrach Junker Dittmann. Er stieß einen Schrei aus. Stimmengewirr.

»Passanten. Entwarnung«, hörte man Dittmann. Im Hintergrund fluchte und schimpfte Junker.

»Verdammte Scheiße, der ist gleich über alle Berge«, rief Jenner.

Sie hatte recht. Sie waren zu langsam, zu weit weg. Es hatte keinen weiteren Schuss gegeben, der Schütze war bestimmt schon auf der Flucht. Der Weg in Richtung Loog war offen, auch der zum Strand. Der Attentäter hatte gute Chancen zu entkommen.

Irgendwas musste er tun. Velten sprang auf, stürmte die Düne zum Wanderweg hinunter. Verdammt, er musste bescheuert sein. Keine Deckung, kein Strauch, kein Baum, nichts. Wenn der Scharfschütze doch noch in seinem Versteck geblieben war und nur halbwegs sein Handwerk verstand, war er so gut wie erledigt. Er raste weiter, wartete dabei auf einen dritten Schuss, auf den Schmerz, der durch seinen Körper raste, der ihn aus vollem Lauf in das Sandgras der Dünen schleudern würde. War das Todessehnsucht?

Noch kam dieser Schuss nicht, zum Glück. Stattdessen meldete sich Jenner. »Ich bin gleich bei der Rückseite der Betonsockel. Nähere mich der Position des Schützen.«

Wenn dieser noch dort war. Der Schotter des Wanderweges stob unter seinen Sohlen, beinahe wäre er ausgerutscht. Es war schon viel zu viel Zeit vergangen. Sie waren zu langsam, viel zu langsam. Er passierte das Ende des Sees.

Es machte keinen Sinn, wenn auch er auf das Versteck des Schützen zustürmte. Dittmann und Junker müssten die Position auch schon erreicht haben. Warum meldeten die das nicht? Gleich waren sie da, ganz bestimmt. Und falls der Schütze auf der Flucht war, müsste er ihn zu Gesicht bekommen, konnte ihm vielleicht sogar den Weg abschneiden.

Die einzige logische Fluchtrichtung war nach Osten, entweder über die zwei Wanderwege vor ihm ins Loog, die sich zwischen schwer passierbarem Gelände hindurchschlängelten, oder linker Hand über den Strand. Noch einmal zog er das Tempo an.

Die Wege waren leer, niemand war zu sehen. Zu spät. Der Attentäter war entwischt. Er brach seinen Lauf ab. Was war das? Er meinte, am Ende des Weges doch eine Bewegung bemerkt zu haben.

»Hände hoch!«, hörte er Jenner über Funk rufen. Er drehte sich um, ihre Silhouette erschien weit weg auf dem schmalen Dünenkamm, wo das Versteck des Schützen gewesen sein musste. Er sah, wie sie ein Stück nach unten sackte, vermutlich vom eigenen Schwung mitgerissen. »Hey …« Dann folgten zwei Schüsse.

»Was ist los?«

Ein dritter Schuss.

»Zielperson ausgeschaltet.« Ihre Stimme war kühl, zugleich konnte man hören, dass sie um Atem rang. »Wiederhole. Zielperson ausgeschaltet.«

17

VON LINKS WAREN HELLE Stimmen zu hören. Kinderstimmen, die den Strandaufgang hochschallten. Instinktiv versteckte Velten seine Pistole hinter seinem Oberschenkel. Weglegen wollte er sie noch nicht, die Gefahr war noch nicht vorbei. Es bestand die Möglichkeit, dass es weitere Attentäter gab.

»Hallo. Da sehen wir uns ja mal wieder. So ein Zufall.« Es war Herr Florian mit Tochter und Sohn. Sie kamen auf ihn zu. Der Lehrer hatte eine hellblaue große Strandtasche in der Hand. Der Junge zog einen bunten Lenkdrachen hinter sich her, das Mädchen trug Reitstiefel.

»Zurück!« Unauffällig steckte Velten die Dienstpistole hinten in seinen Hosenbund, wo sie von der Windjacke verborgen wurde. Mit ausgebreiteten Armen ging er auf die Familie zu. Die Situation war noch nicht unter Kontrolle, auf gar keinen Fall durften sie in die Schusslinie eines möglichen Komplizen des Killers geraten.

»Was?« Der Vater blieb verwundert stehen.

»Polizei. Hier ist Sperrgebiet. Gehen Sie sofort zum Strand zurück. Keine Diskussion.« Mit der linken Hand suchte er nach seinem Dienstausweis, der irgendwo in der Innentasche seiner Jacke sein musste.

»Aber Mama ist schon voraus…« Das Mädchen war irritiert.

»Sind Sie übergeschnappt?« Dem Vater missfiel offensichtlich die direkte Ansprache. Er lief weiter auf Velten zu. »Was erzählen Sie da für einen Scheiß? Sie machen meiner Tochter Angst.« Die Strandtasche wechselte von der rechten in die linke Hand.

»Bleiben Sie stehen. Stehen bleiben. Polizei!«

»Lassen Sie uns durch!« Der Mann beschleunigte seinen Schritt. In der Strandtasche klimperte es, der Vater, nur noch fünf Meter von ihm entfernt, griff bereits hinein.

Velten tastete mit der rechten Hand wieder nach der Waffe. Die linke Hand fand den Ausweis. Endlich. Er riss ihn nach oben, fast in das Gesicht des Vaters.

Der stolperte zurück, die Tasche fiel auf den Boden, öffnete sich beim Aufprall, Kinderschaufeln mit metallenen Schaufelblättern purzelten heraus.

»Team 2. Wir sehen dich, Chefin.«

»Team 3. Bramberger ist unverletzt. Larsen wird versorgt. Situation ist unter Kontrolle.«

»Team 4. Die unmittelbare Umgebung ist sicher.«

»Team 5. Rückwärtige Umgebung gesichert.«

»Jepsen hier. Die beiden Streifen haben Posten am Rand des Loog aufgenommen.«

»Team 1. Bei uns ist auch alles prima«, sagte er müde. Er beendete den Funkspruch, wandte sich dann an die Florians.

»Verdammt noch mal, ich habe Polizei gesagt. Was war denn daran so schwer zu verstehen?«

Sein Herz raste noch immer, und das lag nicht an dem kurzen Sprint. Beinahe hätte er dem Vater die Pistole unter die Nase gehalten. Was hätte da noch passieren können!

»Ist sonst noch jemand in der Nähe?« Alle drei schüttelten den Kopf. Ein gutes Zeichen. »Gehen Sie bitte über den Strand zurück in Ihr Ferienhaus. Das ist kein Spaß hier.«

»In Ordnung, in Ordnung«, murmelte der eben noch so energische Vater. »Was ist denn los?«, fragte er dann noch leise nach.

»Das können Sie morgen in der Zeitung lesen«, antwortete Velten schroff. Doch dann besann er sich und bat Florian höflich, noch diesen Abend in die Wache in der Carl-Stegmann-Straße zu kommen. »Und Ihre Frau auch, bitte.« Sie brauchten die Aussagen von allen potenziellen Zeugen. Vielleicht hatten sie ja etwas gesehen.

Der Vater und die beiden Kinder wandten sich um und liefen zurück zum Strand. Da unten waren sie erst einmal in Sicherheit. Einen Meter neben Velten stand eine Sitzbank. Als er sich auf sie fallen ließ, sah er Sams den Wanderweg entlangkommen, das Kinn trotzig nach oben gestreckt.

»Warum sind Sie weggerannt?«, fragte er. »Hätten wir nicht die Umgebung um Bramberger herum sichern sollen?«

»Halten Sie bloß Ihren Mund.« Der Kerl hatte den Beruf verfehlt. »Sichern Sie den Aufgang, niemand darf hoch zum See. Das ist eine direkte Anweisung. Ab sofort ist hier Sperrgebiet.«

In dem Moment meldete sich Jenner: »Wiederhole: Zielperson ist ausgeschaltet. Keine weiteren Personen in der Nähe.«

Ihre Stimme klang entrückt. Sie läuft auf Autopilot, dachte Velten. Sie hatte funktioniert, sie funktionierte noch immer. Sie hatte abgedrückt. Drei Mal. Die Zielperson ausgeschaltet.

Als er oben zu ihr auf die Düne hinaufgeklettert kam, bot sich ihm ein grässlicher Anblick. Sie hatte bei jedem Schuss getroffen. Einmal in die linke Schulter, einmal in die linke Hand, einmal in die linke Schläfe. Der letzte Schuss war tödlich gewesen, eindeutig. Das, was mal die obere Hälfte seines Gesichts gewesen war, war brutal deformiert und, zum Glück, größtenteils von dunkelrotem Blut überdeckt.

»Er hat sich umgedreht und auf mich gezielt«, sagte sie. »Er war schnell. Sehr schnell.«

Offenbar ein Profi. Der Tote hatte keine Wertsachen bei sich, alle Taschen waren leer, es gab nichts, wodurch sie ihn hätten identifizieren können. Nur ein Schlüssel zu einem Vorhängeschloss fand sich in einer gesonderten Innentasche des Rucksacks.

»Und außerdem noch dieser Brief.« Jenner reichte ihn Velten.

Antikapitalistischer Widerstand.

Bramberger war ein legitimes Ziel für den bewaffneten Widerstand. Er repräsentiert einen Staat, ein kapitalistisches System, das Ungleichheit, Ungerechtigkeit und

Unrecht zementiert. Diesem System erklären wir den Krieg.

Und wir werden siegen, denn ein Staat, der auf Ungerechtigkeit basiert, ist im Innern krank, schwach, er hat der Revolution nichts entgegenzusetzen.

Tod dem System, Tod dem Staat. Freiheit dem Volke.

»Ein Terrorist«, stellte Jenner fest, »ein verdammter wahnsinniger Terrorist.«

»Ein Wahnsinniger kommt nicht ohne Weiteres an ein Scharfschützengewehr ran«, widersprach Frieder Dittmann seiner Chefin. Ja, da war was Wahres dran.

Velten sagte nichts. Das ging alles zu schnell, um es einordnen zu können. *Antikapitalistischer Widerstand.* Eine linksextreme Gruppe, die seit knapp zwei Jahren existierte. Viel war nicht über sie bekannt. Bisher war sie vor allem dadurch aufgefallen, dass sie im Internet zu Anschlägen aufgerufen hatte. Und jetzt das. Ein Scharfschütze. Ein ausgebildeter Killer?

Ein Hubschrauber landete am Strand, um die Brambergers und Larsen aus der Gefahrenzone zu bringen. Fünf Minuten später hob er wieder ab. Reiner Jens meldete sich über Funk. »Gute Neuigkeiten von Larsen. Es ist tatsächlich nur ein Streifschuss. Er ist jetzt auf dem Weg zum Festland.«

»Zusammen mit den Brambergers, nehme ich an?«

»Nein. Der Präsident ist auf dem Weg zu euch.«

»Was?« Sie trauten ihren Ohren nicht.

»Er hat sich geweigert. Keine Diskussion möglich.

Bramberger will den Schützen selbst sehen. Wir begleiten ihn. Wir sind gleich bei euch.«

»Es gibt ein Notfallprotokoll!« Jenner konnte es noch immer nicht glauben.

»Sagen Sie ihm das, Chefin.«

Das gesamte Gebiet wurde weiträumig abgesperrt, die Insel zwischen Loog und Hammersee abgeriegelt. Die Kollegen in Uniform kontrollierten sämtliche Zugänge, um mögliche Zeugen zu identifizieren. Alle Spaziergänger, die sich zum Zeitpunkt des Anschlags auf der Westseite befunden hatten, wurden überprüft und befragt. Zum Glück waren zum Zeitpunkt des Attentats nur wenige Personen in der Nähe gewesen.

Glück. Sie hatten Glück gehabt. Sehr viel Glück. Wenn Bramberger nicht über eine hervorstehende Wurzel gestolpert wäre, wäre der erste Schuss mit Sicherheit ein Treffer gewesen. Der zweite hatte Bramberger nur nicht getroffen, weil Larsen bestmöglich reagiert hatte – und sich selbst in die Schusslinie geworfen hatte.

Ob das hier zu verhindern gewesen wäre? Nur schwer, dachte Velten, als er seinen Blick über die unübersichtliche Umgebung schweifen ließ. Sie hätten mindestens zwanzig Leute gebraucht, um den gesamten Bereich abzusichern. Besser wäre es gewesen, der Bundespräsident hätte auf seinen Spaziergang verzichtet. Noch besser, er wäre gar nicht aus Berlin und seinem blöden Schloss Bellevue rausgekommen.

»Er ist da.«

Bramberger erschien unten auf dem Wanderweg, neben

ihm seine Ehefrau, flankiert von Reiner Jens und Daniela Kruse. Anja Bramberger schüttelte den Kopf, sie wollte unten warten. Der Bundespräsident stapfte die steile Düne empor, schneller, als Velten es erwartet hatte. Die umstehenden Beamten boten ihm ihre Hände zur Hilfe, die er aber vehement ablehnte.

Keuchend kam Bramberger zwischen Jenner und ihm zu stehen und betrachtete die Leiche des Attentäters. Er verzog keine Miene. Dann wandte er sich an Jenner.

»Vielen Dank. Ich vermute, ich verdanke Ihnen mein Leben.«

»Danken Sie Larsen«, wehrte sie ab und verwies noch einmal auf seine Schusswunde.

»Nein, Frau Jenner, ich meine das ernst. Ich habe Ihnen unrecht getan. Sie haben Ihr Leben riskiert, um meines zu retten.« Bramberger sah sie lange an, ergriff ihre Hand, schüttelte sie ausgiebig. »Mir fehlen tatsächlich die Worte. Darum, auch im Namen meiner Frau, einfach vielen, vielen herzlichen Dank.«

Bramberger öffnete noch einmal den Mund, wie um etwas zu sagen, unterließ es dann aber. Der Mann war auf einmal so herzlich. Natürlich strahlte er noch immer diese Autorität aus, die mit dem höchsten Amt im Staat einherging, aber er wirkte anders als zuvor.

»Was wissen Sie?«

Jenner berichtete ihm von dem Bekennerschreiben.

»Zeigen Sie es mir!« Ein nervöser Befehlston kehrte in Brambergers Stimme zurück.

»Ich weiß nicht, ob das eine gute Idee ist, die Spurensicherung...«

»Der Mann hat auf mich geschossen. Geben Sie ihn her, sofort!« Die Freundlichkeit, die Bramberger eben noch an den Tag gelegt hatte, schien wie weggeblasen. Energisch streckte der Bundespräsident die Hand aus. Svenja zögerte, gab den Brief dann aber heraus. Bramberger las ihn einmal, ein zweites Mal.

»Wer hat das bisher gelesen?«

Bramberger machte keine Anstalten, den Brief zurückzugeben.

»Bisher Herr Velten und ich, aber das geht gleich an die Zentrale.«

»Behalten Sie den Inhalt bitte für sich«, entgegnete Bramberger. »Frau Jenner, Herr Velten, das ist ein Staatsgeheimnis. Ich verlasse mich auf Sie!«

Bramberger faltete ungerührt den Brief in der Mitte und steckte ihn in die Innentasche seiner Wanderjacke. Das Ganze hatte eine unerwartete Wendung genommen.

»Wie bitte?« Velten konnte kaum glauben, was gerade geschah.

»Herr Velten, Sie kriegen ihn. Zu gegebener Zeit, so schnell, wie es nur möglich ist. Sie haben mein Wort.«

Weder hätte Bramberger hier sein dürfen, noch hätte er das entscheidende Beweisstück auch nur berühren, geschweige denn einstecken dürfen. Aber wenn der Bundespräsident sich so etwas rausnahm, was sollte er machen? Ihn mit vorgehaltener Waffe zwingen, den Brief wieder herauszurücken?

»Dann wäre das ja geklärt.« Bramberger schien ihr Schweigen als Bestätigung zu werten.

»Ein zweiter Hubschrauber mit einem Sondereinsatzkommando wird in zehn Minuten hier sein«, erklärte Jenner, starr vor sich hinblickend. »Sie werden Sie und Ihre Frau zum Festland an einen sicheren Ort bringen.«

»Nein. Das kann ich nicht. Ich bleibe hier«, antwortete Bramberger und ließ nicht viel Spielraum für Gegenvorschläge. »Ich muss hier auf der Insel bleiben. Das hier darf nicht passiert sein. Dieser Attentatsversuch ist nicht passiert, verstanden? Ich will keine Aufmerksamkeit auf das Geschehen hier lenken. Das muss oberste Priorität haben!«

Spätestens in den kommenden Tagen würde das ein Ding der Unmöglichkeit werden. Kaum zu erwarten, dass sich die heutigen Geschehnisse verbergen ließen.

»Ich muss zurück zum Hotel. Nicht mit dem Helikopter. Möglichst unauffällig. Möglichst schnell.« Bramberger klang entschlossen.

Unschlüssig standen sie auf der Düne. Das vorgesehene Vorgehen hatte Bramberger per Handstreich außer Kraft gesetzt. Es gab keinen Plan B. Marleen Junker und Frieder Dittmann blickten irritiert zu Boden, Svenja suchte nach Worten. »Das Gebiet hier ist nicht zu hundert Prozent gesichert. Wir sperren die Billstraße, holen eine der Kutschen …«

»Nein. Nichts in der Art. Keine Auffälligkeiten mehr.« Bramberger behielt weiter die Kontrolle über die Situation.

»Wir gehen zu Fuß. Bringen Sie uns einfach zum Hotel, als wäre nichts passiert.«

Über Funk meldete sich Maxi Holmann. »Die Spurensicherung wird in einer halben Stunde hier sein.«

Wie der Rettungshubschrauber würden sie ebenfalls am Strand landen und nicht den langen Weg vom Flugplatz hierher auf sich nehmen. Je weniger Zeit verging, desto besser waren die Ergebnisse der Kollegen.

»Es ist vielleicht am besten, wenn ich die Schneemänner einweise. Sie werden eh mit mir sprechen müssen«, stellte Jenner fest. Sie hatte recht. Sie konnte den Ablauf am besten beschreiben. Velten nickte ihr zu. »Ich übernehme Brambergers direkten Schutz. Pass auf dich auf.« Dann wandte er sich an Bramberger. »Lassen Sie uns losgehen, bevor es hier zu unübersichtlich wird.«

Frieder übernahm mit drei Teams die Vorhut, während Reiner Jens mit zwei Teams hinter ihm und den Brambergers blieb.

Auf Höhe der ersten Häuser des Loog sahen sie zwei uniformierte Kollegen, die gerade einen Jogger zurückwiesen.

»Was ist denn da los?«, hörten sie ihn ungehalten fragen. Er bekam keine Antwort, nur ein Schulterzucken. So machte man die Leute natürlich erst recht neugierig. Es würde sehr schwierig werden, die heutigen Ereignisse geheim zu halten.

Ein Attentatsversuch auf den Bundespräsidenten durch linksextreme Terroristen. So etwas in der Größenordnung hatte es lange nicht mehr gegeben.

Antikapitalistischer Widerstand. Für eine kommunistische Idylle. Alle gleich, alle gemeinsam glücklich. Die roten Klinker des Loogs strahlten ihn an. Die ähnlichen und ähnlich großen Häuser, die Gärten, individuell gestaltet, und trotzdem eine Einheit. Inselromantik. Das war gar nicht weit weg davon. Alle auf einer Insel, aufeinander angewiesen, jeder kennt jeden, allen geht es wirtschaftlich gut, alle leben in einem kleinen Paradies. Man wusste genau, dass das Blödsinn war, trotzdem übte der Blödsinn eine Faszination aus, der man sich nur schwer entziehen konnte.

Um die belebte Billstraße zu vermeiden, bog der Tross links zum Strand ab. Bramberger und seine Frau stapften neben Velten her. Schnell und stetig, sie ebenso kühl wie er. Professionell. Beinahe hätte man meinen können, sie wären schon wieder im Alltag angekommen. Velten wusste, dass er keine Ahnung von Beziehungen hatte, aber diese verstand er nicht. Er sah Bramberger an.

»Sagen Sie, warum haben Sie die Notfallprozedur abgebrochen?« Immerhin gelang es ihm, die Frage nicht wie einen Vorwurf klingen zu lassen.

»Weil mir in dem Moment, als ich in den Helikopter einsteigen sollte, klar geworden ist, dass das die falsche Entscheidung gewesen wäre.« Bramberger antwortete ruhig und abgeklärt. Selbstzweifel schien der Mann nicht zu haben.

Dabei wäre er im Helikopter doch in Sicherheit gewesen. Hier war er es nicht. Sie hatten gerade einmal die unmittelbare Umgebung unter Kontrolle. Niemand wusste, was sonst noch auf der Insel passieren konnte.

»Ich repräsentiere die Bundesrepublik Deutschland, unseren Staat. Ich denke, es ist eine Sache des Prinzips. Ich durfte nicht fliehen. Der Staat weicht nicht vor der Gewalt eines Einzelnen zurück. Er darf nicht zurückweichen. Niemals.«

Dieser Blender. Oben auf der Düne neben der Leiche war er ihm auf den Leim gegangen, obwohl er es doch eigentlich besser wusste. Aber jetzt nicht mehr. Diese Ausrede war zu billig.

»Ernsthaft? Sie sind nicht in den Hubschrauber eingestiegen, weil Sie die Souveränität Deutschlands nicht kompromittieren wollten?«

»Nein. Ich hatte in dem Moment einfach keine Lust, herumkommandiert zu werden, als ob ich keinen eigenen Willen hätte.«

Dieses Mal glaubte er ihm, aber da war noch mehr, etwas, das Bramberger ihm nicht verraten wollte. Das war insgesamt noch zu platt.

»Sie haben etwas in dem Brief erkannt, oder? Sagen Sie mir, was das war.«

»Ja. Nein. Ich muss mir erst selbst sicher sein.«

Warum auch, wir sind ja nur diejenigen, die für Sie den Kopf hinhalten. Larsen hat gerade sein Leben für Sie riskiert, aber Sie spielen Spielchen. Besten Dank.

Wie gerne hätte er ihm das direkt ins Gesicht gesagt. Halt einfach die Klappe und bring ihn in Sicherheit, ermahnte er sich stattdessen. Mach deinen Job. Auch Bramberger schien kein Interesse daran zu haben, das Gespräch weiterzuführen.

Bramberger traute ihnen nicht. Das war es. Sein Instinkt sagte ihm, dass er weiterbohren sollte.

18

BRAMBERGER BETRACHTETE den Polizisten. Dieser Velten war anders als die Leute der Sicherungsgruppe. Jenner oder ihre Kollegen hätten sich nicht getraut, so offen mit ihm zu sprechen. Er wusste nicht, ob ihm das gefiel.

Der Strand wurde belebter. Wenn ihnen Leute entgegenkamen, positionierten sich immer zwei Personenschützer wie zufällig direkt vor ihm, um ihn abzuschirmen. Sie waren ernst, konzentriert und schweigsam. Wie Roboter. Auf jeden Fall tickten diese Menschen anders als er. Dass diese Jenner tatsächlich geschossen hatte! Er wusste noch nicht, ob er die Frau dafür bewundern oder bemitleiden sollte. Jedenfalls hatte er es ihr nicht zugetraut. Doch keine reine Notebook-Polizistin. Sie hatte funktioniert, eiskalt. Gut für ihn.

Anja schwieg noch immer. Sie hatte viel geschwiegen in letzter Zeit. Mechanisch lief sie neben ihm her, in ihre eigenen Gedanken versunken. Manchmal ergriff er ihre Hand, manchmal ließ sie seine los. Sie hatte nicht geschrien, als die Schüsse fielen, als das Blut aus Larsens Wunde in den Sand schwappte wie aus einem müden

Brunnen. Mit weißem Gesicht hatte sie zwischen ihm und Larsen hin- und hergeschaut und einfach nichts gesagt. Ob das ein akuter Schock war?

War es richtig von ihm gewesen, den Notfallplan nicht nur für sich, sondern auch für sie abzusagen? Ja. Sie hatte sich schnell wieder gefangen. Nahm sich für ihn zurück, weil sie wusste, dass er jetzt einen klaren Kopf benötigte. Er würde sich mal wieder mehr um sie kümmern müssen, aber nicht jetzt. Er brauchte seine Energie für anderes, Wichtigeres, dachte Bramberger.

Unten am Strand, als die Personenschützer ihn in den Hubschrauber hatten zerren wollen, natürlich zu seinem Schutz und in bester Absicht, hatte er ihnen aus einem spontanen Impuls heraus widersprochen. Er musste selbst die Fäden in der Hand behalten. Er musste die Kontrolle über sein Leben behalten, um es zu schützen. Durfte niemandem erlauben, Entscheidungen für ihn zu fällen. Dieser Apparat, der für ihn arbeiten sollte, war korrupt, er hatte es immer gewusst. Da gab es wichtige Räder, die sich gegen ihn drehten, seine Feinde waren überall, sie arbeiteten im Geheimen gegen ihn, blieben in Deckung. Er kannte sie nicht, vielleicht waren sie auch unter denen, die für seine Sicherheit sorgen sollten.

Vielleicht hatte er sich auch von der rationalen Reaktion seiner Personenschützer anstecken lassen. Rationalität war eigentlich immer gut. Und in diesem Fall hatte er durch seine spontane rationale Entscheidung eine absolut wichtige Information erhalten.

Er würde das Bekennerschreiben niemals rausgeben können, dazu war es viel zu sensibel. Er hatte die Botschaft sofort gesehen, die dort zwischen den Zeilen stand. *Im Innern krank, im Innern schwach. Tod dem Staat.* Seiner Intuition konnte er vertrauen, vor allem, wenn es um Politik ging. *Cui bono* ... Es war nur eine Ahnung, aber je mehr er darüber nachdachte, desto logischer erschien ihm die Idee. Es passte alles ins Bild.

»Sie trauen Ihren Leuten nicht.«

Ja, das stimmte. Was sagte das über diesen Velten aus, wenn er diese Frage stellte?

»Sie vermuten eine undichte Stelle in Ihrem Stab«, wiederholte dieser seine Vermutung. »Habe ich recht? Sie haben das Schreiben an sich genommen, damit niemand es an die Öffentlichkeit lancieren kann. Sie müssen einen Grund dafür haben.«

»Es gibt keinen Grund, an Ihnen oder Frau Jenner und Ihrem Team zu zweifeln.« Diesem Velten war der Ärger darüber anzusehen, dass er seine Frage nicht beantwortet hatte, und der Mann blieb hartnäckig.

»Noch einmal: Was genau an dem Bekennerschreiben darf nicht an die Öffentlichkeit? Was kann uns bei der Aufklärung des Attentats nützlich sein?«

Bramberger ertappte sich bei dem lächerlichen Wunsch, ihn in seine Überlegungen einzuweihen, erinnerte sich dann aber gleich daran, dass er sich gerade selbst darin bestärkt hatte, niemandem mehr zu vertrauen. Er musste nachdenken und eine Lösung finden. Er hatte überlebt, eine

Verlängerung bekommen, die er nutzen musste. Denn wie groß das Zeitfenster bis zu einem nächsten möglichen Attentatsversuch war, konnte niemand wissen.

Dieser Velten wartete weiterhin auf eine Antwort.

»Das ganze sogenannte Bekennerschreiben darf es schon deshalb nicht geben, weil es keine Anschläge auf den Präsidenten geben darf. Also darf es auch nicht an die Öffentlichkeit.« Und nur wenn er selbst es unter Verschluss hatte, konnte er sich wirklich sicher sein, dass es nicht in den Medien auftauchte.

Einen kleinen Hinweis konnte er dem Mann aber noch geben. »Ich habe die Befürchtung, dass Sie die wahren Hintergründe dieses Attentats niemals werden aufklären können.«

Denn wenn seine Vermutung richtig war, dann waren die echten Auftraggeber viel zu weit weg für die kleinen Polizisten.

19

DIE AUFKLÄRUNG EINES ANSCHLAGS auf eines der Verfassungsorgane des Bundes, den Bundespräsidenten, oblag automatisch dem polizeilichen Staatsschutz. Die Chefin hatte unter ihrer persönlichen Führung die Taskforce zur Aufklärung des Attentatsversuchs eingerichtet. Velten und sein Team waren in einer Videokonferenz mit Dr. Meyer und ihrem Stab.

»Wir gehen von mehreren Tätern aus«, erklärte Velten und erörterte die bisherigen Ermittlungsergebnisse. Der Attentäter hatte kurz nach Brambergers Auftauchen auf der Aussichtsdüne auf ihn geschossen. Also wusste er, dass Bramberger genau dort hingehen würde. Die Frage war, woher er die Information hatte. »Der Schütze ist den in der Nähe befindlichen Zeugen, die wir vernommen haben, nicht aufgefallen. Ein zweiter Täter könnte als Hinweisgeber fungiert haben. Vielleicht einer der Gäste im Restaurant Domäne Bill. Vielleicht einer der Wanderer. Wir sind dabei, eine Liste der Personen zu erstellen, die in der fraglichen Zeit in der Umgebung waren. Das Problem ist nur, dass diese Liste sehr umfangreich werden kann.«

Dr. Meyer nickte ihm nahezu unmerklich zu. Sie hatten vereinbart, die Theorie, dass ein Maulwurf in ihren Reihen existierte, der den Attentäter mit Informationen versorgt haben könnte, noch nicht an die Kollegen weiterzugeben.

»Halten Sie uns weiter auf dem Laufenden.«

Die Fingerabdrücke des Toten konnten zu Veltens Überraschung bereits zugeordnet werden.

»Er heißt Hans Brann.« Die blasse Kollegin, die rechts neben Dr. Meyer am Konferenztisch der Zentrale saß, sprach direkt in die Kamera. »Aufgewachsen in einem Dorf in der Nähe von Hamburg, in der Jugend allmählich abgerutscht in die Kleinkriminalität: Schlägereien, Drogenhandel, eine Messerstecherei. Vor vier Jahren endete ein längerer Aufenthalt in der Justizvollzugsanstalt Billwerder, es wurde erst einmal ruhig um ihn. Er war zwar in Hamburg gemeldet, aber die Kollegen dort vermuten, dass er im Ausland unterwegs war. Vor zwei Jahren tauchte er wieder auf und verdingte sich seitdem als Mann fürs Grobe bei einem Familienclan, der einige der Klubs in St. Pauli kontrolliert. Zweimal wurden wegen Tötungsdelikten gegen ihn Ermittlungen begonnen, mussten jedoch aufgrund zu schwacher Indizien wieder eingestellt werden. Das hatte ihm einen gewissen Ruf in den entsprechenden Kreisen beschert.«

»Gibt es Anzeichen für eine politische Radikalisierung?« Das klang bisher für Velten mehr nach dem Werdegang eines Schlägers als nach dem eines Terroristen. »Verbindungen zu linksextremen Personen?«

»Eindeutige Antwort: nein. Er war gewissenlos, aber nicht politisch.«

»Also war er eine Art ... Auftragsmörder?«

»Vielleicht. Gut möglich, dass er es gerne gewesen wäre. Wäre aber einer von der günstigeren Sorte gewesen. Er war mehr der ausführende Typ, offensichtlich nicht der große Denker.«

»Kennen wir schon sein soziales Umfeld? Freunde, Bekannte?«

»Er hat eine kleine Wohnung auf Pauli. Sie steht seit einer halben Stunde unter Beobachtung, es sieht aber so aus, als wäre sie im Moment unbewohnt.«

Dr. Meyer entschied, die Wohnung den Rest des Tages weiter unter Beobachtung zu halten und sämtliche Personen, die eine Kontaktaufnahme versuchten, vorläufig festzunehmen. Am frühen Morgen des nächsten Tages solle die Wohnung dann gestürmt werden.

»Wie passt Brann zum Antikapitalistischen Widerstand?« Dr. Meyer nickte dem anderen Kollegen zu, der zu ihrer Linken saß. Dünnes Haar, randlose Brille.

»Schwierig zu sagen. Ich habe mich im letzten Jahr kurz mit ihnen beschäftigt, in der Arbeitsgruppe zur Erfassung und Einschätzung neuer linksextremer Gruppierungen.« Der Mann bemühte sich, nicht zu lispeln und stattdessen besonders deutlich und akzentuiert zu sprechen. »Die Gruppe ist linksextrem, sicher, aber eher die Sorte Schreibtischtäter. Alles deutet auf einen Ursprung in der Studentenszene hin. Anfangs waren es ein paar scheinbar harmlose Aktivisten, aber mit einer Tendenz zur Radikalisierung. Bislang traten sie fast nur im Internet in Erscheinung, da aber teilweise recht massiv. Vielleicht haben sie deshalb etwas mehr Aufmerksamkeit erregt als andere, unserer damaligen Einschätzung nach gefährlichere Gruppen. In den letzten Jahren gab es dann doch einige Aufrufe zur Gewalt, aber wir waren bislang nicht davon ausgegangen, dass sie einen der Mordanschläge der letzten Jahre geplant oder durchgeführt hätten.«

»Warum nicht?«, fragte Dr. Meyer, sie wirkte ein wenig ungeduldig.

»Die Leute, die wir als zum Antikapitalistischen Widerstand zugehörig identifizieren konnten, waren vorher komplett unauffällig. Träumer, die den Ausbruch des Klassenkampfs herbeisehnten. Den Schritt zu einem Kapitalverbrechen, nicht nur dem Erträumen, auch der Durchführung, erachteten wir als deutlich zu groß für sie.«

»Also auch nicht die Leute, die sich Straßenschlachten mit der Polizei liefern würden?«

»Nein. Wie gesagt, eher die Sorte verwirrte Idealisten, Möchtegernabenteurer, wenn Sie mir den Ausdruck so erlauben.«

Velten schaltete sich ein: »Passt das gezielte Anheuern eines Auftragsmörders zu ihnen? Würden diese, na ja, Spinner, oder wie immer wir sie nennen, einen wie Hans Brann anheuern?«

Der Mann tat sich mit der Antwort schwer. »Ich will ja nichts ausschließen. Wie gesagt, sie sind vom Gedankengut her radikal, aber einen Mordanschlag selbst zu verüben, das traue ich ihnen nicht zu. Von daher könnte das Anheuern eines Auftragsmörders vielleicht doch passen ... Aber wenn mich jemand gestern gefragt hätte, ich hätte das ausgeschlossen. Ich hätte vermutet, dass sie weder die notwendigen Kontakte haben noch genug Geld, einen Profi zu bezahlen. Auch keinen der eher preisgünstigen Sorte, wie es Hans Brann vielleicht war.«

»Was halten Sie von dem Bekennerbrief selbst?«

»Tja, wir haben die bisherigen Schreiben des AK, also dem Antikapitalistischen Widerstand, mit dem verglichen, was Sie und Frau Jenner uns als Wortlaut des gestrigen Bekennerbriefes geben konnten. Es sieht so aus, als ob es sich um eine Dublette handelt. Der Mord an Sean Frederic vor einem halben Jahr, auch dort gab es ein Bekennerschreiben, weitgehend der gleiche Text, nur das mit ›Im Innern krank, im Innern schwach‹ wurde eingefügt.« Er räusperte sich, schien seinen Kollegen Zeit geben zu wollen, sich den Fall mit dem Bankier in Erinnerung zu rufen. »Das war eine wirre BWL-Studentin, eine Einzelgängerin. Sie wurde kurz nach der Tat festgenommen und sitzt bereits. Der AK hatte versucht, den Mord für sich zu reklamieren, obwohl sie eindeutig auf eigene Faust gehandelt hatte.«

Velten meldete sich zu Wort: »Wenn der AK und Hans Brann also offenbar nur schwer zusammenpassen: Fehlen uns vielleicht noch wesentliche Informationen? Könnten wir es hier mit einer absichtlich gelegten falschen Spur zu tun haben?«

Diese Frage schwebte seit fünf Minuten unausgesprochen im Raum. Velten wusste, dass er mit dieser Frage eigentlich Gefahr lief, seine Kompetenzen zu überschreiten. Es hätte der Chefin zugestanden, sie zu stellen, immerhin hing von der Antwort auf die Frage die weitere Ermittlungsrichtung ab. Aber dieses Sich-vorsichtshalber-nicht-festlegen-Wollen des Kollegen zerrte an Veltens Nerven.

»Ich halte es nicht für unwahrscheinlich«, antwortete der prompt.

»Also für wahrscheinlich?«

Velten betrachtete den Kollegen auf dem Bildschirm.

Der Mann wiegte den Kopf hin und her. »Wir sollten es zumindest nicht ausschließen.«

Dr. Meyer schien sich mit der Einschätzung schwerzutun. Sie beauftragte ihren Nebenmann, die Nachforschungen zum Antikapitalistischen Widerstand zu intensivieren. Was auch immer dabei herauskam, sie konnten es sich nicht leisten, diese Spur vorschnell als falsch zu bewerten oder auch nur zu vernachlässigen.

Zum Schluss sprach sie wieder direkt in die Kamera: »Velten, Sie bleiben vor Ort. Finden Sie raus, wie Hans Brann auf die Insel gekommen ist und wo er auf der Insel war. Mit wem hatte er Kontakt, wer hat ihn vielleicht sogar unterstützt, wissentlich oder unwissentlich? Sammeln Sie alles über ihn, was Sie rauskriegen können. Vielleicht kommen wir so an Mittäter. Wenn Sie Unterstützung brauchen, sagen Sie Bescheid. Halten Sie uns über die Ergebnisse auf dem Laufenden.«

Im Übrigen kündigte sie an, dass am nächsten Tag die Kollegen von den internen Ermittlungen eintreffen würden. Ein Mann war gestorben, durch die Hand einer Polizistin. Sein Tod musste wie jeder andere derartige Fall untersucht werden, so eindeutig die Sachlage auch zu sein schien.

20

UM HALB SECHS wurde er wach. Natürlich halb sechs. Die Vorhänge waren zurückgeschlagen, die Sonne kämpfte noch müde gegen den Morgennebel, ihr trübes Licht konnte ihn nicht geweckt haben. Er stemmte sich aus dem Bett, zwei Stunden Schlaf mussten reichen. Die Körpermaschine lief schon, wenn sie denn musste.

Sie hatten gestern noch bis tief in die Nacht gearbeitet. Hans Brann war offenbar nicht als Gefährder erfasst gewesen, die Gesichtserkennungssoftware hatte keinen Treffer gemeldet. Mark Cramer hatte daraufhin einige alte Fotos Branns, die sie aus Berlin erhalten hatten, in die Software eingespielt, um diese nachträglich mit den Aufzeichnungen der installierten Kameras abzugleichen. Die Fotos waren nur bedingt gut geeignet gewesen, Schnappschüsse, sie zeigten einen grimmig aussehenden Mann mit rasierter Glatze und Dreitagebart. Die Software fand zweihundertsiebenundachtzig Sequenzen, bei denen nicht mit hoher Wahrscheinlichkeit festgestellt werden konnte, dass Brann nicht dabei war. Diese mussten einzeln durchgegangen werden.

»Da hätte ich eindeutigere Ergebnisse erwartet«, hatte Velten mit Blick auf Cramers Bildschirm gemurmelt, mehr zu sich selbst.

»Freysenberg halt«, antwortete Cramer.

»Wer? Was?«

»Der Hersteller der Software. Starkes Marketing, aber mit der Praxistauglichkeit der Produkte sieht es oft anders aus. Na ja, die Freysenbergs haben ja im Moment einen anderen Schwerpunkt.« Es klang, als habe Cramer gerade einen bitteren Witz gemacht.

»Muss ich das verstehen?«, fragte Velten.

»Der Konzern sponsert doch seit zwei Jahren ganz massiv *Rechtsstaat Deutschland*. Deswegen können die sich doch so teure Medienkampagnen leisten. Und *Rechtsstaat Deutschland* wiederum treibt die Politik in die Arme der Sicherheitsindustrie. Wussten Sie das denn nicht?«

»Nein, das war mir neu.« Was waren das denn für wilde Theorien?

»Politik und Wirtschaft, in dem Bereich sind die doch so eng verbunden wie in kaum einem anderen. Die Freysenbergs sind übrigens auch so alte Kriegsgewinnler. Im Zweiten Weltkrieg wurden sie groß, sie stellten Basiskomponenten der damaligen Funktechnik her. Zwangsarbeiter, das ganze Programm. Feinster Naziadel, immer ganz vorne in der Partei. Nach fünfundvierzig haben sie sich nach Österreich abgesetzt, aber ein paar Jahre später waren sie zurück.«

»Sie kennen sich aber gut aus.«

»Man muss seine Feinde kennen, um sie bekämpfen zu können. Das sind Nazis, verdammte Nazis. Es sind Leute wie sie, die unser Land von innen zerstören.«

Seine Miene blieb unbewegt, in den Worten schwang ehrliche Wut mit.

»Wusste ja gar nicht, dass Sie so eine linke Zecke sind«, kommentierte Velten, um der Sache ein wenig den Ernst zu nehmen. Dass Cramer sich so unkontrolliert in Rage redete. Die Zeiten waren politisch geworden, sie hatten die Menschen politisch werden lassen. Und extreme Positionen hatten den meisten Zulauf. Warum sollte diese Entwicklung vor seinen Leuten haltmachen?

»Biometrische Aufnahmen von Brann hätten es uns jedenfalls deutlich einfacher gemacht. Die Technik ist schon weit, aber noch lange nicht perfekt.« Cramer war wieder zu seinem eigentlichen Thema zurückgekehrt. »Und wir dürfen auch nicht außer Acht lassen, dass Brann eventuell Möglichkeiten kannte, die Technik zu überlisten. Eigentlich müssten wir uns noch mal alle Bilder einzeln ansehen, nicht nur die Sequenzen, die das Programm ausgespuckt hat.«

Mit Tom Martin und Jan Singer hatte Velten derweil weitere Protokolle der vernommenen Zeugen ausgewertet. Ohne Ergebnis. Um drei Uhr morgens hatte er die übermüdeten Kollegen und auch sich selbst ins Bett geschickt. Inzwischen war die Gefahr größer, dass sie echte Spuren übersahen, als dass sie Spuren zu spät verfolgten. Vor allem weil ihn das dumpfe Gefühl nicht losließ, dass sie ein wichtiges Detail bisher noch gar nicht beachtet hatten.

Velten nahm eine eiskalte Dusche und ging dann nach unten zum Frühstücksbuffet. Dort packte er eine Kanne Kaffee sowie drei belegte Brötchen ein und zog mit seiner Beute nach oben in die Leitstelle. Eine morgendliche Zehn-Kilometer-Runde hätte mit Sicherheit belebender gewirkt, aber die wollte er sich nicht zugestehen. Maxi Holmann, die die Nachtschicht übernommen hatte, begrüßte ihn mit einem Nicken.

»Neuigkeiten?«

»Die Wohnung von Brann in Hamburg wurde gestürmt.«

»Und?«

»Sie war komplett leer.«

»Scheiße.«

Aber es überraschte ihn nicht.

»Die Spezialisten sind dran«, ergänzte Holmann. »Vielleicht finden sie noch was. Für heute Mittag ist die nächste Besprechung angesetzt.«

Cramer, Martin und Singer kamen ebenfalls in der Leitstelle an, wie er bewaffnet mit Kaffee, belegten Brötchen oder Müsli. Eigentlich hatte er angeordnet, dass sie sich länger ausruhen sollten. Aber es tat gut, sie um sich zu wissen.

Kauend überprüfte er die Onlineausgaben der Nachrichtenportale auf eventuelle Meldungen zum Anschlagsversuch hin. Zwar wurden Attentatsversuche seitens der Polizei nach Möglichkeit weder bekannt gegeben noch bestätigt, um potenzielle Nachahmer nicht auf dumme Gedanken zu bringen. Doch wenn bekannt war, dass der Bundespräsident auf der Insel weilte und dort der ganze

Westteil abgeriegelt wurde, bei insgesamt massiv erhöhter Polizeipräsenz, dann konnte das zu Spekulationen führen. Vor allem, wenn die Gewehrschüsse als solche erkannt wurden. Oder um Jepsen zu zitieren: Man muss nicht Mathematik studiert haben, um eins und eins zusammenzuzählen.

Doch weder bei *Sunshine* noch anderen vergleichbaren Blättern, die ebenfalls dafür bekannt waren, auch unbestätigte Meldungen zu veröffentlichen, fand sich etwas über die gestrigen Ereignisse. Vielleicht trauten die Redaktionen den Spekulationen nicht, vielleicht erschienen sie zu wild, um wahr zu sein. Als würden die überraschend wenigen Fotos und Videos von Polizeihubschraubern und abgesperrten Wanderwegen, die in den sozialen Netzwerken ungesteuert zirkulierten, nicht in die bekannte Wirklichkeit hineinpassen. Vielleicht war Juist doch ein Ort, an dem alles etwas gemächlicher geschah als anderswo.

Svenja Jenner stieß zu ihnen. Sie hatte ein längeres Gespräch mit Bramberger gehabt und ihm dringend angeraten, auf das Festland zurückzukehren. Aber der Bundespräsident war stur geblieben, hatte auf seiner Entscheidung beharrt, weiterhin auf Juist zu bleiben. »Wenigstens wird er den heutigen Tag im Hotel verbringen. Ich werde versuchen, ihn zu überreden, bis zur Klärung der Situation auf größere Spaziergänge zu verzichten. Aber ich weiß nicht, ob ich ihm das verkaufen kann.«

Sie war abgeklärt, kühl, noch kälter als sonst.

»Früher oder später wird die Nachricht vom Attentats-versuch nach außen dringen. Das gibt einen Medienhype, Sondersendungen und Specials. Dann wird es von Reportern und Fernsehteams nur so wimmeln.«

Und spätestens dann sollten sie die Hintergründe des Attentats aufgeklärt haben. Dass die Medien den Anschlag nicht meldeten, hatte ihnen eine unerwartete Atempause verschafft, aber es war nur ein Aufschub, die Zeit lief ihnen davon. Schweigend, wie von einem unsichtbaren Dirigenten aufgefordert, begannen sie wieder mit der Arbeit.

Velten machte sich zusammen mit Martin und Singer wieder an die Zeugenprotokolle. Sie legten Personen-verzeichnisse an, Zeitleisten, bauten Querverbindungen auf, wer wen getroffen haben könnte, suchten nach Brüchen und Fehlern, aber ein Durchbruch bei den offenen Fragen, ob Brann jemandem aufgefallen war, wo er gewohnt hatte, wie er zum Tatort gekommen war, ob er Mittäter hatte, wollte ihnen nicht gelingen.

Auch die Aussagen der Familie Florian waren aufge-nommen worden. Sie gaben an, beim Steigenlassen eines Drachens gewesen zu sein und zwei aufeinanderfolgende Donnerschläge gehört zu haben, die sie nicht hatten zuordnen können. Das Mädchen hatte eine Vogelnesträuberin gesehen. Eine Aussage, die zwar interessant war, sie aber insgesamt inhaltlich nicht weiterbrachte.

Ein frisch verliebtes Pärchen hatte am Westufer des Sees ein Picknick gemacht. Die beiden waren die Einzigen, die die Schüsse überhaupt als solche erkannt hatten. Sie hatten sich aber nichts dabei gedacht, da sie abgelenkt gewesen waren, ein Hinweis, bei dem Velten schmunzeln musste.

Im Grunde hatte also niemand etwas Verdächtiges bemerkt. Das einzig Auffällige war, dass niemandem etwas aufgefallen war.

Am frühen Vormittag wurde ihre Arbeit unterbrochen, als die internen Ermittler unter der Leitung eines gewissen Hauptkommissars Sunter eintrafen, ein Mann mit Vollbart, vielleicht Ende dreißig, der zugleich selbstbewusst und jugendlich wirkte. Er stand da mit durchgedrücktem Rücken und ließ von einem seiner Leute Fischbrötchen an alle Anwesenden verteilen. Es sollte wohl eine Geste der Kollegialität sein, die ihm aber niemand abnehmen wollte. Denn zeitgleich erklärte er, dass er mit allen Beteiligten Einzelgespräche werde führen müssen. »Es besteht die Gefahr, dass dieser Einsatz hohe Wellen schlägt. Wir können es uns nicht leisten, dass später irgendwelche Vorwürfe über Vertuschungsversuche oder Ähnliches erhoben werden.«

Das Lachsbrötchen schmeckte fade, wie Gummi. Es hätte auch aus dem Sandwichladen zwei Blocks von seiner Wohnung in Berlin sein können. Einzelgespräche? Wollte Sunter tatsächlich das volle Programm durchziehen? Sie waren alle nicht perfekt, kein Einsatz war das. Wollte er tatsächlich im Dreck rumwühlen?

»Frau Jenner und ich werden anfangen. Herr Velten, sollen wir uns anschließend zusammensetzen? Nach Ihrem nächsten Statustermin mit der Zentrale?«

»Aber gerne«, log er.

Dieser Sunter war schon bemerkenswert gut über ihre operativen Abläufe informiert. Und er schien ehrgeizig zu sein. Es war besser, ihn nicht zu unterschätzen.

Bei der Videokonferenz war Dr. Meyer nicht persönlich dabei. Die blasse Kollegin gab ein kurzes Update zum Einsatz in Branns Wohnung.

»Wie gesagt, die Wohnung war leer. Im Spülbecken haben wir frische Rußspuren entdeckt. Eine Anwohnerin hat angegeben, dass vor zwei Tagen intensiver schwarzer Qualm aus einem der Fenster gekommen sei. Die Dame ist aber über neunzig und war sich nicht sicher, ob es wirklich Branns Wohnung war, also mit der Information müssen wir vorsichtig umgehen. In einer der Mülltonnen liegt außerdem jede Menge Computerschrott, der angeblich auch von Brann sein soll, es scheint so, als hat da jemand ein Gerät systematisch zerstört. Dort ist jedenfalls nichts mehr zu holen.«

Die Kollegin verabschiedete sich mit der Bemerkung, dass sie dringend Ergebnisse aus Juist brauchten, um weiter ermitteln zu können. Eine Bemerkung, die sie sich hätte sparen können.

Zwei Tage. Also Montag, wenn die alte Dame sich denn richtig erinnert hatte. Sie mussten nehmen, was sie kriegen konnten. Vielleicht war es Branns Abreisedatum. Das würde den Zeitraum seiner Anreise auf Juist auf Montag oder Dienstag eingrenzen. Bisher hatte Cramer keine Hinweise auf Branns Ankunft gefunden. Sie würden die Bilder der

Überwachungskameras noch einmal überprüfen müssen. Eine elend langweilige Strafarbeit. Velten nahm sich vor, Cramer damit nicht allein zu lassen.

Das Smartphone blinkte, eine Nachricht von Dr. Meyer. »In fünf Minuten dort, wo niemand Sie hören kann.«

Ob sein Zimmer abhörsicher war? Ganz sicher nicht. Aber in der aktuellen Situation musste es reichen.

Es dauerte nicht lange, bis Dr. Meyer sich wieder meldete.

»Wir haben die Korrespondenz des Fotografen und des Mannes ausgewertet, von dem die Demonstranten ihre Hinweise hatten.« Dr. Meyer nannte weder Simons noch Matthäus´ Namen. »Wir haben Treffer. Der Fotograf hat die Information tatsächlich erst vor einer Woche erhalten. Anders sieht es bei dem Hinweisgeber aus, er hat die Information offensichtlich bereits Anfang Juni bekommen. Doch die Quelle ist identisch.«

Was haben ein Boulevardreporter und ein linker Aktivist gemeinsam? Nichts. Nur, dass beide für Aufsehen sorgen, die geplanten Abläufe durcheinanderbringen.

Velten fragte sich, weshalb seine Vorgesetzte eine Pause machte.

»Anfang Juni wurde auch die Information, dass Bramberger Urlaub auf Juist macht, an das Team weitergegeben.«

»Okay. Das ist nicht gut. Na ja, wie auch immer.«

»Beide«, fuhr Dr. Meyer fort, »haben die Information von einem gewissen Marian erhalten. Wir versuchen, diesen Herrn zu identifizieren. Wir haben aber noch keine endgültige Bestätigung, nur eine Vermutung.« Mit trockener Stimme sprach sie weiter. »Marleen Junker ist offensichtlich seit einiger Zeit mit einem Marian liiert.«

Der Freund von Marleen Junker war der Tippgeber?

War Marleen Junker die undichte Stelle? Velten hatte nur sehr wenig Kontakt mit ihr gehabt, trotzdem traf ihn Dr. Meyers Satz. Junker war bisher vielleicht etwas forscher aufgetreten, als es einem Neuling zukam, aber stets ohne jede Spur von Falschheit.

»Das ist ja mal eine Neuigkeit.«

»Entsprechende Unterlagen lasse ich Ihnen gleich zukommen. Die Frage ist, ob die Informationen von Frau Junker an Herrn Marian weitergegeben wurden, ob dies wissentlich oder unwissentlich geschah, und ob dieser dann wiederum die Informationen mit ihrem Wissen weitergegeben hat. Grundsätzlich ist es nicht verboten, dem Partner zu sagen, wo der nächste Einsatz stattfinden wird. Die Frage ist, ob sie ihm noch etwas mehr Details verraten hat. Und wen Marian sonst noch informiert hat.«

»Wie gehen wir weiter vor?«, wollte Velten wissen.

»Ich brauche Ihnen ja nicht zu erklären, dass die Situation heikel ist. Sie haben freie Hand. Bleiben Sie an Frau Junker dran. Ich glaube nicht, dass sie absichtlich Sachen ausplaudert, aber schneiden Sie sie von den relevanten Informationen ab. Sehen Sie zu, dass Sie etwas herausfinden, ohne das Team zu beschädigen. Wir brauchen den Zusammenhalt. Und wir brauchen Diskretion, bis wir etwas Belastbares in der Hand haben.«

»Verstanden.« Dr. Meyers Anweisungen erinnerten ihn an die Redewendung vom Waschen, ohne nass zu machen.

Er sicherte ihr erneut zu, frische Erkenntnisse zuerst mit ihr zu diskutieren, dann beendete er das Gespräch.

Eine neue Nachricht kam an, wie von der Chefin angekündigt. Das Protokoll eines Chats zwischen Matthäus und Marian. Erstmals seit Beginn des Einsatzes hatte Velten etwas in der Hand, das zu einem Durchbruch führen konnte.

Ein Attentat auf den Bundespräsidenten.

Ein offensichtlich falsches Bekennerschreiben, unklare Hintergründe. Möglicherweise ein Maulwurf.

Und vielleicht hatte er den Schlüssel zu dem Rätsel in der Hand.

Er war mitten im Sturm. Eigentlich hätte ihn das beflügeln müssen. Früher hätte er sich in die Arbeit gestürzt, hätte Spaß daran gehabt, jede noch so komplizierte Verstrickung zu entflechten, wäre im Tunnel gewesen, wie sie es genannt hatten, hätte sich nur noch von Kaffee und Fast Food ernährt, bis er alle Fäden entwirrt gehabt hätte.

Jetzt sah er aus dem Fenster, betrachtete den Horizont, an dem in ein paar Stunden die Sonne untergehen würde, und fühlte sich alt.

21

SUNTER LOTSTE IHN aus der Leitstelle raus, blieb auch nicht im Flur oder im Treppenhaus stehen, sondern ging nach unten bis ins Erdgeschoss, nach draußen. Dabei plauderte er über belangloses Zeug, wie gut das Wetter hier doch sei und dass man viel mehr Urlaub im eigenen Land machen sollte. Gemeinsam überquerten sie den Platz vor dem Hotel, Sunter wollte offenbar in Richtung Strand gehen.

»Was soll das?«, fragte Velten.

»Hier draußen kann man besser nachdenken. Gehen wir zur Brandung, die ist unglaublich!«

Sunters Maßanzug flatterte im Wind. Früher hatte er sich auch solche Anzüge gekauft, damals, als er noch darauf aus gewesen war, Karriere zu machen.

Kurz vor dem Wasser blieben sie stehen. Es war Hochwasser, die Wellen schäumten laut den Strand herauf.

»Die Insel zieht einen ganz schön in ihren Bann, oder?«

Die Sonne spiegelte sich in Sunters übergroßer Sonnenbrille, hinter der seine Augen nicht zu sehen waren.

»Wie meinen Sie das?«, fragte Velten, nachdem er eine Weile auf die Fortsetzung des Monologs gewartet hatte.

Und dann fiel ihm auf, was Sunter vorhatte. Der Mann wollte, dass er ins Reden kam. Verdammt, der wollte tatsächlich ein Verhör führen, das war kein freundschaftliches Quatschen unter Kollegen.

»Die Insel. Sie lenkt ab. Ich kann das verstehen.«

»Ja, es ist schön hier.« Velten hatte keine Lust, auf das Spiel einzugehen. »Aber ich habe viel zu tun. Gibt es etwas Konkretes, das …«

»Und ich verstehe, dass Sie sich in die Arbeit stürzen wollen«, unterbrach ihn Sunter scharf. »Sie wollen Ihre Fehler wiedergutmachen.«

»Was?«

»Sie haben Fehler gemacht. Mehrere Fehler. Es war klar, dass Bramberger auf einem Spaziergang die Aussichtsdüne betreten würde. Und Sie waren dafür verantwortlich, dass er dabei nicht zu Schaden kommt. Versuchen Sie gar nicht erst, sich herauszureden. Sie haben in der Außensicherung versagt. Eine ganz objektive Beobachtung.«

Ganz einfach. Ganz objektiv. Sunter hatte ins Schwarze getroffen.

»Nein. In der Lagebeurteilung habe ich auf die exponierte Lage des Aussichtspunktes hingewiesen.« Velten stockte. Sunter hatte ihn dazu gebracht, sich zu rechtfertigen. Nicht nur das. Beinahe hätte er direkt Jenner belastet. Schließlich trug sie letztendlich die Verantwortung für den Einsatz. Das konnte doch nicht wahr sein. Sunter spielte ihn gegen Jenner aus.

»Aber in dieser verflucht flachen Landschaft ist eine

Absicherung gegen einen Scharfschützen schlicht nicht möglich.«

»Sie brauchen Svenja Jenner nicht zu schützen.« Wieder brachte sein Gegenüber die Sache auf den Punkt.

»Wie bitte?«

»Vielleicht musste Frau Jenner Hans Brann in der konkreten Situation erschießen. Gut möglich. Aber ich bezweifle, dass es überhaupt zu dieser Situation hätte kommen müssen.«

»Das wollen Sie mir vorwerfen?«

»Diese Tragödie hätte verhindert werden können. Der Scharfschütze hätte bei einer angemessenen Absicherung des Geländes entdeckt werden können. Ich frage mich nur, wer dafür mehr Verantwortung trägt: Sie, weil Sie nicht ausdrücklich genug auf das Risiko hingewiesen haben? Oder Frau Jenner, weil sie sich angeblich über Ihren Rat hinweggesetzt hat?«

»Das ist eine schwere Anschuldigung.«

»Verdammt noch mal. Beinahe wäre der Bundespräsident erschossen worden. Der Attentäter ist tot, und wir wissen nichts. Nichts über seine Hintergründe. Ob es weitere Helfer gab, ob die vielleicht noch hier sind. Das Bekennerschreiben ist weg. Das Ganze hier ist eine Katastrophe, und mittendrin sind Sie – und Sie haben die Zeit hier genutzt, um … joggen zu gehen! Ich mache mir ernsthaft Gedanken …« Er machte eine weitere Kunstpause. »Ich frage mich, ob Sie hier ganz bei der Sache sind. Ob Sie diesen Einsatz professionell genug angehen.«

Der kalte Wind schnitt Velten ins Gesicht.

»Und da sind wir noch nicht bei der Frage, warum der Notfallplan nicht befolgt wurde.«

»Hätten wir Bramberger dazu zwingen sollen? Dann würden Sie mir wahrscheinlich eine versuchte Entführung vorwerfen.«

»Fakt ist, Sie sind verantwortlich. Und hier läuft nichts, wie es laufen sollte. Und dafür will ich eine Erklärung!«

»Wenn wir hier fertig sind, würde ich gerne wieder an die Arbeit gehen«, antwortete Velten. »Oder möchten Sie noch länger diesen Schwachsinn verzapfen?« Sunter hatte den Krieg angefangen. Es gab keinen Grund, nicht zurückzuschießen. »Ich kann ja verstehen, dass Sie über diese Untersuchung Ihre Karriere voranbringen wollen. Nur ist die Situation einfach zu ernst dafür.«

Verdammt. Er hatte sich provozieren lassen. Sunter lächelte.

»Wenn Ihnen noch etwas einfallen sollte, um Ihren Kopf zu retten, Sie wissen ja, wo Sie mich finden können.«

22

SUNTERS WORTE PFLÜGTEN durch Veltens Kopf. Ob er diesen Einsatz professionell genug angegangen war? Nein, und zwar von Anfang an nicht, ganz offensichtlich. Sunter hatte ins Schwarze getroffen. Und er hatte ihn auch noch bestätigt, allein dadurch, dass er die Beherrschung verloren hatte.

Durchatmen. Sunter hatte noch keine Fakten gegen ihn in der Hand. Die Aussichtsdünen hatte er neben dem Strand und Flugplatz in seiner Lagebeurteilung als besonders kritische Gefährdungspunkte benannt. Und die Notfallprozedur war wie geplant angelaufen, nur dass Bramberger sich darüber hinweggesetzt hatte. Grundsätzlich trug er nur eine nachrangige Verantwortung. Käme es hart auf hart, könnte er sich darauf berufen.

Allerdings würde Jenner dann die ganze Ladung abbekommen. Sunter versuchte, einen Keil zwischen sie zu treiben. *Wenn Ihnen noch etwas einfällt …* Dieser hinterhältige Hund. Er wiegelte nicht nur Svenja und ihn gegeneinander auf, mit dem Rest des Teams würde er es ebenso machen. Sie durften das nicht zulassen. Wenn sie einander als Team nicht vertrauten, dann konnten sie gleich einpacken.

Durfte er denn den anderen vertrauen, wenn es tatsächlich einen Maulwurf gab? Vielleicht musste er Marleen Junker genauso hart auf den Zahn fühlen, wie Sunter es mit ihnen tat. Sie mit den Hinweisen konfrontieren und dann sehen, wie sie reagierte. Ein Schlag auf das Wasser, vielleicht konnte er die Fische aufschrecken, beziehungsweise den Maulwurf-Fisch.

Nein, noch nicht. Es gab auch so genug zu tun. Nicht unkonzentriert werden wegen dieses Störfeuers. Sich an die Arbeit machen. Viele Anhaltspunkte hatten sie noch nicht.

Mark Cramer war inzwischen dazu übergegangen, die Videos der Überwachungskameras manuell auszuwerten, ohne Vorfilterung auf verdächtige Sequenzen. Eine Arbeit, bei der er Unterstützung gebrauchen konnte. Sie teilten sich auf, Cramer übernahm die Videokameras am Hafen, er die Bilder vom Flughafen. Meistens waren nur wenige Personen auf dem Vorfeld zu sehen, Piloten oder Mechaniker, die zu ihren Maschinen liefen oder von ihnen kamen. Gelegentlich mal eine Reisegruppe, ab und zu einige Besucher, die Fotos von den startenden und landenden Flugzeugen machten.

Das Video lief im Zeitraffer vor ihm ab. Das Überwachungsprogramm verfügte über eine Suchfunktion, die jedes Mal, wenn eine neue Person durch das Tor zwischen Vorfeld und Flughafengelände trat, das Bild anhielt, damit man sie besser betrachten konnte. Mit einem weiteren

Befehl konnte man auf die Gesichter zoomen. Sie wiederholten sozusagen den Abgleich, den das Programm automatisch mit den in der Gefährderdatenbank hinterlegten Gesichtern durchführte. Es war eine ermüdende Arbeit, wie befürchtet. Bisher hatte es keinen Treffer gegeben.

»Chef.«

Cramer drehte sich im Schreibtischstuhl zu ihm um. Mit *Chef* sprach Cramer ihn sonst nie an. Vielmehr war Cramer sonst sehr daran gelegen, das Vorgesetzten-Mitarbeiter-Verhältnis nicht zu thematisieren.

»Da gerade niemand mithört. Mir ist etwas aufgefallen. Es geht um unseren Funk. Es ist vielleicht nur eine Kleinigkeit, oder auch gar nicht wichtig. Na ja, ich bin mir nicht sicher, darum denke ich, ich sag es Ihnen.«

»Nur los«, ermutigte Velten seinen Kollegen und ahnte, das, was jetzt folgen würde, wohl keine Kleinigkeit sein würde. Melden macht frei, wie man bei der Armee sagte.

Nach einer kurzen Pause erklärte Cramer: »Sunter hat heute Morgen den Mitschnitt unseres Funkverkehrs bei mir angefordert. Sämtliche abgesetzten Funksprüche unseres Teams beim Einsatz werden ja automatisch aufgezeichnet. Bei der Gelegenheit habe ich, eher aus Zufall, einen Blick auf das Einsatzprotokoll geworfen, in dem die im Funk insgesamt angemeldeten Geräte aufgelistet sind. Unser Einsatzfunk ist ein geschlossenes, ein sogenanntes gemanagtes System. Nur angemeldete und autorisierte Geräte können während eines Einsatzes senden und empfangen. Und da stimmt irgendwas nicht.«

»Was genau meinen Sie?«

»Die Anzahl. Jedes Teammitglied hatte eine eigene Kennung, dazu kommt noch eine Kennung für die Leitstelle. Der Funkverkehr ist technisch sauber geschützt, man kann sich nicht einfach dazuschalten. Aber da taucht ein zusätzliches Gerät im Protokoll auf.«

»Wie bitte?«

»Eine Gerätekennung, die während des Einsatzes im Funk angemeldet war, hätte eigentlich gar nicht da sein sollen. Oder es ist zumindest seltsam, dass diese Kennung im Protokoll auftaucht.«

»Was ist das für eine Anmeldung? Können Sie die irgendwie zuordnen?« Für die Details des Funkverkehrs hatte Velten sich bisher nie interessiert, das hatte er immer den Technikern überlassen.

»Es ist eine Art Reservekennung«, erläuterte Cramer. »Falls sich jemand zusätzlich anmelden möchte, der ursprünglich nicht vorgesehen war. Von dieser Kennung wurden auch keine Funksprüche abgesetzt. Sie war halt nur während des gesamten Einsatzes mit aktiviert. Vielleicht ein Versehen oder ein Zufall.«

»Aber«, versetzte Velten, »theoretisch hätte man von dieser Kennung aus den gesamten Funkverkehr mithören können? Verstehe ich das richtig?«

»Ja.«

Seinem Gegenüber war die Tragweite seiner Aussage bewusst. Wenn Hans Brann auf irgendeine Art Zugang zum Funkverkehr des Teams gehabt hatte, würde das erklären,

warum er gewusst hatte, dass Bramberger zur Aussichtsdüne hatte gehen wollen, oder genauer, dass er Bramberger
dort hatte auflauern können. Aber bei Brann hatten sie
keine Geräte gefunden, mit denen er den Funk hätte mithören können.

»Gibt es sonst Unregelmäßigkeiten bei den Protokollen?
Taucht diese Art von Kennung sonst irgendwann mal auf?«

»Ich weiß es nicht, die Protokolle werden nach einer gewissen Zeit automatisch gelöscht. Beim gestrigen Einsatz
ist es mir zum ersten Mal aufgefallen.«

»Wer weiß davon? Außer uns beiden?«

»Bisher habe ich nur Ihnen davon erzählt. Wie gesagt,
vielleicht gibt es irgendeine logische Erklärung, warum
diese Kennung im Funkprotokoll auftaucht. Das muss alles
nichts heißen. Vielleicht war es die Zentrale, vielleicht findet sich irgendeine technische Begründung. Ich dachte nur,
ich sage es Ihnen.«

Cramer sah ihn an. Der Mann wusste natürlich, was er
für eine Spur entdeckt hatte. Eine, die auf jeden Fall auf ein
mögliches Sicherheitsrisiko hindeutete. Die den Maul-
wurfverdacht verstärkte. Sollte er Cramer einweihen?
Nein, besser nicht. Aber was sollte er ihm gegenüber dazu
jetzt sagen? Es wäre fahrlässig, diese Sache einfach nur als
Zufall oder unwichtig abzutun.

»Können Sie mir Bescheid geben, wenn das noch einmal
passiert? Möglichst sofort, genau in dem Moment, wenn
sich so ein unbekanntes Gerät in unseren Funk einklinkt?
Kann man das überhaupt sofort erkennen?«

»Das ist technisch kein Problem, mach ich, klar.«

»Danke.«

Okay. Wie jetzt weiter vorgehen? Das hier war ein Ritt auf der Rasierklinge. Musste er Jenner einweihen? Immerhin war es genau genommen der Funkverkehr ihres Teams, der da womöglich korrumpiert worden war. Nein, das durfte er nicht, er durfte ihr nicht mehr selbstverständlich vertrauen. Jetzt nicht mehr. Auch sie konnte grundsätzlich der Maulwurf sein. Sie hätte als Chefin auf jeden Fall die Möglichkeit gehabt, Brann einen Zugang zum Funkverkehr zu verschaffen. Aber vor allem, der Gedanke raste glühend heiß durch seinen Kopf, sie hätte ein entsprechendes Gerät sogar wieder verschwinden lassen können. Als sie Brann auf der Düne gestellt hatte, war sie knapp eine Minute alleine mit ihm gewesen. Wie er die Sache auch drehte und wendete, einen gewissen Anfangsverdacht konnte er nicht entkräften.

Er war in Gedanken abgeschweift. »Das bleibt dann erst einmal unter uns, in Ordnung?«, fügte er noch hinzu. »Kein Wort zu irgendjemandem. Aber wenn das tatsächlich noch mal passieren sollte, sagen Sie mir sofort Bescheid, okay?«

Es war das Mindeste, was er tun musste. Eigentlich war es zu wenig, ihm war unwohl dabei. »Egal zu welchem Zeitpunkt das sein sollte«, fügte er noch hinzu.

Cramer nickte, drehte sich dann wieder zu seinen Monitoren, froh, losgeworden zu sein, was ihn belastet hatte.

So weit war es nun also schon gekommen, nicht einmal

Svenja durfte er vertrauen. Selbst sie musste er in den Kreis der Verdächtigen aufnehmen. Wir verlieren einander, dachte er. Wir verlieren den Halt. Misstrauen war wie Gift. Und es wirkte bereits, es war in ihm, und es gab kein Antidot, das helfen konnte. Außer, endlich handfeste Ermittlungsergebnisse zu bekommen.

Zu viele Fragen beschäftigten ihn. Irgendwann fiel ihm auf, dass er sich durch die Bilder der Überwachungskameras klickte, ohne sie wirklich zu betrachten.

Brann war in den Stunden vor dem Anschlag nicht auf den Wanderwegen rund um den Hammersee gesehen worden. Wahrscheinlich hatte er also länger an Ort und Stelle gewartet. Wenn dem so war, dann hieß das, dass er wusste, dass Bramberger dort auftauchen würde. Vielleicht sogar schon, bevor sich Bramberger selbst dazu entschieden hatte. Zum Beispiel, falls Bramberger zur Aussichtsdüne gelotst worden war, bewusst oder unbewusst. Direkt in die bereitgestellte Falle.

Eigentlich müsste er Dr. Meyer bitten, das gesamte Team auszutauschen, alle Personenschützer, die für Bramberger tätig waren. Als präventive Maßnahme, zur Sicherheit, bis der Fall aufgeklärt war.

Wenn der Fall denn dann jemals aufgeklärt werden würde. Wenn nicht, dann würde an ihnen allen der Makel des Misstrauens hängen bleiben. Davon abgesehen war der Maulwurf, wenn es ihn denn wirklich gab, jetzt womöglich schon vorgewarnt und hatte genug Zeit zu verschwinden.

Nein. Ihm wurde ein wenig flau. Er musste genau wie

bisher weitermachen. Auch wenn es wie eine Operation am offenen Herzen war. Maulwurfsjagd. Streich das Wenn-es-ihn-wirklich-gibt, befahl er sich. Es reichte nicht mehr, sich an Beweisen und Fakten festzuhalten. Vertrau deinem Gespür. Und sonst niemandem mehr. Bleib allein. Er wollte doch auch mal Karriere machen, früher, so wie Sunter jetzt. Das war auf jeden Fall eine Chance dafür.

Und die Chance, es so richtig zu versauen.

Er stand wie eine Schachfigur auf einem Spielbrett. Ein Spielbrett zu einem Spiel, dessen Regeln ihm unbekannt waren und bei dem er nicht wusste, wer die anderen Spieler waren und zu wem sie gehörten. Wer stand hinter dem Attentat, und was ahnte Bramberger?

Viele dumme Gedanken zum falschen Zeitpunkt. Konzentrier dich, dachte er. Langsam, Schritt für Schritt. Reiß dich zusammen, verdammt.

23

WEDER WUSSTEN SIE, wann und wie Hans Brann auf Juist angekommen war, noch, ob er eine Unterkunft auf der Insel gehabt hatte. Die Hotels vermissten keinen ihrer Gäste. Im Moment waren Velten und seine Kollegen dabei, die Ferienhäuser und Ferienwohnungen genauer unter die Lupe zu nehmen, was sich aber als sehr aufwendig erwies.

Svenja Jenner hatte die Sicherheitsvorkehrungen im Hotel verstärken lassen. Zusätzlich zur Sperrung und Kontrolle der gesicherten Zone ließ sie die Teams in unterschiedlichen Besetzungen Patrouillengänge im und um das Hotel durchführen. Es war klar, dass ihre Leistung nach dem Einsatz kritisch hinterfragt werden würde. Sie hatte keine Lust, sich vorwerfen zu lassen, sie hätte aus dem gescheiterten Attentat nichts gelernt.

Um neun Uhr abends übernahmen Frieder Dittmann und Daniela Kruse die operative Führung des Einsatzes. Das nächste Statustreffen wurde für den nächsten Morgen um acht Uhr angesetzt.

Müde sank Velten mit dem Rücken auf das schmale Einzelbett. Die Schuhe ließ er einfach zu Boden fallen. Er

starrte an die Decke und wartete vergebens darauf einzu-
schlafen.

Was war los mit ihm? Das war die Situation des Jahrhunderts. Ein Anschlag auf den Bundespräsidenten, ein toter
Attentäter, ein lebendiger Maulwurf, ein unklarer Hintergrund, ein seltsamer Bramberger. Sie waren mitten in der
Fahndung, er war im Zentrum der Ermittlungen. Und ihm
war danach, einfach wegzugehen. Nicht wegzurennen. Wegzugehen, ohne Auf Wiedersehen zu sagen, einfach die Tür
zu schließen und zu gehen.

Du bist bescheuert, fluchte er. Fühlte er sich überfor-
dert? Nein, das war es nicht. Es war eher, als würde er in
einem Film sitzen, der ihn nicht interessierte.

Ihn interessierte der achtzehn Jahre alte Whisky, den er
unten in der Bar auf der Karte gesehen hatte, aber er verbot
ihn sich. Er verbot sich auch, diese Juna anzurufen. Das
hätte sowieso keinen Sinn gehabt. Das war jetzt eindeutig
die falsche Zeit dafür.

Um kurz vor zwölf klingelte Jepsen bei ihm an.

»Ja?«

»Ich komme direkt zur Sache. Einer der Ferienhausver-
mieter hat sich bei uns gemeldet. Sein Gast hat wohl die
Wohnung verlassen, aber ihm kommen die Umstände komisch vor. Ich wollte gerade mit einem Kollegen vorbeige-
hen und schauen, ob da was dran ist. Dachte, dass könnte
eventuell auch für euch interessant sein. Kommt einer von
euch mit?«

Normalerweise hätte er Martin oder Singer geschickt.

Aber wahrscheinlich war es ein falscher Alarm. Dann konnte er das auch selbst übernehmen, das mit dem Schlafen würde eh erst einmal nicht klappen.

»Wo denn?«

»Dünenstraße, am Ende, da wo das Inselhospiz ist.«

»Ich komme mit.«

»In Ordnung. Sollen wir uns in zehn Minuten beim alten Warmbad treffen?«

»Gerne. Bis gleich. Und … vielen Dank fürs Bescheidsagen.«

Ein Piepen signalisierte ihm, dass Jepsen bereits aufgelegt hatte. Eine gewisse kühle Distanz sagte man den Nordlichtern ja nach. Solange ihn Jepsen bei Gelegenheiten wie dieser anrief, war ja alles in Ordnung.

Jepsen wartete bereits mit einem seiner Kollegen auf ihn. Sie tauschten ein kurzes »Moin« zur Begrüßung aus, dann gingen sie gemeinsam los. Der Inselpolizist nahm eine Abkürzung durch einen kleinen Park, in dem die Fitnessgeräte eines Trimm-Dich-Pfades herumstanden. Jepsens Kollege, ein junger Blondschopf mit leicht abstehenden Ohren, berichtete kurz über die Hintergründe des nächtlichen Spaziergangs.

»Die Ferienwohnung ist komplett im Voraus bezahlt worden, für insgesamt acht Wochen. Aber der Gast ist nicht mehr da, obwohl er erst vor ein paar Tagen angekommen ist. Der Vermieter bietet einen Frühstücksservice an, jeden Morgen frische Brötchen vor der Wohnungstür. Die von heute Morgen lagen heute Abend immer noch da. Er hat sich erst nichts dabei gedacht, weil er im Innern einen Fernseher gehört hat. Aber der läuft wohl immer noch. Und auf sein Klopfen und Klingeln hin hat sich niemand gemeldet. Und da es zurzeit diese Gerüchte gibt …«

»Welche Gerüchte meinen Sie?«, fragte Velten so unbeteiligt wie möglich.

»Diese Gerüchte, dass es hier gestern einen Anschlag auf den Bundespräsidenten gab und dass nach einem möglichen Helfer der Terroristen gesucht wird, der sich eventuell noch auf der Insel versteckt.«

Tür-zu-Tür-Inselfunk. Hatte er wirklich gedacht, dass sich das nicht herumsprechen würde, nur weil *Sunshine* nicht darüber berichtete?

Jepsen fuhr anstelle seines Kollegen fort: »Es kann schon mal vorkommen, dass jemand die Wirkung unserer klaren Schnäpse unterschätzt und vor dem Fernseher einpennt und sogar die Frühstücksbrötchen vergisst. Aber kann ja auch was anderes sein.«

Velten griff kurz an seine Pistole.

Sie traten aus dem Dunkel des Parks auf die Dünenstraße und passierten linker Hand die katholische Kirche. Nach einigen Hundert Metern hatten sie ihr Ziel erreicht, ein älteres, breites Haus mit roten Klinkern, oberhalb des Erdgeschosses ein steiles Reetdach. Eine Gestalt trat aus dem Schatten der hohen Hecke in der Nähe des Eingangs.

»Moin.«

»Moin.«

Schweigen.

Er wandte sich an den Unbekannten.

»Sie sind der Eigentümer des Hauses?«

»Ne.« Der Mann blickte ihn offen an. Und schwieg, zufrieden mit seiner Antwort.

»Er macht ein bisschen Hausverwaltung für die Eigentümer. Auch die Sache mit den Brötchen zum Frühstück«, vervollständigte Jepsen für ihn.

»Dann sagen Sie mal, welche Wohnung ist es denn?«

»Hinten im Anbau.«

Nach und nach taute der Mann auf. Er erzählte, dass die Wohnung wegen ihrer einfachen Ausstattung nicht ganz so beliebt und deshalb meist eine der spät gebuchten sei. Seit fünf Tagen war der Frühstücksservice in Anspruch genommen worden, doch die Brötchen vom Morgen waren noch vor der Tür gelegen. »Mehr bekommt man hier aber nicht mit. Die Wohnung hat noch einen eigenen Hinterausgang, ich kann also nicht genau sagen, wer wann rein- und rausgegangen ist.«

Der Hausverwalter öffnete ihnen die Vordertür. Sie betraten den Flur. Vier Wohnungstüren lagen im Dunkeln des Erdgeschosses, eine Treppe führte in das Obergeschoss.

»Die ganz hinten rechts«, flüsterte er.

»Haben Sie mal geklopft?«

»Klar doch. Keine Antwort.«

Jepsens Kollege trat vor, hob die Faust und hämmerte zweimal gegen das Holz der Tür.

»Sach ich doch.«

»Na dann schließen Sie doch bitte mal auf.«

Der Hausverwalter zwängte sich an den Polizisten vorbei und zückte einen Schlüsselbund, bei dem er den passenden Schlüssel schon rausgesucht hatte. Er drehte vorsichtig den Schlüssel im Schloss, schob die Tür auf und trat zurück.

»Hallo? Polizei.« Jepsen wartete noch an der Türschwelle.

Eine fröhliche laute Frauenstimme warb darum, bei einer Quizshow anzurufen. Velten betrat als Erster die Wohnung. Eine Tür zum weiß gekachelten Bad war nur angelehnt, ein Eimer samt Schrubber stand in der Duschkabine, die Ablage unter dem Spiegel war bis auf einen noch eingeschweißten Einwegrasierer leer. Der Wohnungsflur führte zu einer Wohnküche. Auf der Küchenzeile rechts stand lediglich eine Filter-Kaffeemaschine, das Kabel war ausgestöpselt. Nicht ein Wassertropfen im Spülbecken.

Zum quadratischen Esstisch gehörten zwei Stühle, von denen einer unter den Tisch geschoben war, der andere war in den Raum hineingedreht, als ob jemand gerade von ihm aufgestanden wäre. Neben dem Esstisch führte eine Tür zu einer etwas heruntergekommenen Terrasse.

Auf dem Bildschirm des Fernsehers sah man eine leicht bekleidete Dame mit tiefem Dekolleté herumlaufen, sie zeigte auf ein hinter ihr eingeblendetes, halb gelöstes Kreuzworträtsel. Die Sessel vor dem Fernseher wirkten wie neu, als wären sie aus dem Prospekt eines Möbelhauses. An den Wänden hingen Fotos mit Inselmotiven, klassische Touristenromantik, damit der Gast auch bei Regen nicht vergaß, wie schön es hier war. Alles machte einen sehr aufgeräumten Eindruck, aber etwas störte Velten, er wusste nur noch nicht genau was.

Am Ende der Wohnküche folgte das letzte Zimmer der Wohnung, das Schlafzimmer. Das Erste, das ihm auffiel, war, dass der Kleiderschrank offen stand. Und leer war. Dann fiel sein Blick auf das Bett. Die Kissen- und Deckenbezüge waren abgezogen, das Kissen am Kopfende war aufgestellt, die Decke säuberlich am Fußende gefaltet.

Als ob der Bewohner offiziell abgereist und nach ihm geputzt worden wäre. Genau das war es, was Velten störte. Die Wohnung war zu aufgeräumt. Kein Staubkorn auf der Couch, keine Brötchenkrümel unter dem Esstisch, keine zerwühlten Bettlaken. Hier war alles klinisch rein.

Hier hatte jemand sehr ordentlich sauber gemacht. Keine Spuren, die auf den oder die Gäste hinweisen konnten. Keine Frage, diese Wohnung war ein Treffer.

Er wandte sich den Kollegen und dem Hausverwalter zu: »Alle raus hier. Nichts anfassen.« Vielleicht konnte die Spurensicherung irgendwo einen Fingerabdruck sicherstellen. Draußen verlangte er von dem Hausverwalter den Schlüssel, den dieser bereitwillig herausrückte. Während er abschloss und die Wohnung zusätzlich mit einem Papiersiegel sicherte, merkte er, dass sein Puls raste.

Endlich ein Treffer.

24

NACH ZWEI STUNDEN SCHLAF zeigte die Uhr 05:30. Velten gähnte. Und wusste, dass trotzdem an weiteren Schlaf nicht mehr zu denken war. Die Systeme waren hochgefahren, wie jeden Morgen, ob er es wollte oder nicht.

Die Zeit bis zur morgendlichen Besprechung nutzte er, um einen kurzen Bericht über seinen nächtlichen Einsatz zu schreiben und die bisherigen Informationen zusammenzufassen. Das Team der Spurensuche, das sich ohnehin noch auf der Insel aufhielt, war eine Stunde nach ihm in der seltsam leeren Wohnung angekommen, hatte aber noch keine Erkenntnisse gemeldet.

»Ein Sonderbericht Nachteinsatz?« Jenner zeigte sich verstimmt.

»Ich dachte, du freust dich, wenn wir über Nacht einen entscheidenden Schritt weiterkommen.«

»Darum geht's nicht, das weißt du. Hättest mal vorher Bescheid geben können.«

»Es war unprofessionell, nur die Kollegen in Uniform dabeizuhaben«, mischte sich Sunter ungefragt ein. »Falls Sie dort auf weitere Terroristen gestoßen wären …«

Wenn er noch länger in Sunters Nähe bliebe, würde er Kopfschmerzen bekommen.

»Kommen Sie mit?«, fragte er Maxi Holmann, die im Türrahmen stehend die Diskussion verfolgt hatte. »Wir müssen dringend mit der Arbeit weitermachen.«

»Noch mal zum Hausverwalter?« Er liebte es, wenn die Leute mitdachten. Sie war jetzt schon seine Mitarbeiterin des Tages.

Draußen war es noch morgendlich kalt. Für die nächsten Tage waren zum Glück steigende Temperaturen angesagt. Auf der Kreuzung bei der evangelischen Kirche reinigte eine Putzkolonne die Straßen von frisch abgelegten Pferdeäpfeln. Wenn in zwei Stunden die Urlauber hier entlangflanierten, würden sie weiter unbehelligt über das paradiesische Leben ohne dreckige Autos philosophieren können.

Der Hausverwalter trug einen weiß-blau gestreiften Schlafanzug und ebensolche Hausschuhe, als er ihnen die Tür öffnete. Hinter ihm wartete ein gedeckter Frühstückstisch, an dem eine Frau und zwei Kinder saßen, eines davon im Hochstuhl. Der Mann ließ die Tür offen stehen, drehte sich um und lief voraus in ein kleines Zimmer, das ihm offensichtlich als Büro diente. »Ihr Preußen braucht echt keinen Schlaf. Möchten Sie eine Tasse Tee?«

Sie verneinten beide.

An den Wänden hingen Kinderzeichnungen, auf dem Schreibtisch lagen ein Notebook und ein abgegriffenes Notizbuch. Der Mann schob den Computer beiseite und blätterte in seinen säuberlich mit Bleistift gemachten Aufzeichnungen.

»Die Wohnung in der Dünenstraße ist noch für weitere sechs Wochen fest angemietet«, erklärte er. »Die Gesamtmiete wurde pünktlich im Voraus überwiesen.«

Holmann gab die Bankverbindung an die Kollegen in der Zentrale weiter.

»Können Sie den Mieter beschreiben?«

»Ich habe ihn nur einmal kurz gesehen. Ein sportlicher Typ. Baseballcap und Sonnenbrille, obwohl es den ganzen Tag bewölkt war. Dieser Typ Mensch, der eigentlich zu cool für unsere Insel ist. Ach ja, auffällig war der dichte Vollbart.«

Velten legte ihm eine Reihe von Fotos vor, darunter eines von Brann. Ob er den Mieter auf einem der Bilder erkennen könne?

»Hm, ich würde sagen, der ist es.« Sicher war sich der Verwalter nicht, aber er tippte auf das richtige Bild. Danach bestätigte er noch einmal, dass der Mieter ab Sonntag den Frühstücksservice in Anspruch genommen hatte.

Sie bedankten sich und wünschten ihm noch einen guten Frühstücksappetit. Beinahe hätte Velten noch angefügt, dass er sich bitte zur Verfügung halten solle, falls sie noch weitere Fragen hätten, biss sich aber im letzten Moment auf die Zunge. Wohin hätte der Mann gehen sollen?

»Ich denke, wir können sicher sein, dass Brann schon ab Samstagabend auf Juist war, nicht erst am Montag«, meinte Holmann, als sie am Hotel ankamen. »Die alte Dame in Hamburg hat sich geirrt.«

»Alles, was wir haben, sind Indizien«, entgegnete Velten. Logisch und stichhaltig, aber keine Beweise. »Okay, aber wir müssen auf dem aufbauen, was wir haben, und nach und nach mehr Fleisch an den Knochen drankriegen.« Er hasste sich für diese Phrase. Bisher hatten sie nicht einmal ein einziges Bild des lebendigen Brann auf Juist. Velten sah Mark Cramer an, der bereits ergeben nickte. »Also noch einmal, dieses Mal die Bilder von Freitag bis Sonntag.«

Um neun Uhr morgens übermannte ihn die Müdigkeit. So hatte es keinen Zweck weiterzumachen. Er ging in sein Zimmer und blickte aus dem Fenster, nach Norden. Das Wasser der Nordsee schimmerte blassgrau, nicht schön, eher abweisend. Er zog die Vorhänge zu und sackte auf das Bett.

Nach der Mittagspause kehrte er zur Leitstelle zurück. Wie erwartet war die Wohnung in der Dünenstraße penibel gereinigt worden, meldete die Spurensicherung. Sie hatte nicht einen einzigen verwertbaren Hinweis gefunden.

Holmann, Singer und Martin machten sich derweil daran, die Aussagen von Branns Nachbarn auf Juist aufzunehmen. Als sie den Raum verließen, stand ihnen die Skepsis ins Gesicht geschrieben. Velten konnte sie gut verstehen. Viel würde dabei vermutlich nicht herauskommen.

Die Erkenntnisse der Berliner Kollegen zur Bankverbindung, über die die Wohnung auf Juist angemietet worden war, trafen ein. Das Apartment war bereits im Winter angemietet worden. Erleichtert stellte Velten fest, dass damit wenigstens der Verdacht, dass Marleen Junker oder andere Teammitglieder etwas damit zu tun haben könnten, nicht weiter genährt wurde. Die Daten des angeblichen

Mieters hatten sich als falsch herausgestellt. Die Wohnung, die zur angegebenen Rechnungsadresse passte, war nach dem Todesfall des letzten Besitzers bereits vor einem halben Jahr völlig neu renoviert worden. Auch der Inhaber des Kontos, von dem die Ferienwohnung im Voraus bezahlt worden war, hatte bereits das Zeitliche gesegnet, genau genommen vor drei Jahren. Und das Konto, von dem die Mietzahlung erfolgt war, gehörte zu einer malaysischen Bank, die auf Kontaktversuche bisher nicht reagiert hatte. Die Kollegen waren dran, machten sich jedoch wenig Hoffnung, dass diese Spur zeitnah Ergebnisse bringen würde.

»Leider geraten wir mit Ihren Erkenntnissen nur in neue Sackgassen«, kommentierte die Blasse, die wieder einmal eine perfekt sitzende Bluse samt Hosenanzug trug. »Aber versuchen Sie es bitte weiter. Vielleicht geben Sie sich einfach etwas mehr Mühe?«

Am liebsten hätte Velten sie durch den Bildschirm aus dem Gerät gezogen. »Was erlauben Sie sich?«

»Einen Scherz, Sie Humorbremse. Oder möchten Sie ein Lob von mir haben?« Sie wartete nicht auf eine Antwort, sondern stellte die Ergebnisse der Profiling-Abteilung vor, die sie für diesen Fall hinzugezogen hatte. Die Kollegen hatten festgestellt, dass Brann wahrscheinlich nicht der Typ war, diesen Anschlag alleine zu planen. Es sei mit hoher Wahrscheinlichkeit von Mittätern oder Hintermännern auszugehen.

»Das ist ja mal was ganz Neues«, antwortete Velten. »Und das hat die Profiling-Abteilung ganz allein rausgefunden? Oder haben Sie denen geholfen?«

»Velten, bitte werden Sie nicht persönlich.« Dr. Meyer trat in das Blickfeld der Kamera. »Ja, das war auch bisher unsere Vermutung, und die Kollegen haben sie halt bestätigt. Wir müssen bei diesem Fall hier alle Register ziehen.«

Das nächste Statustreffen wurde für den nächsten Morgen angesetzt. Die blasse Kollegin winkte kurz, als wären sie beste Freunde, dann wurde der Bildschirm schwarz.

Die kurze Euphorie war verflogen. Statt neue Erkenntnisse zu bringen, hatte die Mietwohnung des Attentäters nur zu neuen Rätseln geführt. Das waren doch alles Details, die nicht wirklich halfen. Das Entscheidende war ihm entgangen, er spürte es förmlich.

Eine Stunde später schaute Sunter in der Leitstelle vorbei.

»Hat jemand Frau Junker gesehen? Wir hatten einen Termin.«

»Nein, tut mir leid«, antwortete Maxi Holmann stellvertretend für die Runde. »Fragen Sie doch bei Frau Jenner nach.«

»Das ist ja das Komische. Sie kann ich auch nicht finden.«

Kurz nachdem Sunter wieder verschwunden war, klingelte das Festnetztelefon. Die persönliche Assistentin Brambergers meldete sich, der Bundespräsident wolle Velten sprechen. Ob er jetzt Zeit habe?

»Immer doch. Worum geht es?«

»Das ist vertraulich«, erklärte die Assistentin.

»Natürlich, verstehe.«

Velten machte sich auf den Weg. Reiner Jens und sein Kollege, die – auf Sunters Vorschlag hin – zu zweit den direkten Personenschutz anstelle des verletzten Larsen übernommen hatten, erwarteten ihn im Vorraum der Suite. Anders als Larsen durften sie nicht ganz hinein, erklärte Jens. Kurz nach ihm betrat Jenner den Raum.

»Sunter hat dich und Junker gesucht«, sagte Velten zur Begrüßung.

»Wir hatten noch etwas zu besprechen. Sie ist jetzt bei ihm.« Ihr Blick war kalt.

Fünf Minuten später wurden sie zusammen hineingebeten.

Der große Konferenztisch war unbesetzt, auf ihm standen ein paar Kaffeetassen und auf den Kopf gestellte Gläser. Bramberger selbst saß an einem Schreibtisch im hinteren Teil des Zimmers, stand aber auf und kam herüber, um sie zu begrüßen. Er trug Jeans und dazu ein Hemd, bei dem die oberen Knöpfe offen gelassen waren. Das war wahrscheinlich das Maximum dessen, was er sich als standesgemäßen Freizeitlook erlaubte. Gerne hätte Velten ihn mal in einer Jogginghose gesehen. Auf der flachen Couch vor den Panoramafenstern lag seine Frau und las auf einem Tablet. »Tun Sie bitte einfach so, als ob ich gar nicht hier bin«, sagte sie und wischte dabei über den Bildschirm.

»Ah, Frau Jenner, schön, dass Sie da sind, und nochmals vielen Dank für Ihren Einsatz, Sie sind ein Vorbild für die ganze Truppe«, schwärmte der Bundespräsident mit einer überzeugend vorgetragenen, wahlkampferprobten Herzlichkeit. Svenja wollte das Kompliment schon abwehren, aber Bramberger redete einfach weiter. »Na ja, ich will Sie beide aber gar nicht lange von der

Arbeit abhalten. Nur kurz eine Frage: Gibt es gesicherte Erkenntnisse, dass tatsächlich dieser sogenannte Antikapitalistische Widerstand hinter dem Attentat steckt?«

»Genaues können wir nicht sagen«, fing Jenner an, aber Bramberger schnitt ihr freundlich das Wort ab.

»Ich möchte auch gar nicht den genauen Ermittlungsstand wissen. Mir geht es darum: Hat sich das Bekennerschreiben als eine echte Spur erwiesen?« Er wandte sich jetzt direkt an Velten. »Ich weiß, dass Sie mit den Ermittlungen hier vor Ort betraut sind. Darum, nach zwei Tagen Ermittlungen, ganz konkret die Frage an Sie: Wie sieht es mit dieser Spur aus?«

Velten meinte, eine gewisse Nervosität bei Bramberger zu erkennen. Sein Blick war unruhig. Auch er durfte natürlich nicht über den Ermittlungsstand berichten. Aber er musste das freundlich verpacken.

»Die Spur hat sich nicht als falsch erwiesen. Aber ob sie wirklich zur Lösung des Falls beitragen wird, ist unklar.«

Bramberger trat näher an ihn heran.

»Glauben Sie persönlich, dass der Brief echt ist?«

Es war klar, dass Bramberger sich nicht mit diplomatisch-ausweichenden Erklärungen zufriedengeben würde. Na gut, warum denn nicht.

»Nein. Aber das ist wie gesagt eine persönliche Meinung. Wir ermitteln weiter in alle Richtungen.«

»Dann haben Sie bisher auch noch keine konkreten Hintermänner oder alternative Erfolg versprechende Spuren?«

»Keine, von denen ich berichten könnte.«

»Danke. Das war alles, was ich wissen wollte.« Bramberger suchte den Blick seiner Frau, die ihm bestätigend zunickte. »Die Sache ist noch nicht durch.«

Als sie die Suite verließen, wusste Velten, dass er zwar offiziell kein Statement abgegeben, aber im Grunde zugegeben hatte, dass die Ermittlungen des BKA momentan nicht von der Stelle kamen.

»Wetten, der Kaiser macht jetzt wieder irgendeine selbstherrliche Egotour?«, murmelte Svenja neben ihm. Offensichtlich erwartete sie keine Antwort.

25

»DIE SACHE IST noch nicht durch.« Jochen Bramberger sah zu, wie die beiden die Tür hinter sich schlossen.

Er hatte es ja geahnt. Verlass dich nicht auf andere. Trotzdem hatte er sich auf Jenners Ratschlag hin die letzten Tage hier in diesem Zimmer eingeschlossen, ihr und diesem Velten Zeit gewährt, Ergebnisse zu liefern. Hatte ihnen Zeit verschafft, indem er mit Unterstützung von Dr. Meyer und anderen, halb offiziellen Kanälen die Medien dazu gebracht hatte, vorerst nicht über den Anschlagsversuch zu berichten. Um die Ermittlungen nicht zu gefährden.

Aber jetzt: keine Ergebnisse. Nichts. Weder eine Entwarnung noch ein Ermittlungserfolg noch das Gegenteil. Eine einzige Enttäuschung. Vor allem war er von sich selbst enttäuscht. Es war doch eigentlich klar gewesen, dass sie nichts herausfinden würden, und jetzt hatte er wertvolle Zeit mit Rumsitzen vertan. Die Gefahr war noch längst nicht gebannt.

»Die kriegen es nicht hin.« Anja sprach aus, was er dachte. »Oder sie wollen sich nicht in die Karten schauen lassen. Wie auch immer, es läuft auf dasselbe hinaus. Wir müssen trotzdem entscheiden, wie es weitergehen soll.«

Ja. Es wurde Zeit, das Heft wieder selbst in die Hand zu nehmen. »Ja. Ich kann mich nur auf mich selbst verlassen.«

»Nur auf dich?« Ansatzlos schleuderte sie das Tablet in seine Richtung. Er duckte sich, das Gerät flog knapp über ihn hinweg und landete auf dem Konferenztisch, wo es zwei Gläser und eine mit Wasser gefüllte Glaskaraffe abräumte, die auf dem Boden zersplitterten.

»Nur auf dich … Und was ist mit mir? Ich bin hier. Du bist nicht alleine!«

»Anja …«

Mit einer solchen Reaktion hatte er nicht gerechnet. »Anja …«

»Verdammt. Wofür hältst du mich eigentlich? Nur, weil ich mich dauernd hinten anstelle, damit mehr Platz für dein riesiges Ego ist, heißt das doch nicht, dass ich nicht für dich da bin! Was bin ich eigentlich für dich?« Sie war aufgesprungen und kam auf ihn zu. »Du Idiot!«

»Anja, ich …«

»Du dummes, egoistisches Arschloch! Meinst du, weil ich dir deine ständigen Fremdvögeleien durchgehen lasse, bedeutest du mir nichts mehr? Dass unsere Ehe mir egal ist? Denkst du das?«

Sie schlug zu. Ein lautes Klatschen. Ein brennender Schmerz auf seiner Wange. Eine Ohrfeige. Seine Frau hatte ihm eine Ohrfeige verpasst.

»Nein! Anja. Verdammt …«

Sie ohrfeigte ihn ein zweites Mal.

»Also rede mit mir. Wenn du etwas vorhast, will ich

wissen, was es ist. Auf dich wurde ein Mordanschlag verübt, und die Sache ist noch nicht ausgestanden. Du könntest sterben!«

»Hör bitte auf«, sagte er, *ich liebe dich*, dachte er.

»Warum sollte ich?«

»Es tut weh«, sagte er in dem Versuch, die Situation mit Humor aufzulockern. Dann nahm er sie in seine Arme, hielt sie fest.

»Komm jetzt nicht mit blöden Sprüchen«, entgegnete sie.

»Lass mich ... Entschuldige ... Nein.« Er setzte noch einmal an. »Ich meine ... Ich weiß nicht mehr, wem ich trauen kann. Außer dir ...«, fügte er schnell hinzu.

»Stopp!«

Sie holte Luft, stockte.

»Weißt du eigentlich, Jochen, warum ich dich noch nicht verlassen habe?«

»Ich ...«, fing er an, *hör auf zu reden*, sagte eine Stimme in ihm.

»Oder weißt du überhaupt noch, warum ich dich geheiratet habe?«

»Na ja ...« Was sollte es sein? Wenn er ganz ehrlich war, hatte er nie länger darüber nachgedacht. Die Erotik der Macht, hatte er angenommen, oder die Aussicht auf ein baldiges Erbe. Sie war nur halb so alt wie er, und bei aller Selbstverliebtheit hatte er sich nie Illusionen darüber gemacht, dass es andere Gründe sein könnten. »Jetzt sag nicht, dass es aus Liebe war?«

»Halt die Klappe. Du Idiot…« Sie seufzte, legte ihm sanft den Finger auf den Mund, um ihn im Ansatz zu unterbrechen. Suchte nach Worten. »Weil du mal eine Inspiration warst für mich. Schon immer, irgendwie. Damals, deine Rede beim Deutschen Studententag, da hat es schon angefangen. Ich habe gespürt, dass du an etwas geglaubt hast. Ich habe dir geglaubt. Dass es die Werte und Überzeugungen sind, die uns leiten sollten. Und dass wir den Mut haben sollten, genau das zu tun, was unseren Werten entspricht. Dass wir die Freiheit haben, selbst über unser eigenes Schicksal zu entscheiden, und dass wir diese Freiheit nie aufgeben dürfen.«

Er erinnerte sich, die Reden hatte er zu der Zeit noch selbst geschrieben. Genauer gesagt, mehr oder weniger aus einer Ansammlung von Floskeln zusammengesetzt, von denen er dachte, dass sie gut ankamen. Dass man nach vorne schauen sollte, nicht nach hinten, und so weiter. Das war alles schon Jahrzehnte her.

»Du hast viele erreicht mit deiner Art«, fuhr Anja fort. »Nicht nur mich. Das ist deine besondere Fähigkeit. Du kannst eine Überzeugung in Worte fassen. Ein Leuchtturm für die Menschen sein. Deshalb habe ich mich in dich verliebt, damals mit nicht einmal achtzehn Jahren. Und ich liebe dich immer noch, auch wenn ich mich inzwischen frage, was aus dir geworden ist. Oder ob du vielleicht schon immer ein Arschloch warst.«

Seine Anja war also ein Groupie. Ein Groupie, für die er wichtig war, weil er etwas verkörperte, was größer als er war. Was war daran falsch? Nichts.

»Ich will dich einfach vor allem beschützen«, hörte er Anja sagen. »Auch vor dir selbst. Ich will für dich da sein. Und du gibst mir Halt. Du bist mein Halt«, beendete sie ihre Liebeserklärung.

Er fasste ihr an den Po, der noch immer sehr knackig war, fast so wie der von Sabine.

»Hattest du eigentlich was mit Larsen?«, fragte er sie und dachte zugleich, dass das jetzt eher ungeschickt war.

Zu seiner Überraschung suchte sie nach Worten. »Frag nicht, bitte. Er ist mir wichtig. Du bist mir wichtig. Jeder auf eine andere Weise.«

Es tat nicht weh. Ganz im Gegenteil, sie sollte alles haben, was sie glücklich machte, vor allem, wenn sie es von ihm nicht bekommen konnte. Sie lagen sich in den Armen, und es lagen Kilometer zwischen ihnen. Aber das machte nichts. Alles war gut.

»Was hast du vor? Was willst du alleine machen?«, fragte sie.

»Es ist bisher nur eine Idee«, fing er vorsichtig an. »Diejenigen, die hinter dem Anschlag standen, sind noch da. Sie werden es wieder versuchen. Ich weiß nicht genau, wer sie sind, aber wenn ich mit meiner Vermutung recht habe, dann kann ich mit dieser Idee vielleicht ihre Pläne durchkreuzen.«

»Wie?« Sie küsste seinen Hals, umarmte ihn.

»Es ist zugegebenermaßen etwas größenwahnsinnig«, begann er. Was hatte er schon zu verlieren. Er erzählte ihr alles, was sie wissen wollte.

26

DIE ERMITTLUNGEN STAGNIERTEN. Velten bemerkte, wie sich im Team eine gewisse Ermüdung breitmachte. Sie hatten viele Einzelteile, die aber für sich nicht weiterführten, noch kein Bild ergaben. Etwas fehlte, er wusste nur noch nicht, was genau. Etwas mehr Abstand und Ruhe würden allen wohl guttun.

Svenja Jenner hatte, da Bramberger wohl weiter im Hotel zu bleiben gedachte, für den Großteil ihres Teams eine Pause angeordnet. Velten hatte für sein Team dasselbe entschieden. Nicht nur, dass sie nach der Anspannung der letzten Tage einfach eine Erholungsphase brauchten. Es gab auch keinen wirklichen Grund dafür, erschöpft und hektisch weiterzumachen – und dabei Gefahr zu laufen, womöglich wichtige Details zu übersehen. Inzwischen versprach Gründlichkeit eher einen Durchbruch als Geschwindigkeit. Einmal einen Schritt zurück und die Dinge dann neu sortieren.

Das *Teehäuschen* war in einem denkmalgeschützten, flachen Haus untergebracht. Von außen war es der Inbegriff eines romantischen Inselhäuschens, aber trotzdem auf eine eigene Art modern und offen gestaltet. Die anderen Besucher des Cafés saßen wegen des guten Wetters draußen auf der Sonnenterrasse, seine Kollegen und er hatten sich dagegen für einen Tisch im weniger frequentierten Innenraum entschieden, wo sie sich ungestörter unterhalten konnten.

»Jenner wird übrigens gerade wieder von Sunter vernommen«, bemerkte Frieder Dittmann mit vollem Mund. Auf seinem Teller türmte sich eine riesige Waffel mit Sahne und heißen Kirschen.

»Wie hat sie die Sache verarbeitet?«, fragte Maxi Holmann.

»Sie ist die Chefin. Sie ist echt tough. Ich glaube, sie hat noch nie ihre Gefühle gezeigt. Jedenfalls steckt sie es gut weg, besser, als man meinen könnte. Aber ich bin mal gespannt, wen es am Ende treffen wird.«

»Wie treffen?« Velten mochte es nicht, wenn sich Sätze in Andeutungen verloren.

»Die Wände im Hotel sind ja recht hellhörig. Es scheint um uns alle, um ihr Team zu gehen«, ergänzte Reiner Jens. »Sunter will uns fertigmachen.«

»Sunter war übrigens gestern bei Marleen«, schaltete sich Dittmann wieder ein.

»Ja?« Holmann sah ihn erwartungsvoll an.

»Alleine.« In Frieders linkem Mundwinkel hing ein Stück Waffel, das sich beim Sprechen mit bewegte. Er machte eine Pause, um es wegzuwischen und einen Teil des letzten Bisses herunterzuschlucken, dann sprach er weiter. »Sunter hat sie irgendwie unter Druck gesetzt. Die Kleine kam fast heulend bei ihm raus. Hab sie gesehen, wie sie auf ihr Zimmer ging. War total fertig. Na ja … Tobias, weißt du da was Näheres?«

»Hm.« Velten fühlte die Anspannung in der Runde. Die Tatsache, dass Dittmann ihn mit Vornamen angesprochen hatte, konnte nicht darüber hinwegtäuschen, dass in der Frage etwas Lauerndes steckte. Er beschloss, Zeit zu gewinnen. »Hat er das mit euch anderen aus dem Team auch schon gemacht?«

»Nein. Aber wir wissen doch, wie das läuft.« Reiner Jens hatte das Wort ergriffen. Er schlürfte seinen Kaffee. »Es gibt den Bad Cop und den guten, den netten Cop, der mit dem Team einen trinken geht und so und mit dem man echt gut quatschen kann. Aber Tatsache ist: Auch der gute Cop ist nicht Teil des Teams. Das Team, das sind wir, die sich jeden verdammten Tag um Bramberger kümmern. Und wenn einer von uns angegriffen wird, dann werden wir alle angegriffen, okay? Marleen ist neu dabei, bei dem Attentat war sie absolut am Limit, und sie hat sich letzten Endes echt gut durch die Situation gebissen. Lasst sie einfach in Ruhe. Das können Sie auch ruhig Ihrem Wadenbeißer Sunter sagen, Velten.«

Die Raumtemperatur war gefühlt schlagartig um einige Grad gefallen.

»Ruhig, ruhig.« Dittmann tätschelte den Handrücken seines Kollegen, wandte sich dann an Velten. »Nichts für ungut. Er meint es nicht so.«

»Natürlich meint er es so«, antwortete Velten. »Aber das ist auch okay so. Alles in Ordnung.«

Eine Kellnerin kam vorbei, räumte den leeren Teller von Dittmann ab. Niemand sprach ein Wort. Das verschaffte ihm ein wenig Zeit, sich etwas zur Deeskalation einfallen zu lassen. Am besten etwas, das nah an der Wahrheit war.

»Sunter macht den Job, den nun mal irgendwer machen muss. Er macht ihn halt auf denkbar unsensible Weise. Ich weiß, dass er provoziert. Vielleicht hat er auch gute Gründe dafür. Jedenfalls ist er nicht mein Wadenbeißer, er geht mich genauso an wie euch, ob ihr mir das glaubt oder nicht.« Velten zuckte mit den Schultern, um die Sache möglichst unbedeutend erscheinen zu lassen. »Ich denke, die Sache wird sich von selbst erledigen, unsere Vorgesetzten ganz oben wollen sich nur nicht den Vorwurf gefallen lassen müssen, nicht um Aufklärung bemüht zu sein. Das geht auch vorbei.«

Svenja hatte ihm schon von Sunters Verhör erzählt. In der Tat hatte Sunter Marleen Junker massiv angegriffen, hatte ihr Feigheit vorgeworfen, weil sie bei der Jagd nach Brann gebremst hätte, und mangelnde Professionalität bei der Nutzung des Funks. Das war zwar unschön, würde in ihrem Fall aber, solange Svenja ihre schützende Hand über sie hielt, keine Konsequenzen haben.

Zumindest solange Svenja für sie einstand. Im Übrigen war Svenja selbst schwer unter Beschuss geraten, Sunter hatte ihr vorgeworfen, Veltens Risikoeinschätzung und Hinweise nicht ernst genommen zu haben. Er spielte sogar darauf an, dass sie Spuren am Tatort verwischt haben könnte, als sie Branns Leiche selbst durchsucht hatte, anstatt das die Spurensicherung übernehmen zu lassen.

Hoffentlich würde sich Svenja nicht einschüchtern lassen. Sie mussten alle weiter zusammenhalten, Sunter durfte keinen Hebel zwischen sie kriegen.

»Na dann ist ja alles klar, nichts für ungut.« Frieder schien Veltens beschwichtigenden Worten Glauben zu schenken, oder zumindest einzusehen, dass eine weitere Eskalation zu nichts führte. Er wechselte das Thema. »Wie schaut's aus, Reiner? Bereit für die Schlacht?«

»Na klar. Du hast keine Chance.«

Reiner Jens zog das Reiseschachspiel aus seinem Rucksack. Schach spielten nicht wenige der Kollegen. Beim Personenschutz konnten sich schnell Routine und Langeweile breitmachen, insbesondere, wenn die Schutzperson sich in einem sicheren Bereich aufhielt, wie es momentan bei Bramberger dankenswerterweise der Fall war.

»Das hat sich irgendwie zur Tradition entwickelt. Im Moment steht es 49 zu 34 für Reiner«, erläuterte Frieder. Er bemühte sich, die Sturmwolken wieder zu vertreiben, auch gegenüber Velten. »Aber die letzten Partien gingen an mich.«

Während Dittmann und Jens die Figuren aufbauten, blieben Velten und Holmann sitzen. Es war jetzt wichtig, auch das gute Wetter von Frieder anzunehmen. Sunter hatte schon zu viel Vertrauen zerstört.

Velten ließ sich von Holmann, die in Ostfriesland aufgewachsen war, noch einmal das Geheimnis des Ostfriesentees erklären.

»Das ist einfach eine relativ starke Mischung schwarzen Tees. Das Besondere ist eigentlich die Teezeremonie. Zuerst wird in die leere Tasse ein großes Stück Kandiszucker gelegt – ein Kluntje, wie man hier sagt. Dann wird darauf der heiße Tee geschüttet, aber man darf bloß nicht umrühren! Zuletzt gibt man noch vorsichtig einen großen Tropfen Sahne dazu, früher nahm man Rahm, den man auch nicht verrührte. Der bildet in dem Tee eine kleine Wolke, deshalb nennt man diesen Teil hier auch ›'n Wulkje Rohm‹.«

»Und was hat es damit auf sich?«

»Das ist einfach so eine Traditionssache. Beim Trinken bekommt man natürlich erst den oberen Teil des Tasseninhalts ab, also den ohne Zucker und Milch. Die, die sich für Teekenner halten, würden dir jetzt erklären, dass sich der Geschmack dadurch mit jedem Schluck, den man nimmt, von herb – oben haben weder Zucker noch Milch den Teegeschmack beeinflusst – über milchig bis hin zu süß entwickelt.« Sie nahm den Löffel in die Hand. »Ich finde das aber albern, ich mag den Tee am liebsten mit Milch und Zucker. Und darum verrühre ich das alles sofort.«

Ihr Löffel klimperte in der Tasse.

»Kommen Sie jetzt in die Ostfriesenhölle?«

Schweigend beobachteten sie, wie Dittmann und Jens die Figuren zogen. Das war der ultimative Beweis, dass man nichts Dringendes zu tun hatte, dachte Velten. Man spielte nicht einmal selbst Schach, sondern schaute anderen Leuten dabei zu.

»Demjenigen, der die erste Figur schlägt, gebe ich einen Schnaps aus.«

»Das ist mir einen Bauern wert«, sagte Frieder nach einer Weile und schob auf seinem rechten Flügel eine Figur ungeschützt nach vorne und nahm einen von Jens' Bauern. Jens schlug ihn mit der Dame. Ein Bauernopfer.

Velten winkte der Kellnerin und bestellte den versprochenen Schnaps, er wählte den teuersten Whisky, der auf der Karte stand. Frieder hatte ihn sich verdient.

Eine halbe Stunde später betrat Jenner den Raum. Velten merkte ihr sofort an, dass es Neuigkeiten gab. Sie setzte sich zu ihnen an den Tisch, vergewisserte sich, dass niemand ihnen zuhören konnte, und kam dann ohne Umschweife zur Sache.

»Tut mir leid, das gemütliche Leben ist bald schon wieder vorbei.« Sie bemerkte das leere Schnapsglas vor Frieder und reagierte mit einem missbilligenden Blick. »Bramberger will sein Sommerinterview vorziehen. Er will es hier geben, auf Juist.«

Wenn Journalisten anwesend waren, bedeutete das immer Unruhe, aber in der momentanen Situation konnte es schwer abschätzbare Risiken mit sich bringen. Frieder blieb trotzdem die Ruhe selbst.

»Seit wann werden die Sommerinterviews vorgezogen? Und wann soll es stattfinden?«

Die sogenannten Sommerinterviews wurden in der Regel aufgezeichnet und erst ein oder zwei Wochen später in einer gekürzten Fassung, aus der etwaige Versprecher oder ungeschickte Aussagen der Politiker rausgeschnitten wurden, gesendet. Die lockere Urlaubsatmosphäre ließ die interviewten Politiker besonders volksnah wirken.

Frieder Dittmann brachte mit einer Rochade seinen linken Turm ins Spiel, der bisher nicht hatte eingreifen können.

»Schach.«

»Verdammt.«

»Übermorgen«, sagte Svenja.

Das hieß, spätestens morgen würden die Medien auch hier sein. Also schon morgen Unruhe. Er dachte an den gestrigen Besuch bei Bramberger. Ob Brambergers Ankündigung mit den wahren Hintergründen des Attentats in Zusammenhang stand?

»Aber das ist noch nicht alles. Bramberger hat eine Bedingung für das Interview gestellt.«

Jens rückte seinen König ein Feld nach rechts und brachte ihn in Sicherheit.

»Er besteht darauf, dass das Interview live geführt wird.« Sie schüttelte den Kopf. »Ein Liveinterview! Angeblich will er ein starkes politisches Signal aussenden. Irgendetwas passiert hier, das wir nicht mitbekommen haben. Genießt den ruhigen Abend. Ab morgen brauche ich euch alle, und zwar topfit.«

Dittmann schlug mit seinem Läufer Jens' Dame. »In zwei Zügen bist du schachmatt, Reiner. Gibst du auf?«

»Niemals. Siegen oder sterben.«

»Ach, Frieder?« Svenja wandte sich mit seltsam unaufgeregter Stimme an ihn.

»Ja?«

»Wenn ich noch einmal ein Schnapsglas vor dir stehen sehe, während interne Ermittler uns die Hölle heißmachen, dann sortierst du bis an dein Lebensende Akten. Verstanden?«

»Der Whisky war von mir«, nahm Velten ihn in Schutz, aber Svenja hatte bereits auf dem Absatz kehrtgemacht und ließ seinen Einwand ins Leere laufen.

27

»LASS GUT SEIN. Sie beruhigt sich schon wieder.«

Tatsächlich benötigte Frieder Dittmann dann doch drei Züge, um Jens schachmatt zu setzen.

»Revanche.«

Ungerührt baute Jens die Figuren wieder auf, orderte zwei Ostfriesentees und den billigsten Schnaps der Karte für Velten.

Velten kippte den *Friesentod* in einem Zug runter und verabschiedete sich. Er brauchte ein wenig frische Luft zum Nachdenken. Sich alles noch einmal in Ruhe durch den Kopf gehen lassen.

Während er die Strandstraße zum Hotel entlanglief, begann er, die bekannten Fakten noch einmal neu zu sortieren, die Sache von verschiedenen Seiten zu beleuchten. Vielleicht gab es ja noch einen ganz anderen Aspekt, etwas, was er bislang übersehen hatte, einen blinden Fleck. In neunzig Prozent aller aufgeklärten Mordfälle kannte das Opfer seinen Mörder. In achtzig Prozent der Fälle kam dieser aus der eigenen Familie. Vielleicht hatte Brambergers Frau das Attentat in Auftrag gegeben? Immerhin wurden ihm zahllose Affären nachgesagt, das wäre ein hinreichendes Motiv. War es nicht fahrlässig, das gar nicht in Betracht zu ziehen? Überhaupt hatten sie Brambergers Umfeld noch gar nicht richtig durchleuchtet. Sollte er sich da dran wagen? Auf jeden Fall müsste er sich dafür den Segen der Chefin holen.

»Du hast nicht angerufen.«

»Was?« Er musste erst in die Realität zurückfinden. Die Stimme kam ihm bekannt vor.

»Erst Hunger auf Waffeln mit heißen Kirschen machen und sich dann nicht melden. Ich bin enttäuscht.« Juna saß auf einer der Bänke auf der rechten Seite des Weges und sah ihn demonstrativ vorwurfsvoll an. Der weite Kragen ihres T-Shirts ließ einen Träger ihres Bikinis hervorblitzen. Sie sah sehr süß aus.

»Es ist etwas dazwischengekommen, es tut mir leid.« Aua. *Es ist etwas dazwischengekommen.* Wie blöd klang das denn, vor allem von jemandem, der vorgab, an Burnout zu leiden? »Kriege ich denn noch eine zweite Chance? Also, na ja, auch wenn es eher die insgesamt dritte wäre?«

Was machte er da? Es war jetzt wirklich nicht der richtige Zeitpunkt zum Flirten.

»Kommt ganz darauf an.« Skeptisch sah sie zu ihm hoch. »Was kannst du denn dieses Mal anbieten?«

»Vielleicht … zwei Kaffee und zwei Waffeln mit heißen Kirschen?« Oje, auch kein wirklich origineller Ansatz.

Sie lachte trotzdem. »Interessant, wie du meinen Appetit einschätzt. Okay, abgemacht.«

»Sagen wir morgen Abend?«

»Acht Uhr, genau hier?«

»Abgemacht.« Er konnte kaum glauben, dass er gerade ein Date vereinbarte. »Ich freue mich drauf!«

»Ich mich auch, du viel beschäftigter, geheimnisvoller Mann. Das ist deine letzte Chance.«

Er merkte, dass er lächelte, als er seinen Weg fortsetzte. Es fiel ihm schwer, seine Gedanken wieder auf die Aufklärung eines versuchten Attentats zu lenken.

In seinem Hotelzimmer angekommen, erkannte er: Es war vergebens. Steig aus, sagte er sich. Du musst den Rechner einmal ganz runterfahren, um wieder klar denken zu können. Gib dir frei. Lass die Arbeit Arbeit sein. Disziplin hat keinen Wert, wenn sie zu keinem Ergebnis führt, wenn nichts dabei herumkommt. Wieder sah er aufs Meer hinaus. Betrachtete den Horizont, eine klare, gerade Linie in weiter Ferne. Manchmal braucht es einfach Zeit. Gönn dir freie Zeit, befahl er sich, probier es aus.

Er kramte nach der *Juister Mordsee*, es fehlten nur noch fünfzig Seiten. Nach einer knappen Stunde klappte er das Buch wieder zu. Der Kommissar war der Mörder. Nein, er hatte es nicht kommen sehen, aber er musste der Autorin zugestehen, dass die Auflösung logisch war, vielleicht sogar zwingend logisch. Ein wirklich perfektes Buch. Der Plot war stimmig und trotzdem überraschend, die Geschichte spannend, und nebenbei hatte er auch noch etwas über die Insel gelernt. Er sollte in Zukunft Urlaubskrimis öfter mal eine Chance geben.

In der Minibar standen vier Flaschen Bier, er nahm zwei, öffnete sie, setzte die erste an und trank sie in einem Zug aus. Mit der zweiten in der Hand ließ er sich auf das Bett fallen. Er schaltete den Fernseher an. Ein Nachrichtensender, der Ticker am unteren Bildschirmrand brachte die Meldung, dass Bramberger ein vorgezogenes Live-Sommerinterview geben wolle. Juist war gerade zur bekanntesten Insel Deutschlands aufgestiegen. Das würde ihre Arbeit nicht einfacher machen.

Er nahm den ersten Schluck aus der zweiten Flasche. Das Kissen unter seinem Kopf war angenehm weich, das war ihm vorher noch nicht aufgefallen. Schlaf würde jetzt guttun. Er nahm noch einen Schluck. Schaltete den Fernseher wieder aus. Setzte die Flasche wieder an. Herb. Draußen rauschte die Brandung. Eine Möwe kreischte. Er schaute hinaus. Der Himmel war hellblau. Die Sonne schien grell in sein Zimmer.

Er sollte einfach nach unten in die Hotelbar gehen und sich den volljährigen Whisky geben lassen, sagte diese Stimme in ihm. Nein, besser nicht, antwortete er ihr. Bleib einfach liegen, dann kannst du der Versuchung nicht nachgeben. Er presste die Augen zu. Gib auf, sagte er zu der Stimme.

Lautes Klopfen an der Tür weckte ihn. Die Sonne schwebte knapp über dem Horizont, verteilte goldenes Licht im Raum und lange Schatten. Wie lange hatte er geschlafen?

»Sch...« Die Bierflasche, die er in der Hand gehalten

hatte, war umgefallen und ausgelaufen. Zum Glück war nicht mehr viel drin gewesen.

»Alles klar da drinnen?« Er freute sich, Svenjas Stimme zu hören.

»Kleinen Moment.« Er verdeckte den größten Teil der Sauerei mit der Bettdecke, wohlwissend, dass er sie damit nur noch schlimmer machte, und öffnete die Tür.

»Hast du Lust auf ein Bier?«, fragte sie. »Und Zeit, etwas zu quatschen?«

»Auf genau ein Bier.« Er machte eine einladende Geste in das Zimmer. »Ich hab nur noch zwei da, eins für dich, eins für mich.«

»Nicht hier. Ich brauche frische Luft. Ab Morgen habe ich nicht mehr die Ruhe dafür.«

Außer ihnen waren nicht viele Leute draußen unterwegs. Am zweiten Strandabgang blieb sie stehen, seufzte lautlos.

»Lass uns nach unten gehen«, sagte er.

Sie setzten sich in den Windschatten einer Düne. Sandkörner rieselten in die Schuhe. Es war fast wie bei einem Date, dachte er, das läuft ja prima heute bei mir. Er kramte die beiden Bierflaschen aus der Tasche hervor. Wie ein Date im Alter von vierzehn, als er heimlich die Bierflaschen aus dem Kasten seines Vaters hatte mitgehen lassen, im Rucksack, mit Handtüchern umwickelt, damit sie nicht so verräterisch klirrten.

Er öffnete die Flaschen mit dem alten Feuerzeug, das er nur zu diesem Zweck noch bei sich führte. Das Rauchen hatte er schon lange aufgegeben, aus Vernunftgründen, leider. Sie stießen mit den Flaschen an, Svenja nahm einen tiefen Schluck, atmete erleichtert aus.

»Ich dachte gerade einen Moment, du würdest rülpsen«, sagte er.

»Wer sagt dir, dass ich das nicht gleich tue?«

»Genau in der Hoffnung habe ich das gesagt.«

»Und genau darum mache ich das jetzt nicht.«

Es tat gut, neben ihr zu sein. Die Vertrautheit zu spüren. Das war es, was ihm gefehlt hatte.

Es waren die Kollegen, die den engeren Kreis bildeten, seinen engeren Kreis, sie waren die Menschen, die er näher an sich heranließ. Seine Familie. Die Kollegen, die er am längsten kannte, mit denen er bei der Polizei zusammen aufgewachsen war, waren seine Geschwister geworden. Geschwister, die man wieder aus den Augen verlor, wenn man befördert oder versetzt wurde, wenn gemeinsame Projekte oder Einsätze beendet wurden, aber trotzdem Geschwister. Neue Kollegen und Bekanntschaften, hatte er gemerkt, ließ er nicht mehr an sich heran. Umso mehr tat es gut, wieder seine Zwillingsschwester neben sich zu haben.

Dann verbot er sich diese alberne Melancholie. »Weißt du noch, wie wir mit dem Innenminister gesoffen haben? Der konnte rülpsen. Wahnsinn.«

»Und im Gegensatz zum Innenminister dachten wir, dass wir uns benehmen müssten. Und dann kam er mit dieser Flasche Selbstgebranntem an.« Ein Schwelgen in der gemeinsamen Erinnerung. Sie richtete eine Haarsträhne, sah ihn dabei vielsagend an. »Wir haben uns eigentlich immer benommen, wenn es darauf ankam.«

»Ja, das stimmt. So ein Blödsinn, oder?«

Er setzte die Flasche an, blickte hinaus aufs Meer. Die Wellen, die beständig, immer wieder anders, immer wieder aufs Neue anrollten. Zwei Spaziergänger mit Hund liefen am Wasser, wie auf einer Bühne, ansonsten war niemand zu sehen. Es war einer dieser Momente, die man gerne einspeichern wollte. Die man mit jeder Faser des Körpers wirklich erlebte. Die man aufsog, von denen man jede Kleinigkeit wahrnahm: den Flug der Möwen vor den wenigen, hoch oben stehenden Wolken, die sich dunkel vom blau-goldenen Himmel absetzten, das Rauschen der Halme des Strandhafers, das Summen der Grillen, das Salz in der Luft. Momente, in denen man nur tiefe Wahrheiten aussprechen wollte und kein Falsch ertragen konnte.

»Ich werde aussteigen«, sagte Svenja. »Ich kann nicht mehr.«

»Wie bitte?«

»Ich kann nicht mehr. Ich bin nicht mehr ich.«

»Was?«

»Ich hasse mich. Ich habe Angst vor mir. Vor dem, was ich gerade bin.« Sie holte tief Luft. »Ich habe am Mittwoch diesen Mann getötet. Bestimmt ein Riesenarschloch, nach allem, was wir über ihn rausgefunden haben, keine Frage. Aber dass ich das so gar nicht an mich ranlasse, dass ich … so kalt bin, das schockiert mich. Dass mich das gar nicht berührt. Verstehst du das?«

»Ja. Hm. Und nein.« Wie sollte er es verstehen? Sicher, er hatte eine Ahnung, was er in einem solchen Fall wahrscheinlich empfinden müsste. Aber es war nur eine Ahnung, eine Vermutung. Er hatte noch nie jemanden erschießen müssen, zum Glück.

»Ich habe einfach so funktioniert. Wie eine Maschine. Und ich funktioniere weiter einfach so, wie eine Maschine. Das macht mich fertig. Dieser Job hat mich verändert, hat mich zu etwas gemacht, das ich nicht sein will. Damit komme ich einfach nicht klar.«

Velten wusste nicht, was er darauf sagen konnte. Er wusste nur, dass er nicht wollte, dass sie ging. »Ich habe durchgesoffen. Zwei Wochen lang.« Die Wörter waren ihm einfach rausgerutscht.

»Was?« Sie sah ihn an.

»Ich hatte letztens vier Wochen Urlaub. Urlaub, der seit Ewigkeiten angehäuft war, ich hab ja die letzten Jahre quasi nur noch gearbeitet. Urlaub, den ich nehmen musste, dienstliche Anordnung.«

»Dachte immer, das passiert nur mir.«

»Bin durch ziemlich jede Bar gezogen. Ich habe dann irgendwo gepennt, manchmal zu Hause, aber nicht immer, und nach dem Aufstehen sofort weitergesoffen. Irgendwann war es einfach zu absurd. Also hab ich damit wieder aufgehört.«

»Und dann?«

»Nichts. Das ist ja genau das Problem.« Er sah sie an. »Im Moment bin ich, so scheint es mir, in einer Art Findungsphase, meinetwegen Selbstfindungsphase. Ich komme mir auch selbst albern dabei vor. Es wird Zeit, dass ich die wieder hinter mir lasse.«

»Ich mache den Einsatz hier noch zu Ende«, erklärte Svenja. »So gut, wie es eben geht, wie immer. Dann ist Schluss. Ich habe den Antrag schon rausgeschickt. Gestern.«

»Okay.« Das war alles? Was für ein Egoist er doch war. Er hätte ja gerne mehr gesagt, aber da war nichts. Keine Wörter mehr. Alles leer.

Sie dagegen sprach weiter.

»Ich habe schon länger mit dem Gedanken gespielt. Es ist mir einfach zu viel geworden. Immer die verschiedenen Begehrlichkeiten der Schutzpersonen. Am schlimmsten ist tatsächlich Bramberger. Einen verlogeneren, egozentrischeren Menschen kannst du dir nicht vorstellen. Von wegen ein Präsident für alle! Es hat schon fast etwas Zwanghaftes, Perverses, wie er immer jeden gegen jeden ausspielen will.«

Velten hörte zu, wie sich Svenja ihren Kummer von der Seele redete. Sie kam auf die Reibereien mit anderen Abteilungen zu sprechen und darauf, wie ihr aktuell die Spannungen mit ihren eigenen Teammitgliedern an die Nieren gingen. Die jungen Kollegen, Sebastian Sams und Marleen Junker, waren noch längst nicht so weit, wurden ihr aber trotzdem aufgedrückt und wussten obendrauf alles besser. Außerdem drangen andauernd Informationen zu ihren Einsätzen an die Öffentlichkeit. »Und jetzt auch noch diese interne Ermittlung. Sunter hat mich ganz schön in die Mangel genommen, ihm fallen immer neue Vorwürfe ein. Dass ich die Information von den Amis nicht an das Team weitergegeben habe, zum Beispiel. Vielleicht war das ja wirklich ein Fehler. Aber ich habe das Gefühl, dass er mir unbedingt irgendetwas anhängen will.«

»Sunter will nach oben. Und er ist eben der Typ, der das über die Fehler der anderen versucht. Aber er ist doch eigentlich berechenbar«, wiegelte Velten ab. »Es ist nur schade, dass ausgerechnet jemand wie er die Untersuchung leitet.«

Merkwürdig, wie er jetzt versuchte, Sunters Verhalten zu relativieren.

»Na ja. Das brauch ich alles nicht mehr«, schloss Svenja. Sie wechselte das Thema: »Sag mal, deine Suche nach dem Maulwurf. Hast du was in der Hand? Gibt es einen?«

Es war der Abend der Offenheit und Grenzüberschreitungen.

»Ja. Da bin ich mir ziemlich sicher. Ich weiß aber noch nicht, wer es ist. Ich habe einige Puzzleteile, ich denke, ich muss sie nur noch richtig zusammensetzen.«

»Scheiße. Ich habe es geahnt.«

Sie beobachteten die Sonne, die gerade den grauen Schleier über dem Horizont berührte.

»Dieser Einsatz«, erklärte Svenja, »ist Fluch und Segen zugleich. Fluch, weil ich töten musste. Weil der Einsatz kompromittiert war, wahrscheinlich. Weil so viel schiefläuft. Weil mir klar geworden ist, dass ich nicht sicher sein kann, weiter zu hundert Prozent meine Pflicht zu erfüllen. Und Segen, weil ich hier endlich einen Schlussstrich ziehen kann. Es ist zu Ende, ohne dass ich mir selbst etwas vorwerfen muss. Bis hierher habe ich noch immer meinen Job gemacht.« Sie musste schlucken. »Und es war schön, dass du dabei warst.«

Sie lächelte gequält.

»Ich werde ganz neu anfangen. Ich weiß nicht, was ich tun werde, aber es wird etwas ganz anderes sein als das hier. Ich werde alles hinter mir lassen.«

»Ich will nicht, dass du aufhörst.« Mehr brachte Velten nicht heraus.

Nachdem die Sonne endlich verschwunden war, standen sie wieder auf und liefen zurück zum Hotel. Gerne hätte er sie zum Abschied umarmt, aber das ging nicht.

»Mehr Disziplin«, lachte er sich in Gedanken selbst aus. Velten, du bist ein Weichei.

28

TELEFONATE NAHM SIE GRUNDSÄTZLICH nicht in der Ferienwohnung an. Es war früher Morgen, die Strandpromenade um sie herum war leer. Wobei sich an diesen Aussichtspunkt insgesamt selten jemand verirrte. Sie schaltete das Smartphone ein, beobachtete, wie die Anmeldung im Telefonnetz bestätigt wurde. Punkt acht vibrierte das Gerät in ihrer Hand.

»Ja.«

»Sie haben versagt. Ich soll Ihnen von meinen Auftraggebern ausrichten, dass sie sehr enttäuscht sind.« Die Stimme ihres Kontaktmannes knarzte stumpf aus dem Handy, verfremdet durch die gleichen technischen Hilfsmittel, die sie auch selbst verwendete.

»Dafür benutzen Sie diese Leitung? Um mir das zu sagen? Ich habe den Auftrag angenommen, also werde ich auch liefern.«

Das Attentat war zwar fehlgeschlagen, aber der Rest des Planes hatte funktioniert, die Sicherheitsvorkehrungen hatten gegriffen. Die Polizei tappte im Dunkeln, sie kam nur bis Hans Brann, weiter nicht. So war es immer geplant gewesen. Sehr ärgerlich, dass Brann, dieser Tölpel, nicht getroffen hatte.

Sie hatte noch immer alle Trümpfe in ihrer Hand. Sie war es, die agieren konnte. Darauf kam es an. Und ein neuer Plan stand schon, zumindest grob, lediglich die Details der Umsetzung mussten noch ausgearbeitet werden.

»Und das sollten Sie auch bald tun.«

»Soll das eine Drohung sein?«

»Ihr Versagen hat Reaktionen nach sich gezogen, die von den Auftraggebern nicht erwünscht waren.«

»Irgendwelche Reaktionen sind nicht mein Problem. Ich habe gesagt, ich werde liefern.«

»Das Liveinterview darf nicht stattfinden. Es wird erwartet, dass Sie Ihren Fehler noch vorher korrigieren.«

»Bis zum Ende des Urlaubs war vereinbart. Eine Änderung unserer Vereinbarung ist nicht akzeptabel.«

»Ihr Versagen ist eigentlich nicht akzeptabel. Sie erhalten trotzdem gerade freundlicherweise die Möglichkeit, den Schaden zu reparieren. Den Auftraggebern ist durchaus bewusst, dass eine Umsetzung der Vereinbarungen unter diesen neuen Bedingungen schwieriger geworden ist. Aber das ist nicht das Problem der Auftraggeber.«

»Ich habe bereits gesagt, ich werde liefern.«

»Ich soll außerdem ausdrücklich darauf hinweisen, dass eine Nichterfüllung der Vereinbarung persönliche Konsequenzen für Sie hätte.«

»Wie bitte?«

Nein! Waren die Auftraggeber etwa an ihre wahre Identität gekommen? Auf gar keinen Fall durfte ihr wahrer Name genannt werden, auch wenn die Verbindung wahrscheinlich technisch sauber geschützt war.

»Wie soll ich es ausdrücken? ... Wir wissen, dass Sie gerne singen.«

Tatsächlich. Sie wussten, wer sie war.

Keine Schwäche zeigen. Sofort zurückschlagen.

»Für den Fall, dass mir etwas zustößt, werden Informationen zu Ihnen und dem eigentlichen Auftraggeber, Ihrem Schulfreund aus der achten Klasse, automatisch an die zuständigen Behörden übermittelt. Haben wir uns verstanden?«

Die andere Seite antwortete nicht. Waren die etwa so blöd gewesen zu denken, sie würde keine entsprechenden Vorkehrungen treffen? Kein Einsatz ohne Lebensversicherung. Sie war nicht so ein Idiot wie dieser Brann.

Es war nicht ganz einfach gewesen, den wahren Namen ihres direkten Ansprechpartners hinter den diversen Strohfirmen und falschen Aliasen herauszufinden. Und es war pures Glück gewesen, als sie in einem Jahrbuch den Kontakt auf einem alten Schulklassenfoto gesucht hatte, unter dem Foto auf einen weiteren, sehr interessanten Namen zu stoßen. Natürlich hätte das auch eine zufällige Namensgleichheit sein können. Aber sie glaubte nicht an Zufälle.

Ein Räuspern schepperte durch die Leitung.

»Die Bedingungen sind Ihnen bekannt. Dem ist nichts mehr hinzuzufügen.«

Das war ein Rückzug. Der Ansprechpartner hatte die Nachricht verstanden. Wir haben uns gegenseitig das Messer an die Kehle gesetzt. Aber wir sind voneinander abhängig. Wenn der eine zustößt, stirbt auch der andere.

»Sie können den Auftraggebern ausrichten, dass der Auftrag zu ihrer Zufriedenheit abgeschlossen werden wird.«

»Ich gebe es weiter.«

»Ende.«

»Ende.«

Unnötig. Solche Anrufe waren einfach absolut unnötig. Es bestätigte sie in ihrer Ansicht, dass sie es mit Anfängern zu tun hatte. Und mit Idioten.

Sie zog die SIM-Karte aus dem Handy, zerstörte sie mit der Flamme ihres Feuerzeuges und warf sie in den Mülleimer neben der Parkbank. Dann steckte sie die nächste Einweg-SIM in das Gerät.

Idioten. Man verhandelte nicht nachträglich Auftragsbedingungen. Nicht in diesem Business. Verblendete, größenwahnsinnige Idioten. Aber das war ja von Anfang klar gewesen. Wer so einen Auftrag erteilt, musste wahnsinnig sein.

Sie war selbst auch eine Idiotin, dass sie sich auf diese Wahnsinnigen eingelassen hatte. Sie war selbst wahnsinnig, ja, größenwahnsinnig. Dieser Scheißjob. Nur um Geschichte schreiben zu können.

Erst jetzt realisierte sie vollständig, in welchem Maß sich die Rahmenbedingungen des Auftrags geändert hatten.

Wütend schlug sie gegen das Holz der Sitzbank, das

unter der Wucht des Hiebs splitterte. Scheiße. Sie war in genau der Situation, die sie immer zu vermeiden versucht hatte. Hauptidentität aufgeflogen. Kontrolle verloren. Unsicherer Auftraggeber. Zugzwang.

Rational betrachtet musste sie jetzt aussteigen und untertauchen, ganz und absolut untertauchen. Genug Geld hatte sie längst beiseitegeschafft, die Notfall-Fluchtroute über Südostasien und Südamerika samt wechselnder Identitäten war vorbereitet und sicher. Sie war auf niemanden angewiesen, nicht durch unnötige Emotionen an jemanden gebunden. Frei im besten Sinn. Es gab nichts, wofür sie bleiben musste.

Fast nichts. Fast nichts, außer dem Jackpot halt. Der absolute Hauptgewinn, wenn sie ihren neuen Plan doch umsetzte. Natürlich war jetzt das Gesamtrisiko ein anderes. Aber das Verhältnis von möglichem Gewinn zu Risiko war vielleicht akzeptabel.

Der neue Plan. Na ja, Plan, mehr eine Idee, eine fixe Idee, das war ihr bewusst, aber eine unglaublich mächtige Idee. Es war größenwahnsinnig, ja.

Alles oder nichts. Entscheid dich jetzt, befahl sie sich, entweder, du gehst jetzt nach links zum Hafen, nimmst die Fähre, die in einer halben Stunde losfährt, und bist übermorgen in einem neuen Leben und in Sicherheit, oder du ziehst das jetzt hier durch.

Noch einmal langsam die Fakten sortieren. Ihre Lebensversicherung funktionierte offensichtlich, zumindest hatte ihre Erwähnung die Auftraggeber irritiert. Falls diese geplant hatten, sie zur Vernichtung der eigenen Spuren zu liquidieren, wie sie es an ihrer Stelle zumindest in Erwägung gezogen hätte, so hatte sie sich gerade mit ziemlicher Sicherheit zumindest einen Aufschub verschafft. Wieder ein Anzeichen dafür, dass sie es mit Anfängern zu tun hatte. Idioten und Ideologen. Nicht von ungefähr klangen die beiden Wörter nahezu gleich. Mehr denn je war sie sich sicher, mit ihrer Vermutung zur wahren Identität der Auftraggeber richtig zu liegen.

Auch ein Exit-Plan für Juist bestand weiterhin. Das Boot im Hafen, das sie Brann als Fluchtmöglichkeit vorgestellt hatte, war noch einsatzbereit, noch nicht entdeckt worden. Sie selbst hatte noch am Morgen alles an Ort und Stelle vorgefunden, diese Option war offensichtlich noch da. Sie konnte also grundsätzlich einen zweiten Versuch starten. Und wenn sie es selbst machte, würde es auch klappen. Sie wusste, was sie konnte und was nicht. Hans Brann war der Schwachpunkt in ihrem Plan gewesen. Sie war weit besser.

Geschichte schreiben. Mehr sein als nur irgendwer. Der Plan war riskant, aber es gab durchaus realistische Aussichten auf Erfolg. Keine andere Gelegenheit würde sich so gut steuern lassen. Wenn sie sich dafür entschied, einen zweiten Versuch zu starten, musste sie die nächste Gelegenheit hier auf der Insel nutzen, schnell und entschlossen handeln. In Berlin würden wieder Sicherheitsmaßnahmen getroffen werden, auf die sie keinen Einfluss mehr nehmen konnte.

Also alles. Sie würde es sich sonst ewig vorwerfen, es nicht versucht zu haben. Raus aus der Komfortzone.

In der Ferne thronte das *Haus am Meer*. Eine Festung, in der sich der Präsident verschanzt hatte, ihre Mauern bereits brüchig, beinahe sturmreif geschossen. Pathetischer Schwachsinn. Ich brauche keine Mauern sturmreif zu schießen. Ich kann einfach einen Schwachpunkt in die Verteidigung einbauen, über meine Partnerin. Ohne ihre Hilfe wäre der Plan nicht zu verwirklichen. Die Frau war etwas nervös gewesen in den letzten Tagen, aber sie würde sich in den Griff kriegen. Sie war immerhin Mitglied einer Eliteeinheit, ein bisschen Stress würde sie schon aushalten.

Als sie aufstand, überprüfte sie unauffällig die Schäden, die sie mit ihrem Hieb gegen die Bank verursacht hatte. Die vordere der zwei Planken der Sitzfläche war zerbrochen. Da war nichts zu machen.

Krav Maga. Beruhigend, die eigenen Möglichkeiten zu sehen. Dass ihr auch die unbewusste Anwendung der Techniken in Fleisch und Blut übergegangen war. Sie hatte sich damals für die Nahkampfmethoden der israelischen Armee entschieden, da diese nicht auf komplizierten Regeln basierten, wie zum Beispiel Judo oder Karate, sondern den Angriff ohne Skrupel und Hemmschwellen als entscheidende Aktion vorsahen. Das reinigte auch das Hirn vor eventuell sich ergebenden moralischen Hemmschwellen, die, im Falle eines Falles, in den entscheidenden Sekundenbruchteilen einen Geschwindigkeitsnachteil bedeuten konnten.

Sie konnte handeln, ohne darüber nachdenken zu müssen, allein aus dem Instinkt heraus töten, ohne bewusst die

Entscheidung dafür treffen zu müssen. Ein Gewehr war nur ein Werkzeug. Sie selbst war die eigentliche Waffe.

Das Gefühl, wie elektrisch aufgeladen zu sein, der Adrenalinschub der bevorstehenden Tat erfasste sie. Doch dieser war so heftig wie niemals zuvor. Das, was jetzt kommen würde, war nicht mehr allein die kühle Durchführung eines durchstrukturierten, wenn auch riskanten Planes.

Es waren die Taten, die das Leben definierten. Auf diese konnte sie nicht verzichten. Sie hätte sich niemals gegen die Option »alles« entscheiden können.

29

SIE TRAF IHRE PARTNERIN wie geplant in dem Zimmer eines kleinen Hotels, das sie durch den Haupteingang betreten hatte, ihre Partnerin durch den Hintereingang, über den eigentlich die Küche beliefert wurde. Aber nicht an einem Sonntag.

Die Partnerin saß auf der rot-gelb karierten Bettdecke, ihre Arme waren vor der Brust verschränkt.

»Sie sind mir auf der Spur. Früher oder später finden sie etwas. Ich weiß das. Es passieren immer Fehler.« Sie sah unruhig zu ihr rüber. »Sag mir, was ich machen kann. Ich weiß nicht, ob ich die Lage unter Kontrolle habe!«

»Velten? Die Internen?«

»Beide. Ich bin zu sehr außen vor, ich bin nicht in deren Ermittlungen eingebunden. Aber mindestens Velten hat irgendetwas bemerkt.«

Der Mann war schwer einzuschätzen. Er hatte schnell erkannt, dass der *Antikapitalistische Widerstand* die falsche Fährte war, auch wenn ihn das anschließend nicht signifikant weitergebracht hatte. Sie brauchten mehr Informationen über ihn. Ein Gebot der Vorsicht, und eigentlich überfällig. Er war von Anfang an ein Unsicherheitsfaktor gewesen.

»Dieser Velten. Erzähl mir alles über ihn. Wie geht er vor? Wie tickt er? Was ist er für ein Typ? Was sind seine Stärken, welche Schwächen hat er?« Wie konnten sie Einfluss auf ihn nehmen? Sie sah, wie ihr Gegenüber schluckte. Bramberger zu verraten war die eine Sache, Kollegen eine andere. »Es ist wichtig, dass wir wissen, was er weiß. Keine falsche Rücksichtnahme. Es geht um unsere Sicherheit.«

Die Polizistin nickte. Erst hakte es etwas, doch dann begann sie zu reden, zunächst vorsichtig, im Folgenden immer ausführlicher. Mit jedem Satz schrumpften ihre Skrupel, weitere Informationen preiszugeben. Sie wollte funktionieren, und sie funktionierte. Nach und nach vervollständigte sich das Bild. »Er agiert weitgehend unabhängig, ist nur schwer zu steuern oder zu kontrollieren. Zuletzt war er näher dran, als ihm bewusst war.«

Sie würden ihn entfernen müssen, wenn er zu gefährlich wurde. Aber das musste sie ihr ja jetzt noch nicht auf die Nase binden.

Es wurde langsam Zeit, zum eigentlichen Thema ihres Treffens zu kommen. Sie legte den Arm auf ihre Schulter, um sie zu beruhigen.

»Wir sind noch nicht fertig hier.«

»Nein ...«

»Doch. Es ist noch immer genug Zeit für einen zweiten Schlag hier auf der Insel. Und den müssen wir setzen. Und den werden wir setzen. Den werde ich setzen.«

»Wie soll das gehen? Bramberger sperrt sich den ganzen Tag in sein Zimmer ein. Keine Ahnung, wie ich dich da reinschleusen soll. Unmöglich, völlig unmöglich!«

Unmöglich war nur eine Ausrede, und Ausreden ließ sie nicht gelten. Dann musste man eben Möglichkeiten schaffen, Planung war alles.

»Wir beide werden uns unsterblich machen.«

»Du willst gar nicht in das Hotel«, dämmerte es der Polizistin. »Du willst …«

»Ja. Und du wirst mir dabei helfen.«

Das Sommerinterview. Der Gedanke war zu reizvoll. Nicht nur, dass sie damit das Attentat des Jahrhunderts verüben würde und danach jeden, absolut jeden Preis für einen Auftrag würde verlangen können. Es war realistisch gesehen auch die einzige Situation, die sich relativ genau kalkulieren ließ. Sie ließ sich nicht nur genau kalkulieren, dank ihrer Partnerin hatte sie die Möglichkeit, die Situation zu steuern oder zumindest die Rahmenbedingungen zu beeinflussen. Wer wann wo war. Wer wohin gehen würde. Bramberger. Seine Personenschützer. Die übrige Polizei.

Sie hatte mit kaltem Herzen rational entschieden, was möglich war und was nicht. Und sie hatte den Mut, das Mögliche zu tun. Den Mut zur Durchführung, den Mut zur Aktion. Ein Attentat vor laufender Kamera, live. Das war weit mehr als nur ein Meisterstück. Das war ein Denkmal.

»Nein. Das ist doch Wahnsinn«, entgegnete die Polizistin. »Beenden wir das Ganze lieber. Wir haben es probiert, es hat nicht funktioniert, aber immerhin konnten wir unsere Spur verwischen. Jetzt ist noch nichts zu spät«, argumentierte sie weiter. Es klang mehr nach einer Bitte als nach einer Entscheidung.

»Wir haben die Sache begonnen, also werden wir sie auch gemeinsam beenden. Gemeinsam. Du und ich. Vertrau mir, ich weiß, was ich tue, es ist eine Frage der Vorbereitung, das Risiko ist absolut kalkulierbar.« Sie räusperte sich. »Du kannst übrigens auch nicht anders als weitermachen, du hängst schon zu tief mit drin. Das hier ist keine Branche, in der man einfach kündigen kann. Das weißt du.«

»Ich weiß echt nicht, ob ich das schaffe.«

»Es hat sich nichts geändert. Bramberger hat sein Leben nach wie vor verwirkt. Den halben Weg sind wir schon gegangen. Du willst einen Start in ein neues Leben? Den kannst du haben. Vertrau mir. Vertrau vor allem dir! Du musst nur deine Nerven in den Griff bekommen! Und keine Sorge. Es bleibt dabei, es wird nichts auf dich zurückfallen. Die Arbeit erledige ich.«

Energisch streckte die Polizistin das Kinn vor. »Was hindert mich daran, dich einfach festzunehmen?«

Sie antwortete ihr nicht, lächelte nur kalt. Vor der Tür knarrte der Dielenboden des Flures, dumpf hörte man die zwei Stimmen eines älteren Pärchens. Irgendein Vogel zwitscherte, weit entfernt. Die Polizistin wartete weiter. Sie wollte nicht überzeugt werden. Es war viel besser. Sie wollte nur irgendetwas in der Hand haben, um sich selbst zu überzeugen. Einen letzten Schubs sozusagen, um anschließend alleine laufen zu können.

»Ich erhöhe deinen Anteil um fünfzig Prozent.«

Der Vogel zwitscherte wieder. Ein anderer Vogel antwortete ihm.

»Ich will das Doppelte.« Ihre trockene Stimme verriet, dass sie es auch zum alten Preis getan hätte.

»Das Doppelte. Geht in Ordnung.«

Sie gab der Polizistin die Hand, wie das unter ehrbaren Kaufleuten üblich war. Danach verlangte sie die Unterlagen zu der neuen Sicherheitskonzeption.

30

TOBIAS VELTEN UND SVENJA JENNER war Brambergers Ankündigung, ein Sommerinterview zu geben, nicht unrecht. Das verschaffte ihnen die Möglichkeit, die Sicherheitsvorkehrungen offiziell auszuweiten und zusätzliche Kontingente an regulärer Polizei und Personenschützern auf die Insel zu bringen. Jenner richtete weitere Kontrollpunkte in der Innenstadt und in der unmittelbaren Umgebung des Strandes ein, wo das Interview wahrscheinlich stattfinden sollte. »Außerdem haben wir jetzt mehr Einsatzreserve. Für den Fall, dass wieder etwas Unvorhergesehenes passiert«, hatte sie bei der morgendlichen Einsatzplanung gesagt.

»Festung Juist?«, titelte *Sunshine* in seiner Onlineausgabe und hatte in einer stümperhaften Fotomontage neben den Händchen haltenden Brambergers Bilder der Kontrollpunkte veröffentlicht, an denen mit Maschinenpistolen bewaffnete Polizisten leicht bekleidete Strandurlauber überprüften. Ob die massive Polizeipräsenz, zusammen mit den mysteriösen Vorfällen der letzten Woche, auf ein versuchtes Attentat auf den Bundespräsidenten hindeutete?

Sunshine versprach, »an der Sache dranzubleiben«. Es war unschwer zu erraten, welcher Reporter vor Ort den Artikel geschrieben hatte.

Und Simon hatte recht, Juist war eine Festung, eine Festung, in der Bramberger sich frei bewegen konnte. Gemeinsam mit seiner Frau schritt er die Strandstraße hinunter, er in einem beigen Sommeranzug mit weißem Hemd, sie in einem blau-weiß gestreiften Kleid, seine Hand lag auf ihrer Hüfte. Natürlich wurden sie von Passanten erkannt. Sebastian Sams und Marleen Junker, die respektvoll zehn Meter hinter ihnen liefen, war die Anspannung ins Gesicht gemeißelt. Jenner hatte sie daran erinnert, erst einzugreifen, wenn wirklich Gefahr für den Bundespräsidenten bestand.

Frieder Dittmann trat auf Velten zu. »Wir wissen, dass Sunter die Chefin massiv dafür kritisiert hat, die beiden als Team unmittelbar Bramberger zuzuordnen. Aber sie hat ihn abblitzen lassen.« Frieder klang zufrieden, beinahe ein wenig stolz.

»Ihr habt die beste Chefin, die man sich vorstellen kann.« Dabei konnte Velten Sunters Bedenken grundsätzlich nachvollziehen. Sams und Junker hatten bei Brambergers Strandspaziergang und dem versuchten Anschlag bewiesen, dass man sich auf sie nicht unbedingt verlassen konnte.

An der Kreuzung zur Friesenstraße standen bereits Kruse und Jens in Zivil, Singer und Martin sicherten von ihren Positionen auf dem Wasserturm und dem Dach des Hotels die Umgebung. An der nächsten Kreuzung am Kurplatz war ein großer Kontrollpunkt eingerichtet, an dem vier Beamte in Uniform ihren Dienst verrichteten. Oder absaßen, wie Frieder es ausdrückte. So eng war das Sicherheitsnetz um den Bundespräsidenten nicht einmal in Berlin gezogen.

Ein älteres Ehepaar, das den Brambergers entgegenkam, konnte den Blick kaum von ihnen abwenden.

»Guten Tag«, grüßte Bramberger freundlich.

»Guten Tag«, stammelte der Mann zurück. Verlegen zog ihn seine Frau weiter.

»Ist wieder alles klar zwischen dir und Svenja?«

Frieder wollte nicht darauf eingehen. »Sie hat viel Druck. Das mit dem Schnaps gestern war einfach unglücklich.«

Was verschweigst du, Frieder? War da irgendetwas mehr, oder sah er inzwischen Gespenster? Deckte er sie? Vor ihm? Vertraute Frieder ihm nicht mehr?

Die Brambergers und ihr anwachsendes Gefolge flanierten die Straße entlang, blieben mal hier stehen, mal dort. Als ob die beiden für Fotos geradezu posieren würden. Jochen Bramberger kraulte einen Hund, scherzte mit dessen Besitzer. Die Leute lachten.

Das Handy klingelte. Es war Mark Cramer. »Ich habe die Aufnahmen gefunden, die Brann zeigen, wie er auf Juist ankommt. Wollen Sie sie sich ansehen, Chef?«

»Ich bin schon auf dem Weg zu Ihnen.«

Cramer reichte ihm das Notebook, auf dem bereits ein Video startete. Es zeigte den Vorplatz des Flughafens im Weitwinkelformat. Eines der Flugzeuge war gerade gelandet, die Propeller drehten sich noch, verlangsamten sich aber bereits.

»Das war Samstag vor einer Woche. Ich habe es schon gecheckt, die Maschine kam vom Flughafen Hamburg.« Die Angaben des Wohnungsverwalters hatten also gestimmt.

Bald standen die Rotoren still, die Tür zum Cockpit wurde geöffnet. Der Pilot sprang heraus, wollte nach hinten laufen, um den Passagieren ebenfalls die Türe zu öffnen, als diese bereits aufging. Ein Mann sprang federnd heraus, wehrte mit der flachen Hand die angebotene Hilfe des Piloten ab. Hans Brann. Er trug Vollbart, Jeans und T-Shirt, darüber eine schwarze Lederjacke. Er griff noch einmal ins Flugzeug und zog einen kleinen Pilotenkoffer heraus.

»So wenig Gepäck?«, fragte Velten, mehr sich selbst.

»Genau das ist es. Mehr hatte er nicht dabei.« Cramers Stimme klang etwas enttäuscht. »Ich habe einen Moment länger als Sie gebraucht, um das zu kapieren. Aber er hat nahezu kein Gepäck mitgenommen, nichts. Das Flugzeug bleibt noch eine Viertelstunde da stehen, dann hebt es wieder ab, Direktflug zurück nach Hamburg. Alles schon geprüft.«

»Es gab auch keinen Gepäcktransport zu der Ferienwohnung, oder? Im Voraus? Mit diesen … Postkutschen?«

»Nein. Jepsen hat das überprüft. Nada. Die Transportunternehmer konnten sich an keinen Auftrag erinnern, und in ihren Fahrtenbüchern war ebenfalls nichts Entsprechendes vermerkt.«

Keine Spuren, keine Hinweise, nichts, was sie in irgendeiner Weise untersuchen konnten. Also gab es nur zwei wahrscheinliche Erklärungen. Entweder Brann hatte Gepäck und Gewehr schon vorher auf die Insel gebracht, was eher unwahrscheinlich war. Oder er hatte beides hier auf der Insel in Empfang genommen. Dann hatte eine zweite Person irgendwelche Vorarbeiten geleistet.

Eine zweite Person. Eine, die für den Transport von Ausrüstung und Waffe zuständig gewesen war. Und die vielleicht nach dem gescheiterten Attentat Branns Spuren auf Juist verwischt hatte, ergänzte er mit einem bitteren Geschmack auf der Zunge. Ein Helfer und Ausputzer.

Oder sogar nicht nur Helfer Branns, sondern der eigentliche Drahtzieher. Das ganze Attentat war minutiös geplant und vorbereitet worden. Dann war Brann nur ein Werkzeug für dessen Durchführung gewesen.

Eine zweite Person, die sich noch immer auf der Insel befinden konnte. Falls sie sich nicht schon längst abgesetzt hatte, wovon Velten insgeheim ausging, was er vielleicht aber auch nur hoffte. Es schien sich hier ja um Profis zu handeln. Die konnte man nicht einschätzen.

Und dann war da noch der Maulwurf. Wenn es diese zweite Person gab, waren sie und der Maulwurf identisch? Dann musste der Maulwurf die Vorarbeiten geleistet haben, also auch schon vorher, vor der Ankunft des Teams auf der Insel gewesen sein.

Velten musste mit Svenja reden. Er fand sie am Jachthafen. Mit zusammengekniffenen Augen beobachtete sie die Brambergers, die gerade über die lange Mole zum neuen Seezeichen spazierten, das die Form einer überdimensionierten stählernen Boje hatte, die im Wasser zu treiben schien. Im Innern konnte man über Treppen zu einer Aussichtsplattform gelangen. Weit hinter ihnen folgten zwei weitere Personen.

»Sind die jetzt komplett übergeschnappt?«, rief Velten, als er den ungeschützten, weithin sichtbaren Bundespräsidenten bemerkte.

»Seine Frau hat drauf bestanden. Die ist ähnlich stur wie ihr Mann. Die passen gut zusammen. Da hast du keine Chance.« Sie machte eine großzügige Bewegung mit dem Arm. »Aber das gesamte Hafengelände ist gesichert. Wenigstens haben wir dafür jetzt genug Personal.«

»Könnte sein, dass wir das brauchen.«

»Alles klar bei dir?«, fragte sie.

»Nicht wirklich.«

Er hätte es gar nicht zu sagen brauchen, Svenja sah es ihm an. Wie lange kannte er sie schon? Jahrhunderte?

»Du solltest vielleicht etwas wissen. Es gibt eine zweite Person. Einen zweiten Killer. Und vielleicht ist die Person noch auf der Insel. Es gibt da Hinweise.«

»Sicher?«, fragte sie nach. »Scheiße, scheiße, scheiße.«

»Kann man wohl sagen«, stimmte Velten zu. »Und dann ist da noch die Sache mit dem Maulwurf. Wo waren deine Leute in den letzten zwei Wochen, vor allem vor diesem Einsatz?«

Sie zückte das Smartphone und überprüfte die Einsatzpläne. Mehrfach scrollte sie hoch und runter, wechselte die Ansichten. »Eigentlich waren alle Vollzeit im Einsatz, entweder bei mir oder bei einem anderen …« Sie sprang zu ihren Mails, sortierte diese nach Namen. »Hm.«

»Was?«

Ihr Blick war ernst, als sie schließlich vom Smartphone aufschaute.

»Sams hat sich drei Tage vor Beginn des Einsatzes für einen Tag krankgemeldet. Und Marleen Junker hat zwei Tage Überstunden abgebaut, Donnerstag und Freitag vor der Ankunft hier auf Juist. Meinst du, es gibt einen Zusammenhang?«

»Ich weiß es nicht. Es war nur so eine Idee.«

Der Glanz der Sonne spiegelte sich auf der Oberfläche des Wattenmeers. Im Gegenlicht zeichneten sich die Silhouetten von Junker und Sams ab, die dem Ehepaar Bramberger mit einem gewissen Abstand folgten. Sams und Junker. Ausgerechnet. »Wahrscheinlich sind das nur Hirngespinste«, wiegelte Velten ab.

31

SUNTER ERWARTETE IHN mitten auf der Bahnhofstraße, direkt hinter dem Tor im Deich am Wattenmeer.

»So ein Zufall, dass ich Sie hier treffe. Sollen wir ein paar Meter zusammen gehen?« Sein blütenweißes Hemd leuchtete in der Sonne, so hell und rein. Fast als sei es selbst eine künstliche Lichtquelle. Künstlich war überhaupt das richtige Wort. Irgendwie hatte Velten bei Sunter immer das Gefühl, es eher mit einer Maschine als mit einem Menschen zu tun zu haben.

»Unbedingt.« Es lebe die Ironie.

Sie schlenderten die Bahnhofstraße entlang. Sunter sonderte falsche Freundlichkeiten ab, die linke Hand betont lässig in der Jeanstasche. Am steinernen Brunnen des Kurplatzes hatte sich eine Menschentraube gebildet, selbst gemalte Poster im DIN-A3-Format kündigten eine Regatta mit Modellsegelbooten an. Kinder und Erwachsene schrien für ihre jeweiligen Favoriten. Aus eigens aufgebauten Lautsprechern dröhnte *Come Together* von den Beatles.

»Das wär's doch, oder? Nicht wegen der Arbeit hier sein, sondern im Urlaub.« Sunters Worte drangen wie aus weiter Entfernung zu ihm durch. »Nicht nachdenken, einfach in den Tag hineinleben, keine Verantwortung tragen müssen. Meinetwegen mit der Familie, wenn man der Typ dafür ist. Was meinen Sie? Sind Sie eigentlich ein Familienmensch, haben Sie was dafür übrig?«

»Familie ist echt nett. Ist aber irgendwie nicht unsere Welt, oder?«

Lieber hätte er sich mit Sunter über Herpes unterhalten, als sich über sein Privatleben auszutauschen. Außerdem gab es gerade Wichtigeres zu tun. Ein zweiter Killer lief offenbar frei herum. Velten wollte mit Dr. Meyer sprechen, er brauchte jemanden, mit dem er sich offen austauschen konnte. Sollte er Junker und Sams aus dem Verkehr ziehen lassen, vorsorglich?

Sunter deutete auf die Kneipe, in der Velten an seinem ersten Abend versackt war. Er müsse sich mit ihm unterhalten, da drin wäre man sicher ungestörter, das Erste gehe auf ihn.

Zu gerne hätte Velten Nein gesagt. Aber diesem Gespräch würde er nicht entgehen können. Er folgte seinem Kollegen, während eine innere Stimme ihn ermahnte, jedes seiner Worte genau abzuwägen.

Hinter dem Tresen stand der Wirt und trocknete ein großes Bierglas, ansonsten war der Raum leer. Die Kneipe wirkte nicht so dunkel und gemütlich, wie er sie in Erinnerung hatte.

»Was darf's denn sein?«, fragte der Wirt.

Velten biss sich auf die Zunge. »Eine Cola.«

Sunter bestellte einen Kaffee. Sie gingen zu einem Stehtisch außerhalb der Hörweite des Besitzers.

»Sie hätten sich von mir aus übrigens gerne ein Bier bestellen können, meine Einladung war nicht auf nicht-alkoholische Getränke beschränkt. Wir müssen doch nicht ständig alles unter Kontrolle haben, oder?«

Der Wirt stellte Cola und Kaffee auf den Tresen, Sunter holte sie ab.

»Was möchten Sie damit sagen?«, fragte Velten.

»Wir haben uns umgehört.« Sunter versenkte erst Milch, dann Zucker in seinem Kaffee. Er nahm sich Zeit. Er wollte ganz offenkundig sehen, wie Velten auf seine Andeutungen reagierte. »Wie war eigentlich Ihr letzter Urlaub? Ich bin demnächst auch mal wieder in Berlin. Können Sie mir eine Bar empfehlen?«

»Was soll das? Haben Sie eine Frage zu meiner Tätigkeit hier vor Ort?«

»Ich finde es ja gut, wenn man sich mal gehen lassen kann. Wenn man weiß, dass man mal fünfe grade lassen sein kann. Sie sind hier nicht zum ersten Mal, stimmt's?«

Velten schwieg.

»Ihr erster Abend hier. Ich habe durch Zufall davon erfahren. War lange, oder? Wissen Sie noch, was Sie da alles erzählt haben an dem Abend? Und wem? Konnten Sie eigentlich überhaupt noch reden, am Ende?«

»Was sind denn das für Unterstellungen?«, verteidigte sich Velten mit einem flauen Gefühl im Magen.

»Ich verstehe ja, dass man nach einem anstrengenden

Tag auch einfach mal ein paar Bierchen braucht. Kann mir das so richtig vorstellen. Durch die Tür, zur Minibar, alle Flaschen herausgegriffen, aufs Bett fallen lassen. Der Tag war herausfordernd, vielleicht zu herausfordernd. Soll ja befreien.«

»So ein Blödsinn.« Nicht drauf einsteigen. Warum machte Sunter das? Was wollte er von ihm?

»Ich kann das alles verstehen«, fuhr der fort. »Manchmal ist einfach alles zu viel. Deshalb bin ich ja hier. Ich will mit Ihnen reden.«

Verdammt, er hätte das Gespräch schon längst beenden müssen, dachte Velten und ärgerte sich über seine Passivität. Allein dass er hiergeblieben war, konnte Sunter schon als ein Eingeständnis deuten, dass an seinen Anschuldigungen etwas dran war, oder zumindest als ein Zeichen von Schwäche.

»Mein Job hier ist es, interne Schwachstellen ausfindig zu machen und Verbesserungsmöglichkeiten aufzuzeigen. Zu ermitteln, wie der Anschlagsversuch hier passieren konnte. Auch für die Zukunft, damit wir die kommenden Einsätze sicherer gestalten können.« Sunter schlürfte seinen Kaffee. »Sie wissen, dass ich Sie vernichten kann«, sagte er dann wie nebenbei.

»Seien Sie nicht albern«, entgegnete Velten. Eine Worthülse. Er war noch immer hier, wo er nicht hätte sein sollen, stand hier mit Sunter und hörte sich weiter dessen Vorwürfe an, die er sich gar nicht erst hätte anhören sollen. Wie ein Kaninchen vor der Schlange.

»Und Sie sind immer noch hier«, entgegnete der prompt, »stehen neben mir und hören mir zu, das finde ich schon bemerkenswert. Ich deute das einfach mal als eine unbewusste schweigende Zustimmung. Aber keine Sorge, ich will Ihnen ja gar nicht schaden. Dafür brauche ich allerdings Ihre Hilfe.«

»Waren Sie zu lange in der Sonne?« Dieser Sunter wusste viel, hatte aber bisher keine Beweise genannt. Es wurde Zeit, aus der Defensive zu kommen.

»Liefern Sie mir einen anderen Schuldigen!« Jetzt war jede vorgetäuschte Freundlichkeit aus Sunters Stimme verschwunden. Er sprach leise, klar und kalt. »Ich spüre, dass Sie jemanden schützen. Geben Sie mir etwas Konkretes an die Hand, dann lasse ich Sie vom Haken. Ansonsten zerstöre ich Sie. Ich weise Ihnen nach, dass Sie Fehler gemacht haben. Dass Sie der Aufgabe nicht gewachsen waren, dass Sie sich nicht im Griff haben, dass Sie, genau Sie, die entscheidende Schwachstelle in diesem Einsatz sind.«

Die Sätze trafen ihn wie Faustschläge. Natürlich hatte Sunter gut gezielt, aber er durfte sich nichts anmerken lassen. Sunter sprach es nicht aus, doch er wollte den großen Fisch. Svenja Jenner. Natürlich. Wenn er Svenja Unfähigkeit nachweisen könnte, würde ihm das noch größere Meriten einbringen, als wenn er nur Velten belastete.

»Sie wollen weiter vor sich hin schweigen?«

»Sie sind widerlich. Und Sie haben nichts gegen mich in der Hand.« Velten zwang sich zu einem Bluff, der aus zwanzig Metern Entfernung als solcher zu erkennen war.

Schweigend ging er an den Tresen und bezahlte die Cola, die er nicht angerührt hatte.

»Genießen Sie den Abend, Velten. Sie sind so gut wie tot.«

Seine Stimme klang so ruhig, als hätte er gerade etwas Versöhnliches, Nettes gesagt. Noch immer stand er an ihrem Stehtisch und schlürfte von seinem Kaffee. Er wirkte zufrieden.

32

VELTEN WUSSTE, dass er sich falsch entschieden hatte. Aber das war egal. Auf einmal war alles egal, und es war herrlich. Die Brambergers, Sunter, Dr. Meyer, die Terroristen, sie waren ihm alle zusammen dermaßen egal. Sollten sie doch machen, was sie wollten. Er konnte es eh nicht mehr steuern, nichts verhindern. Sollte doch der unbekannte Terrorist entkommen und sein Maulwurf mit dazu, sollte Bramberger seinen Wissensvorsprung für sich behalten und Svenja sich aus dem Staub machen. Sollte Sunter seinen Bericht schreiben, so lang und bunt, wie er wollte, und ihn sich dann genau dahin stecken, wo niemals die Sonne schien.

Unter der Dusche wusch sich Velten die letzten Zweifel weg, sie perlten an ihm ab, verschwanden gurgelnd im Ablauf. Tabula rasa, er war ein neuer, ein leerer Mensch. Und er brauchte Ablenkung. Zum Beispiel ein Date mit der schönsten Frau der Insel. Sollte er sich rasieren? Der Dreitagebart sah eigentlich noch ganz gepflegt aus. Er ließ den Bart dran, da er fand, dass er ihn attraktiver aussehen ließ. Das war eine seiner Schwächen. Eitelkeit. Die Dienstpistole verschloss er im Tresor.

»Du hättest dich aber auch mal rasieren können«, sagte Juna zur Begrüßung. Möglicherweise hatte sie dabei gezwinkert.

Sie sah umwerfend aus in ihrem schulterfreien Sommerkleid, mit den offenen blonden Haaren und den strahlend blauen Augen. Bildhübsch. Als sei sie einem Bildband über nordische Inselschönheiten entsprungen. Er erinnerte sich an ihre erste Begegnung. Eine Inselschönheit, die ihn unter den Tisch trinken konnte. Stimmt, da war ja was. Schnell wieder vergessen.

Sie bekamen einen Platz mit bester Aussicht auf die Dünen. In anderthalb Stunden würden sie hier einen märchenhaften Sonnenuntergang erleben, versprach ihnen der südländische Kellner. Der fruchtig-bittere Aperol Spritz war kundenfreundlich gemixt und erinnerte Velten an eine andere Welt, an die andere Seite der Alpen, an *dolce vita*, Freiheit und Unbeschwertheit. Sie sprachen über Junas Zeit in New York, über unbegrenzte Möglichkeiten. Über die Idee, einmal über den Atlantik zu fahren, nicht mit einem Luxuskreuzfahrtschiff, sondern mit einem Segelboot.

Beim zweiten Aperol fiel Velten auf, dass er noch nichts gegessen hatte, und er bestellte sich ein Wasser dazu.

»So hätte ich dich nicht eingeschätzt«, sagte sie, als der Kellner wieder außer Hörweite war.

»Dass ich auch Wasser trinke?«

»Dass du so ein Träumer bist.«

»Ja, ja, ich bin voller Überraschungen.«

»Ein Mann der vielen Geheimnisse?«

»Absolut. Und was ist deins?«

»Ich mag Männer mit dunklen Geheimnissen.« Kein Zwinkern, keine Ironie? »Solange es nicht zu melodramatisch wird. Und ich mag hochprozentige Drinks.«

Gut, das war kein Geheimnis im engeren Sinn.

Juna erzählte, wie sie in New York festgesessen hatte, ihr damaliger Freund, seinetwegen war sie in die USA gezogen, hatte sie verlassen. Dann hatte sie auch noch ihren Job bei einer Marketingagentur verloren, den er ihr dort besorgt hatte. Die Wende kam ausgerechnet, als ihre Lieblingstante starb, eine geborene Juisterin, bei der sie als Kind die Ferien verbracht hatte. »Sie besaß hier ein uraltes Häuschen. Winzig, aber mit der gesamten Insel als Garten. Das war vor anderthalb Jahren. Ich hab dem Rest der Familie angeboten, mich vorübergehend um das Haus zu kümmern, als Housesitter sozusagen. Das mache ich heute noch. Mit zwei Koffern voller Habseligkeiten und einer Ausbildung als Yogalehrerin.«

Das mit dem Housesitting hatte sich schnell herumgesprochen. Inzwischen kümmerte sie sich um mehrere Wohnungen auf Juist, aber auch um ein paar auf den Nachbarinseln Norderney und Baltrum. Sie lebte mal hier, mal dort, je nachdem, ob die Eigentümer der Wohnungen selbst vor Ort waren oder nicht. Im Sommer versuchte sie, zusätzlich so viel wie möglich zu arbeiten, und im Winter mit dem Ersparten über die Runden zu kommen.

Die Sonne wurde zu einem orange-roten Feuerball und versank im Meer. Die Welt um sie herum wurde ruhig.

Tausende Sterne am wolkenlosen Himmel sprachen ihnen eine Einladung aus.

»Was hält der Träumer von einem Abendspaziergang am Strand?«

Sie neben ihm. Ihre nackten Füße tauchten tief in den nassen Sand und hinterließen eine Spur vertrauter Zweisamkeit. Sie blieb neben ihm stehen, wie selbstverständlich nahm er ihr Gesicht in seine Hände, sie zog ihn an sich. Ihre Lippen waren warm, weich und fordernd.

»Ich bin wieder siebzehn«, sagte er.

»Du warst ein Spätzünder?«

»Ein Träumer.«

Alles hinschmeißen, hierbleiben, schoss es ihm durch den Kopf. Vielleicht Bücher schreiben, auch wenn nicht viel dabei rumkam. Er hatte etwas Geld zurückgelegt, eher zufällig als geplant. Als Starthilfe würde es reichen. Vielleicht sogar für ein Jahr. Er brauchte nicht viel zum Leben. Und hier gab es doch alles, was man brauchte.

»Du weißt doch genau, was du willst. Was passt und was nicht passt.« Sie zog ihn wieder an sich.

33

Montag, 3. Juli

ALS ER AM NÄCHSTEN MORGEN aufwachte, musste er sich erst einmal orientieren. Der Lichtschalter war nicht da, wo er ihn erwartet hatte. Es roch anders als sonst, süßlich. Junas Parfüm. Ach ja. Die Vorhänge in dem Zimmer strahlten blau, hell von außen erleuchtet. Die Bettdecke neben ihm war aufgeschlagen. Bilder überrannten ihn, Bilder von der vergangenen Nacht.

Die roten Ziffern des Weckers auf dem Nachttisch neben ihm zeigten eine Uhrzeit, die unmöglich stimmen konnte.

»25:73 Uhr?«

»Zeit für ein kurzes Frühstück?« Ihre Stimme kam aus einem Nebenzimmer. War da die Küche? Gut möglich.

Er rieb sich die Augen. Schaute noch einmal die Uhr an. Auf dem Nachttisch stand eine Ansichtskarte, auf der ein Wecker mit der ungewöhnlichen Uhrzeit abgebildet war.

»Die ist von einer guten Freundin«, erklärte Juna, die jetzt in der Tür stand. Sie trug nur ein Hemd, sein Hemd von gestern Abend. »Sie hat so einen Laden, in dem sie alles Mögliche an Touristen verkauft. Die Leute lieben diesen Kram.«

Da Zimmer war sehr geräumig. Gegenüber dem Bett stand eine abgewetzte Couchgarnitur samt flachem Wohnzimmertisch. An den Wänden hingen zwei hölzerne, urige Werkzeuge, deren Funktion er nicht erkannte. Dazwischen ein gerahmtes Poster, Edward Hoppers *Nighthawks*: zwei Männer und eine Frau, die im kühlen Kunstlicht einer einsamen Bar inmitten der Großstadt stumm ihren Gedanken nachhängen. Juna traf seinen Geschmack.

Die Decke aus weiß gestrichenem Holz lief zur Mitte spitz zu, über ihm war also direkt das Hausdach, offensichtlich direkt über dem Erdgeschoss, in dem er sich befand. Durch einen Spalt in den Vorhängen sah er die hinter dem Haus liegende Düne. Hatte Juna nicht was von einem kleinen Inselhäuschen erzählt?

Sie kam wieder ans Bett. In jeder Hand hielt sie ein Glas Orangensaft, eines der beiden reichte sie ihm, übertrieben formvollendet mit einem Knicks.

»Danke.« Wenn ihn nicht alles täuschte, dann war der Orangensaft tatsächlich frisch gepresst. »Was für ein Service.«

»Für einen Polizisten tue ich so einiges.«

Er erschrak, verschluckte sich, musste husten.

»Wie bitte?« Woher wusste sie, dass er Polizist war?

»Äh …« Sie zögerte einen Moment lang. »Einer deiner Sprüche«, sagte sie dann. »An dem Abend, als wir uns kennengelernt haben.«

Er hatte sich wieder gefangen, wollte sich nichts anmerken lassen. »Habe ich auch das mit dem Spezialeinsatz erzählt?«

»Du hast an dem Abend ziemlich auf Mann von Welt gemacht. Nicht leicht zu durchschauen. Ich fand, es stand dir.«

Er wollte ihr glauben. Das Schlimme war, er konnte sich noch immer nicht an den späteren Teil seines ersten Abends auf der Insel erinnern. Ja, er hatte mit den Jungs die Runde Darts gespielt, und dann war ihm Juna über den Weg gelaufen, und sie hatten sich unterhalten, lange unterhalten, ja. Aber der Rest des Abends lag immer noch im Dunkeln. Hatte er das wirklich erzählt? Er wischte sich den Schlaf aus den Augen. Egal, es war so, wie es war. Er fühlte sich wohl bei Juna. Er wollte ihr das sagen.

»Tut mir leid«, kam sie ihm zuvor. »Ich muss dich gleich rauswerfen, du hast ziemlich lange geschlafen. Es ist kurz vor zehn. In einer halben Stunde gebe ich einen Kurs. Und ich bekomme Ärger mit den Damen ab fünfzig, wenn ich nicht pünktlich da bin.«

So langsam gewöhnte er sich daran, sich zu erschrecken. Zehn Uhr. Mindestens die Morgenbesprechung hatte er verpasst. Das Display seines Smartphones zeigte dreizehn unbeantwortete Anrufe an.

Er atmete tief aus. Das konnte er jetzt auch nicht ändern. Er blickte in Junas tiefblaue Augen. Nein, er hatte sich keine Vorwürfe zu machen. Er hatte endlich mal wieder das Richtige getan.

»Dann zieh doch bitte mein Hemd aus.« Eine halbe Stunde konnte viel Zeit sein.

34

AUF DEM WEG INS HOTEL ging Velten die Liste der versäumten Anrufe durch. Zwölfmal Cramer, einmal Sunter.

Er rief zunächst Cramer zurück. Er hätte ihn zur Morgenbesprechung wecken wollen, erklärte der, hätte sogar an seine Zimmertüre geklopft, vergeblich. Ansonsten gab es wenig Neues. Einer der Nachbarn von Branns vermutlicher Unterkunft auf Juist hatte berichtet, ein Bekannter habe gesehen, dass Brann am Mittwochmorgen so gegen sieben Uhr zu einer Wanderung aufgebrochen sei.

»Wo sind Sie denn?«

»Sonst noch was?«, überging Velten die Frage. Er hatte keine Lust, Kollegentratsch zu bedienen.

»Die Presse trudelt gerade ein«, berichtete Cramer. »Es ist eine Menge los, aber Jenner hat alles gut im Griff. Kommen Sie vorbei, ich bringe Sie auf den neuesten Stand.«

Velten legte auf und rief Sunter zurück.

»Hat sich erledigt«, meinte dieser.

Velten legte auf. Auf Sunters Spielereien hatte er jetzt wirklich keine Lust.

Es war nicht weit bis zum *Haus am Meer*. Veltens Magen erinnerte ihn daran, dass seine gewohnte Frühstückszeit schon Stunden zurücklag. Die Arbeit konnte warten. Im Essenssaal saßen mehr Leute als die letzten Tage, bestimmt waren schon einige Medienvertreter dabei. Das Buffet wurde bereits abgeräumt, Velten konnte sich gerade noch zwei Croissants und eines dieser süßen Küchlein von den Tabletts schnappen. Eine sportliche ältere Dame beäugte ihn missmutig. Mitsamt seiner Beute verzog er sich nach oben in sein Zimmer.

Das Gesicht im Spiegel kam ihm viel jünger vor als sonst. Er ließ sich Zeit beim Duschen und Umziehen. Die Unterhaltung mit Juna hallte noch in seinem Kopf nach. *Du weißt doch genau, was du willst. Was passt und was nicht passt.*

Eine freundliche Umschreibung für *Wenn dir die Realität nicht passt, dann ändere sie?* Ein neues Leben anfangen? Wenn das so einfach wäre. Er hing nun mal mittendrin in seinem Leben und in einer seltsam komplizierten Situation. Es war unprofessionell von ihm gewesen, sich mitten in den Ermittlungen diese Auszeit zu nehmen. Vor allem aber war es inkonsequent. Nichts Halbes und nichts Ganzes. Wenn er aufhören wollte, dann sollte er auch richtig hinschmeißen. Warum nicht.

Es klopfte an der Tür.

Dr. Meyer trat ein, sie trug einen dunklen Hosenanzug und eine dunkle Bluse. Sie schritt an Velten vorbei, blickte aus dem Fenster, die Hände hinter dem Rücken, als wäre sie Napoleon, im Gedanken die nächste Schlacht durch-spielend.

»Das Liveinterview ist ein sehr großer zusätzlicher Risikofaktor. Aber ich denke, wir haben die Situation unter Kontrolle. Jenner riegelt das Gebiet zwischen Hotel und Strand komplett ab. Sowohl die Strandpromenade als auch den Strand selbst. Was haben Sie an Erkenntnissen, Velten?«

»Die Maulwurfsjagd hat noch kein Ergebnis gebracht. Ich bin aber überzeugt davon, dass es einen gibt.« Warum war die Chefin hier?

»Die Kollegen in Berlin«, erklärte Dr. Meyer, »haben den Freund von Frau Junker, diesen Marian, geprüft. Nicht auf die feine englische Art, aber da ja Gefahr im Verzug ist … Jedenfalls wusste der von nichts, er wirkte glaubwürdig.«

»Ich kann mir nicht vorstellen, dass Junker dahinter-steckt«, ergänzte Velten.

»Wer sonst?«

Er konnte seiner Vorgesetzten keine Antwort geben.

»Wir suchen also weiterhin einen flüchtigen Attentäter, wahrscheinlich den Kopf des Ganzen, denjenigen, der die Sache geplant hat. Und dazu einen Maulwurf. Mit etwas Glück vereint in einer Person, mit etwas Pech nicht, mit noch mehr Pech gibt es noch weitere Helfershelfer, viel-leicht eine ganze Terrororganisation.«

Velten ahnte, was in Dr. Meyer vorging. War die Situation wirklich unter Kontrolle? Konnten sie das Liveinterview tatsächlich zulassen? Es lag in ihrer Verantwortung, das zu entscheiden. Und er konnte ihr keine Ergebnisse bieten. Jedenfalls nichts Konkretes. Seine Vorgesetzte sprach weiter, mehr zu sich selbst als zu Velten.

»Jenners Leute sind unter Kontrolle. Dass ein einzelner Mitarbeiter das Sicherheitskonzept aushebeln kann, ist quasi unmöglich. Wir haben ihr Konzept geprüft. Es ist tadellos. Es sind über hundert Polizisten hier auf dieser kleinen Sandbank. Die Interviewzone ist unser Fort Knox.« Unvermittelt drehte sie sich zu Velten um und schaute ihn an, als würde sie noch etwas erwarten. Er zuckte mit den Schultern. Warum war die Chefin hier?

»Lassen wir das Spiel weiterlaufen.«

»Hören Sie bitte auf, so zu tun, als sei das alles ein Spiel! Das ist es nicht! Das ist ein Liveinterview! Live! Und Sie bieten mir einen Haufen Fragezeichen? Das alles ist eine einzige ziemliche Katastrophe!« Zornig schlug sie mit der flachen Hand gegen die Fensterscheibe. Sie hielt inne, dann schlug sie noch einmal zu. »Zu dieser Situation hier hätte es eigentlich nie kommen dürfen! Das Risiko ist zu hoch.«

»Ja, es ist hoch. Aber wenn wir jetzt Alarm schlagen, verlieren wir vielleicht die Spur zum Maulwurf. Und über ihn kommen wir mit etwas Glück an die wahren Hintermänner des Anschlags ran.«

»Nein. Nicht wir. Es ist nicht mehr Ihre Spur«, flüsterte Dr. Meyer. »Es tut mir leid, aber mir bleibt keine andere Wahl. Ich hatte gehofft, Sie hätten mehr zu bieten.

Ergebnisse. Stattdessen ist gestern Abend ein Sonderbericht bei mir eingegangen. Ein Vorabbericht von Sunter, wegen besonderer Dringlichkeit. Ich nehme an, Sie kennen die Anschuldigungen. Alkoholprobleme. Fahrlässigkeit. Mangelnde Diskretion. Sicherheitsrisiko.«

»Sunter erzählt Scheiße«, bemerkte Velten nur.

»Er ist ehrgeizig und hat eine scharfe Kombinationsgabe. Ich kenne jemanden, der hatte mal die gleichen Eigenschaften.«

»Der Mann wirft nur mit Dreck um sich, verdammt noch mal!« rief Velten.

»Sie bieten ihm ja auch jede Möglichkeit dazu. Morgen Vormittag erwarte ich Ihre Stellungnahme. Und lassen Sie sich bitte ein paar gute Sachen einfallen, hören Sie?« Ihre Stimme wurde leiser. »Hallo! Ist da jemand? Was ist denn los mit Ihnen?«

Sie wartete die Antwort nicht ab.

»Cramer«, fuhr sie gut hörbar fort, »übernimmt interimsweise die Leitung des Teams, bis die Vorwürfe aus der Welt sind. Offiziell haben Sie sich gerade krankgemeldet.«

Einen Moment lang sah es so aus, als ob Dr. Meyer noch etwas hinzufügen wollte, dass es ihr leidtue oder so etwas. Aber die Hoffnung erfüllte sich nicht.

Stattdessen schloss sie mit der Bemerkung, Velten solle in seinem Zimmer bleiben und schon aus Eigeninteresse beten, dass der weitere Einsatz ohne Zwischenfälle verlaufen würde.

35

DIE TÜR FIEL ins Schloss.

Velten setzte sich auf das Bett. Starrte die Wand an. Ein großes weißes Nichts. Warum auch nicht, dachte er. Das kann ja was Gutes haben. Es war nun einmal so gekommen, nun galt es, damit umzugehen. Lamentieren half nicht. Morgen früh ging die nächste Fähre. Er nahm Kontakt mit der Zentrale auf und ließ sich ein Ticket reservieren.

Disziplin. Er öffnete den Wandschrank, zog den leeren Koffer hervor, platzierte ihn auf einer Seite des Doppelbetts und begann zu packen. Jedes Kleidungsstück hatte seinen vordefinierten Platz. Er war ziemlich schnell fertig. Viel brauchte er nicht, und viel mehr lagerte auch nicht in seiner Wohnung in Berlin. Leichtes Gepäck. Der Gedanke fühlte sich gar nicht so schlecht an. Eine Art von Freiheit. Ungebundenheit.

Ein neues, anderes Leben. Was hielt ihn fest außer seiner eigenen Gewohnheit? Zu Hause wartete nur eine leere Vierzigquadratmeterwohnung auf ihn, die er nie richtig eingerichtet hatte, deren Möbel nicht zueinanderpassten, der man sofort ansah, dass er sich dort nicht heimisch fühlte.

Er legte sich auf die andere Seite des Bettes, schaute aus dem Fenster und ließ seinen Blick über das Meer schweifen. Die See. Der Aufbruch in neue Welten, schon seit jeher. Dorthin reisen, wo noch nicht kartografiert wurde. Zeit verlor ihre Bedeutung. Tausende Geschichten strömten auf ihn ein, Geschichten aus der Vergangenheit, die er gelesen hatte, aufgeschnappt hatte, die ihm erzählt worden waren, von Riesenwellen, Seeungeheuern, fremden Völkern und Städten aus purem Gold. Andere, neue Geschichten, seine Geschichten. Bilder, wirre Ideen aus einer möglichen Zukunft. Geschichten, die noch auf ihn warteten.

Nach einigen Stunden – waren es wirklich Stunden? – setzte er sich im Bett auf. Wenn die Sache vorbei war, sollte er sich über einige weitere grundsätzliche Dinge Gedanken machen. Aber erst einmal zogen ihn die Gedanken zurück ins Jetzt.

Mit etwas Abstand betrachtet sah das alles gar nicht so übel aus, wie es sich eben noch angefühlt hatte. Dr. Meyer hatte ihn nur abgesetzt, weil sie möglichen Vorwürfen entgegentreten wollte, sie hätte die Ergebnisse der internen Ermittler nicht ernst genommen, da war er sich inzwischen sicher. Sie hatte ihn schützen wollen. Denn eigentlich hatte er ein ganz gutes Vertrauensverhältnis zur Chefin gehabt, beinahe freundschaftlich, soweit das zwischen Vorgesetzten und Mitarbeitern möglich war. Wahrscheinlich wird sie ihm einen neuen Einsatzbereich zuteilen, etwas Kleineres, Unauffälliges, und in einem halben Jahr wäre die ganze Geschichte vergessen.

Als wäre alles schon Jahre her, liefen die gesamten Ereignisse der letzten Woche noch einmal vor dem inneren Auge ab, aber anders, aus einem größeren Blickwinkel. Als würde er von einem Flugzeug aus eine Landschaft unter sich betrachten, die er vorher über mehrere Tage durchwandert hatte.

Und dann fiel ihm auf, dass etwas nicht passte. Nein, dass etwas passte. Dass sich etwas logisch zusammenfügte, weil die Rahmenbedingungen nun andere waren. Dass sich alles zusammenfügte, dass die Ereignisse einen Sinn ergaben, seit dem Moment, in dem Dr. Meyer ihn aus dem Spiel genommen hatte.

Er war aus dem Spiel genommen worden. Das war es. Halt den Gedanken fest, befahl er sich. Dr. Meyer hatte ihn aus dem Spiel genommen, aber Sunters Bericht war der Auslöser gewesen.

Woher hatte Sunter seine Informationen gehabt? Er musste sie zugesteckt bekommen haben, so schnell hätte er die einzelnen Sachverhalte nicht selbst recherchieren können. Sunter war auch nur eine Spielfigur, wie er. Was wäre, wenn der Mann auch nur gesteuert wurde, gezielt versorgt mit den passenden Informationen?

Nun gut, dass er, Velten, sich im letzten Urlaub aus Langeweile und Ziellosigkeit beinahe im Alkohol ertränkt hatte, schien ein offenes Geheimnis im Kollegenkreis zu sein. Sogar die Chefin hatte ein paar seltsame Andeutungen gemacht. Den Unfall mit der ausgelaufenen Bierflasche könnte Sunter vielleicht von einem

Hotelangestellten erfahren haben. Wie wahrscheinlich war das?

Eine Ahnung brach sich Bahn, wer der Maulwurf tatsächlich war. Sie verfestigte sich, wurde zur Gewissheit. Er musste sich nur trauen, die Indizien richtig zusammenzusetzen. Svenja.

Sie hatte das Malheur mit der Bierflasche gesehen, und ihr hatte er als Einziger unter den Kollegen von seinem letzten Urlaub erzählt. Branns Wohnung auf Juist war schon, lange bevor das Team überhaupt von dem Einsatz auf Juist gewusst hatte, angemietet worden. Damit schien der Verdacht gegen die Teammitglieder entkräftet zu sein. Aber hatte Svenja vielleicht früher von Brambergers Urlaubsplänen erfahren? Durch Dr. Meyer?

War sie der Maulwurf? Sie hätte auch die Spuren am Tatort, der Mulde oben auf der Düne, vernichten können. Sie hätte zum Beispiel einen Funkempfänger von Brann in ihrer Tasche verschwinden lassen können.

Und sie hatte ihren Abschied angekündigt. Ein neues Leben. Das war nicht nur ein Neuanfang, das war eine Flucht.

Das war zwar nur eine Indizienkette und kein Beweis, aber eine viel zu logische Konstruktion, als dass er sie hätte ignorieren können. Plötzlich wurde Velten klar, dass er schon länger etwas geahnt hatte, aber er hatte den Gedanken nicht denken wollen, hatte versucht, den Verdacht zu unterdrücken. Er hatte Svenja immer verteidigt, auch gegenüber sich selbst.

Hatte Svenja ihn verraten, auf so billige Weise? Er musste schon sehr nah an ihr Geheimnis geraten sein, dass sie so etwas tat.

Nur: Wie hatte Sunter von der Geschichte des ersten Abends hier auf Juist erfahren? Davon hatte er Svenja nicht erzählt.

Er suchte zwei Personen, einen Maulwurf und einen Komplizen Branns, eine Nummer zwei, die schon vor Brann auf der Insel gewesen war. Jemand, von dessen Existenz und Identität er bis gerade eben nicht den blassesten Schimmer gehabt hatte.

Jetzt hatte er ein ganz mieses Gefühl. Suchte nach einer anderen plausiblen Erklärung. Ihm fiel aber keine ein. Die Puzzlestücke passten zusammen. Er hatte alle Antworten schon gehabt, alles, was er hatte tun müssen, war, den Rahmen neu zu definieren.

Noch waren es nur Vermutungen, eine Theorie. Das Ganze war jedoch stimmig. Er benötigte nur noch ein letztes Puzzlestück, das auf mehr basierte als auf einer logischen Schlussfolgerung. Was ihm jetzt noch fehlte, war der Beweis.

Noch mal von vorne. Das Attentat selbst, auch hier hatte etwas von Anfang an nicht gepasst: Branns Vorgehen. Er musste das Ganze noch einmal unter der Annahme durchdenken, dass Svenja der Maulwurf war.

Du weißt doch genau, was du willst. Was passt und was nicht passt. Junas Worte, dachte er mit bitterem Geschmack auf der Zunge. Zum hundertsten Mal durchlief

Velten die Minuten des versuchten Attentats. Er stand auf und betrachtete die große Karte der Insel, die er an der Pinnwand über seinen Schreibtisch befestigt hatte. Auf ihr waren detailliert die Wanderwege rund um den Hammersee eingezeichnet. Wer, welche Teams, waren zur Zeit der Schüsse wo gewesen? Mit den Fingern markierte er deren ungefähre Positionen. Dann die der wenigen Zeugen.

Es half nichts, er musste noch einmal zum Ort des Geschehens. Bis zum Hammersee waren es bestimmt vier Kilometer. Zu Fuß würde es zu lange dauern. Er nahm sich eines der Fahrräder, die Jepsen vor dem Hotel bereitgestellt hatte, und radelte los.

Im Dorf kam er wegen der vielen Passanten nur langsam voran, erst auf der breiten Billstraße wurde es besser. Er trat in die Pedale. Das waren bestimmt die dämlichsten Umstände, unter denen er je ermittelt hatte. Er musste abbremsen, als ihm die Kutsche entgegenkam, die als eine Art Bus zwischen Domäne Bill und Dorf pendelte und für einen kurzen Moment die Straße blockierte.

Nach zehn Minuten hatte er den Wanderweg um den Hammersee erreicht und schnell die Stelle wiedergefunden, von wo aus der Attentäter geschossen hatte. Dort, wo sie Brann gefunden hatten, waren an den Büschen noch einige Zweige abgeknickt.

Er betrachtete das Versteck. Hockte sich hinein. Kein Zweifel, von hier hatte er beste Sicht auf die Aussichtsdüne. Ein Stück weiter wäre die Sicht durch tief hängende Zweige der umgebenden Bäume verdeckt gewesen. Hinter ihm ging es nur noch ein kurzes Stück bergauf. Von dort aus musste Svenja gekommen sein. Er war am richtigen Ort.

Von hier konnte man auch die Norddünen, die zwischen Hammersee und Strand lagen, einsehen. Dort hatte er selbst gestanden, sich in Deckung geworfen, war wieder aufgestanden, war wie ein Wahnsinniger auf dieses Versteck hier zu gerannt. Das waren mindestens fünfhundert Meter über offenes Gelände. Er musste für Brann wie auf einem Präsentierteller gelaufen sein.

Aber Brann hatte nur zweimal geschossen. Zweimal kurz hintereinander. Zweimal auf Bramberger. Als er ihn nicht getroffen hatte, hatte er auf eine weitere Gelegenheit gewartet. Hatte im Versteck ausgeharrt. Minutenlang. War schließlich von Svenja überrascht, ja, geradezu überrumpelt worden.

Das war es, was nicht passte. Brann hatte unlogisch gehandelt. Warum? Etwas musste ihn bewogen haben, auf seiner Position zu verharren. Obwohl er gewusst haben musste, dass nicht nur Velten, sondern auch die anderen Teams auf ihn zustürmten. Immerhin hatte er ihren Funk abgehört, zumindest wäre so der Eintrag im Funkprotokoll plausibel.

Wähnte Brann sich in Sicherheit? Velten lief das letzte Stück hoch bis zum Dünenkamm. Der Mann war geradezu hingerichtet worden. Hatte Jenner kaltblütig einen Mitwisser umgelegt? Dachte Brann, er hätte von Jenner nichts zu befürchten? Nein, so dumm war ein Killer nicht.

Vielleicht hatte Brann gedacht, dass die zweite Person

ihm den Rücken freihielt, ihn warnte, falls jemand wie Jenner von hinten über die Düne kommen sollte.

Wie hätte er denn an Branns Stelle gehandelt? Er sah den Mann vor sich. Er muss seit Stunden in seiner Position gewesen sein, auf der Lauer, gut versteckt. Dann steigt die Anspannung, Bramberger wird gleich auf der Aussichtsdüne auftauchen. Gewehr durchladen. Endlich die Zielperson. Er wechselt auf das Zielfernrohr. Lässt das Fadenkreuz langsam von oben auf Bramberger hinabsinken. Bramberger bewegt sich zwar, bietet aber ein gutes Ziel. Es ist kein einfacher, aber bestimmt auch kein unmöglicher Schuss, insbesondere für einen geübten Scharfschützen. Beim Ausatmen zieht Brann mit stetigem Druck den Abzug. Er weiß, dass er treffen wird. Doch dann der dumme Zufall, Bramberger stolpert im ungünstigen Moment, und der Schuss misslingt.

Was jetzt? Er wird hektisch. Das Zastava M76 ist zwar halb automatisch, aber nur für Einzelschüsse konzipiert. Die nächste Patrone rastet ein, steht ihm zur Verfügung. Der zweite Schuss, ein Fangschuss. Ungleich schwieriger als der erste, aber noch sieht er das Ziel. Es ist noch nicht in Deckung. Hastig visiert er es an. Feuert, und er trifft sogar. Aber nicht Bramberger, sondern seinen Bodyguard. Beide verschwinden aus seinem Sichtfeld, sie haben sich in Deckung geworfen. Sie sind weg, nicht mehr zu erreichen, in Sicherheit.

Brann ahnt, dass er versagt hat. Er hat keine realistische Chance mehr auf einen erfolgreichen dritten Schuss. Und er hört den Funkverkehr ab. Weiß, dass sie kommen, dass sie wissen, wo er sich versteckt. Schon bald sieht er genau gegenüber den ersten Polizisten auf sein Versteck zulaufen. Trotzdem bleibt er an Ort und Stelle, wartet weiter auf das Unwahrscheinliche, eine dritte Chance.

Weil er wusste, dass er einen Partner hatte, der ihm den Rücken, den Fluchtweg freihielt, dass er immer noch entkommen konnte? Nein, das war immer noch mehr als unwahrscheinlich.

Du weißt doch genau, was du willst. Was passt und was nicht passt. Velten fiel nur ein möglicher Grund ein, warum Brann bis zu seiner Entdeckung in seinem Versteck verharrt hatte. Auch er war stets nur eine Spielfigur gewesen. Ein Bauernopfer: Der Täter mitsamt Motiv, die einfache Lösung auf dem Präsentierteller.

Jenner hatte ihnen eiskalt eine Show vorgespielt. Die Jagd auf den Attentäter war eine genauestens geplante Szene gewesen. Und sie hatte die Show nicht alleine inszeniert, sondern mit Person Nummer zwei, und die war ihm, Velten, an dem Tag des Attentats gerade noch entkommen.

Nein, es war kein Beweis, aber er hatte keine Zweifel mehr.

36

19:00 Uhr

ES WAREN IMMER die Emotionen. Menschen funktionierten so. Sie wollen das Richtige tun; wenn sie von einer Sache überzeugt sind, dann funktionieren sie auch. Und wenn sie tiefe Zweifel an etwas haben, dann lassen sie sich viel eher manipulieren. Es ist, als warteten sie nur darauf.

Genau so war es bei der Polizistin gewesen. Sie war zumindest unbewusst unzufrieden gewesen, das hatte Julia Miller schon im Dezember während der Observation erkannt. Das Sich-Auspowern im Fitnessstudio bis zur absoluten Erschöpfung, der zerstörte Ehering, den sie in Erinnerung an zerstörtes privates Glück wie eine offene Wunde um ihren Hals trug. Es war einfach gewesen, bei ihr die richtigen Knöpfe zu drücken, sie zum Reden zu bringen – offensichtlich hatte sie sonst niemanden dafür. Der Job, hatte sie ihr gegenüber gehadert. Sie war das perfekte Ziel, die Zweifel waren längst da, hatten ihr Fundament unterspült und ins Wanken gebracht. Keine Perspektive, kein Ziel, kein Warum. Es war beinahe beunruhigend, wie weich sie bereits gewesen war. Der Wunsch nach einem neuen Start, einer neuen zweiten

Chance im Leben war bei ihr nicht nur eine übliche Schwäche, es war ihr Kryptonit.

Dazu kam, dass Bramberger, der nachgewiesenermaßen ein prinzipienloses Arschloch war und das Amt eher gekapert als verdient hatte, nicht der Typ war, dessentwegen man alte Ideale wiederentdeckte. Nein, die Polizistin würde heute wieder funktionieren, da war sie sich sicher.

Julia Miller lud die Pistole durch, das mechanische Klicken bestätigte ihre Einsatzbereitschaft, dann legte sie die Waffe in ihre Handtasche. Der Plan war tollkühn, aber es gab eine realistische Chance auf Erfolg. Sonst würde sie das Ganze nicht wagen. Der mögliche Ertrag stand durchaus im Verhältnis zum Risiko. Den Bundespräsidenten vor laufender Kamera zu erschießen: Das Wissen, dass sie doch noch den Auftrag erfüllen würde, dass sie sogar die Liquidation des Jahrhunderts durchführen würde, von diesem Gedanken war sie mehr und mehr besessen. Sie wusste, sie konnte es schaffen, sie musste nur konzentriert, schnell und beherrscht agieren.

Sie verließ die Wohnung und wählte den Weg über die Strandpromenade. Zwischen der Strandhalle und dem Strandabgang beim *Haus am Meer* war ein Kontrollpunkt eingerichtet, vier Polizisten in dunkelblauer Kampfmontur überprüften jeden, der passieren wollte. Das martialische Äußere der Polizisten passte so gar nicht in die friedliche, ruhige Atmosphäre, die normalerweise zu dieser Uhrzeit herrschte, und zu den Urlaubsgästen, die einfach nur einen Abendspaziergang machen wollten. Manche Touristen blieben allerdings schon neugierig stehen, versuchten vergeblich, etwas von den Vorbereitungen für das Interview aufzuschnappen.

Sie ging ein paar Meter zurück zum Dünencafé, das in der Nähe des Wasserturms lag. Von ihrem Platz aus verfolgte sie das Treiben unten am Strand. Ein weiter Bereich war durch rot-weiße Flatterbänder abgesperrt, die von den Dünen bis fast zum Wasser reichten. Auf jeder Seite sicherten gelangweilt je zwei Polizisten den Zutritt zur Sperrzone ab. Innerhalb der Sperrzone war ein kleinerer Bereich durch große schwarze Sichtschutzplanen abgetrennt, hinter denen das Produktionsteam die Fernsehsendung vorbereitete. Vier große Scheinwerfer ragten hinter den Planen hervor, und ein dickes Kabelbündel führte von der Interviewzone den Strand hinauf.

Der Kellner kam, sie bestellte ein Wasser und einen Kaffee. Was denn dort los sei, fragte sie gespielt arglos.

»Ist schon Wahnsinn, oder? Der Bramberger will ein Interview geben. Die legen hier alles für ihn lahm.« Der Mann zuckte mit den Schultern. »Na ja, andererseits ist das natürlich toll für unsere Insel, das ist ja gute Werbung, dass der Bundespräsident hier ist.«

Sie bedankte sich und bezahlte sofort, von nun an würde der Mann nicht mehr auf sie achten. Nach einer Weile wurde das Treiben am Strand hektischer. Eine Menschentraube bewegte sich zur Interviewzone, zwei der in der Mitte laufenden Personen trugen Anzüge, einer von ihnen war auf den ersten Blick als Bramberger zu identifizieren.

Die Menschentraube verschwand hinter dem Sichtschutz. Es war Zeit zu handeln.

Sie verließ das Café und ging zum Wasserturm, der auf der höchsten Düne Juists thronte und dessen oben auf der Spitze befindliche Plattform der höchstgelegene Punkt auf der gesamten Insel war. Für Besucher war der Turm nicht zugänglich. Der Eingang befand sich auf einem Podest in knapp einem Meter Höhe, die Tür war aus Metall und natürlich abgesperrt. Sie wartete einen Augenblick ab, vergewisserte sich, dass niemand sie beobachten konnte, dann erklomm sie den Podest und öffnete die Tür mit dem Nachschlüssel, den sie von ihrer Partnerin bekommen hatte. Vorsichtig betrat sie den Turm. Sie befand sich in einem schmalen, fensterlosen Raum. Links begann eine stählerne Wendeltreppe, die sich um den zylindrischen Wassertank in der Mitte schraubte. Hinter ihr fiel die Tür zu, und um sie herum wurde es dunkel.

Für eine halbe Minute blieb sie unbewegt stehen, lauschte in den Turm hinein. War ihre Ankunft unbemerkt geblieben? Sie konnte keine Geräusche ausmachen, die auf das Gegenteil schließen ließen. Ihre linke Hand fühlte das kalte, feuchte Mauerwerk aus Backstein. In der rechten Hand hielt sie das Smartphone, mit dem sie den Boden vor sich beleuchtete. Als sie ihren Fuß auf die erste Stufe der Treppe setzte, knarrte es, nicht laut, aber deutlich vernehmbar. Sehr ungünstig, aber sie ärgerte sich nicht darüber, weil es nicht zu ändern war. Mit zügigen Schritten stieg sie nach oben.

Mit der letzten Stufe erreichte sie eine Plattform, ein riesiges Gitter, das über die gesamte Breite des Turms den darunter liegenden Wassertank überspannte. Auf der linken Seite schimmerte auf Bodenhöhe ein schmaler Spalt Tageslicht. Sie trat langsam ein Stück näher, ertastete kalten Stahl, schwere Nieten und dann eine Klinke. Sie hielt inne und beruhigte ihren Atem, der sich durch den Aufstieg beschleunigt hatte. Gedämmt durch den massiven Stahl, waren auf der anderen Seite Stimmen zu vernehmen. Zwei Stimmen. Zwei männliche Stimmen. Offensichtlich plauderten sie über Fußball.

Es lief alles nach Plan. Sie griff nach der Pistole, entsicherte sie langsam und geräuschlos. Dann steckte sie den Funkempfänger in ihr rechtes Ohr und lauschte dem Polizeifunk. Sie wartete auf das verabredete Signal.

37

WÄHREND ER MIT DEM FAHRRAD zurück zum Dorf radelte, wählte er die Nummer von Dr. Meyer.

»Können Sie frei reden?«

»Einen Moment.«

Er hörte, wie die Chefin offensichtlich die Leitstelle verließ, ihre Schritte hallten über einen Flur. Eine Tür quietschte, schlug laut zu.

»Ich bin alleine. Was gibt es?«

»Jenner ist der Maulwurf. Ich kann es nicht belegen, Sie müssen mir vertrauen.«

Es sprach für die Chefin, dass sie nicht mit einem *Sind Sie noch ganz bei Trost?* antwortete oder mit *Sie sind nicht im Dienst.* Sie schwieg erst einmal. »Das beeinflusst die Gesamtsituation«, antwortete sie schließlich trocken. »Es ist noch eine knappe Stunde bis zum Liveinterview Brambergers«, fügte sie leise hinzu.

Es ist noch nicht vorbei, hatte Bramberger zu seiner Frau gesagt.

»Wir müssen davon ausgehen, dass das Sicherheitskonzept kompromittiert sein könnte. Ich glaube, Jenner hat die Spuren vom Attentatsversuch manipuliert. Sie deckt eine zweite Person, die vielleicht noch auf der Insel ist.«

»Wozu raten Sie mir?«, fragte Dr. Meyer erstaunlicherweise immer noch, ohne seine Aussage zu kommentieren.

»Können wir das Interview canceln?«

Velten wich knapp einem Liebespärchen aus, das ohne Vorwarnung stehen geblieben war, um sich zu küssen.

Eine Pause folgte. »Haben wir denn etwas? Irgendetwas Konkretes dazu, dass der Bundespräsident in Gefahr ist?«

»Nein«, sagte Velten. »Sie müssen mir einfach glauben, dass Jenner der Maulwurf ist. Ich habe noch keinen Beweis. Aber sie hat schon einmal in ihr eigenes Sicherheitskonzept Schwächen eingebaut.«

Sie schwiegen sich durch das Telefon an. Dieses Mal übernahm Dr. Meyer die Initiative. «Nein, das ist zu dünn. Wir bleiben ganz eng an ihr dran. Cramer, Holmann oder ich sind immer in der Leitstelle und damit in ihrer unmittelbaren Nähe. Hauptsache, wir überstehen die Zeit des Interviews. Und dann sehen wir, ob wir über sie an den zweiten Mann kommen.« Sie räusperte sich. »Ich übernehme das Risiko. Sie sind wieder an Bord. Wo sind Sie eigentlich?«

»Ich schaue mir die Interviewzone mal genauer an. Vielleicht fällt mir etwas auf.« Oder vielleicht finde ich eine gewisse Person wieder, ergänzte er bitter in Gedanken.

»In Ordnung. Wir werden trotzdem einen möglichen Abbruch vorbereiten, als Notfallplan.«

Die beiden Kollegen am Sicherheitscheck erkannten ihn sofort und ließen ihn durch, ohne ihn zu kontrollieren. Ihm wurde dabei wieder bewusst, wie wichtig Vertrauen in ihrem Beruf war. Es war die Grundlage von allem, sie, die Polizeibeamten, mussten zusammenhalten. Weil sie sonst keine Chancen auf Erfolg hatten. Jeder für jeden. Ausgerechnet Svenja. Verdammt. Er fühlte sich elend.

Er folgte den langen Kabelsträngen hinunter zum Strand. Es war hell, bis zum Beginn der Dämmerung würde es noch dauern, trotzdem warteten bereits vier riesige Scheinwerfer auf ihren Einsatz. Die Stühle hinter den Fernsehkameras waren unbesetzt, der Strand vor ihnen war auf einer fünf mal fünf Meter großen Fläche mit Holzplatten abgedeckt, auf denen zwei einfache Strandstühle auf mit gelben Klebebändern markierten Positionen standen. Hinter ihnen öffnete sich das Vorzeige-Nordseepanorama, der unendliche Sandstrand, dahinter die mächtigen Wellen. Hier und da momentan noch unterbrochen durch gelegentliche Strandspaziergänger, die neugierig herüberschauten. In ein paar Minuten würden die Polizisten den Zugang zum Strand sperren, um die Sicherheit von Bundespräsident und Panorama zu gewährleisten.

Velten ging zu den beiden im Neunzig-Grad-Winkel angeordneten Stühlen und sah sich um. Bramberger und der Journalist würden von der schönen Aussicht nicht viel mitbekommen, sie sahen nur auf Kamera, Crew und die Wind- und Sichtschutzplanen, die die innere Zone umschlossen. Beim Anschlagsversuch am Mittwoch war es ein in einiger Entfernung postierter Scharfschütze gewesen, ein solcher Versuch wurde durch den Sichtschutz nun verhindert. Lediglich die Spitze vom Wasserturm und das Dach vom *Haus am Meer* lugten vorsichtig über die Planen hervor. Beide waren durch seine eigenen Leute Tom Martin und Jan Singer gesichert, jeweils unterstützt durch weitere Einsatzkräfte.

Velten beobachtete, wie das Fernsehteam letzte Tests zu Ton und Licht machte. Dazwischen führte Gustavson seine Trönje mit stoischer Ruhe an die einzelnen Ausrüstungsgegenstände heran, die diese mit fröhlichem Interesse beschnüffelte. Die beiden arbeiteten sehr sorgfältig, Velten konnte sich kaum vorstellen, dass ihnen etwas entging.

In dem Moment meldete Jenner über Funk, dass es losgehe. Eine allgemeine Unruhe breitete sich aus. Schließlich schob sich ein ganzer Tross Menschen vom Hotel in Richtung Strand, mittendrin ragte die Gestalt Brambergers hervor, in einem hellen Sommeranzug, ohne Krawatte. Vier Leute aus Jenners Team waren in seiner unmittelbaren Nähe. Normalerweise hätte die Präsenz dieser Profis Velten beruhigt. Aber konnte er ihnen trauen? Wenn ihre Chefin eine Verräterin war, wie integer konnte ihr Team noch sein? Es war Larsen gewesen, der sich in den Schuss geworfen hatte. Er war auch der Einzige gewesen, dem Bramberger getraut hatte. Und genau der war jetzt nicht mehr da.

Was, wenn es nicht nur ein Maulwurf war? Auch wenn es keinen Hinweis auf die Beteiligung weiterer Teammitglieder gab, durfte er diese Möglichkeit ausschließen?

Das Gift des Misstrauens. Es breitete sich viel weiter aus, als er zuvor für möglich gehalten hatte. Zu seiner Beruhigung sah er weitere uniformierte Kollegen, die zusätzlich zum Schutz des Strandes ausgerückt waren. Velten freute sich, dass die Polizei, falls nötig, gegen die Polizei einschreiten konnte. So weit war es bereits gekommen.

Um dem einsetzenden Trubel zu entgehen, verließ er die innere Zone und lief in Richtung Meer, wo die Kollegen am Absperrband die Strandspaziergänger vom Betreten des Hintergrundpanoramas abhalten sollten. Die Familie, mit denen sie gerade in ein Gespräch verwickelt waren, erkannte er sofort wieder.

Herr Florian, der vor seinen beiden Kindern stand und intensiv mit den Polizisten diskutiert hatte, sah ihn bittend an. »Wir müssen auf die andere Seite, unsere Wohnung liegt ja im Loog. Wir würden ungern den riesigen Umweg machen, den Strand hoch, am Wasserturm vorbei und durch das Dorf. Können wir nicht eben schnell durchschlüpfen?«

Solche Fragen brachten ihn immer in eine Zwickmühle. Natürlich war noch genug Zeit bis zum Beginn der Aufzeichnung, und der Umweg über das ebenfalls teilweise gesperrte Dorf war sicherlich unnötig. Sagte er aber einfach nur Ja, sahen die Kollegen, die die Familie nicht durchgelassen hatten, blöd aus. Er musste improvisieren.

»Ist schon in Ordnung. Die Aufnahme verzögert sich ohnehin um ein paar Minuten, Sie können durch. Aber bitte beeilen Sie sich. Wenn Ihre Frau noch nachkommt, wird sie hier nicht mehr entlanggehen können.«

»Mama ist zu Hause«, sagte der Junge. »Sie ist in eine Muschelschale getreten und konnte nicht mit zum Strand kommen.«

Der Vater bedankte sich bei Velten und seinem Kollegen und wies die Kinder an, sich zu beeilen. Gemeinsam rannten sie direkt am Wasser entlang auf die andere Seite.

»Ist schon komisch, dass das Fernsehen sich eine gute Aussicht an einem öffentlichem Platz reservieren darf, oder?«, sagte Velten zu den jungen Kollegen. Die beiden antworteten höflich und ausweichend.

In Veltens Tasche klingelte das Handy. Es war Cramer.

»Der Funk. Gerade hat sich wieder ein unbekanntes Gerät dazugeschaltet.«

»Was können Sie mir dazu sagen?«

»Nichts. Wir haben einfach die Kennung im Protokoll entdeckt.«

»Okay. Bleiben Sie dran!«

»Verstanden. Cramer Ende.«

In der Interviewzone setzten sich Bramberger und der Journalist in die vorbereiteten Stühle.

Jenner meldete sich über Funk.

»Sniper 1, Status?«

»Alles okay. Ein paar Kinder laufen am Strand entlang, aber alles in Ordnung. Der Chef hat sie durchgewunken.«

»Danke. Status Sniper 2?« Nach Martin, der sich auf dem Hoteldach befand, funkte Jenner nun auch Jan Singer auf dem Wasserturm an. Der meldete ebenfalls keine Auffälligkeiten, Jenner machte noch einen Scherz, dann wandte sie sich an Frieder Dittmann, der das Team bei Bramberger koordinierte.

38

IHRE SCHWÄCHE WAR die Ungeduld. Das Warten baute eine brodelnde Energie bei ihr auf, die sie kaum bändigen konnte. Sie lehnte mit dem Rücken an der Ziegelsteinwand neben der Tür, schloss die Augen, stützte mit ihrer linken die rechte Hand, in der sie die Waffe hielt. Die Pistole. Sie war die Verlängerung ihrer selbst. Ihr Werkzeug, das so bereitwillig das verrichtete, was getan werden musste.

Im Funk wurde es lebendig. Jenner fragte den Status bei Tom Martin nach. Julia Miller fühlte mit der linken Hand nach der Klinke, drückte sie nach unten. Die Tür bewegte sich schwer in ihren Angeln. Nur noch wenige Sekunden, dann kam der unkalkulierbare, risikoreichste Teil des Plans.

Jenner wechselte zu Jan Singer, der militärisch knapp seinen Status meldete. Jenner fragte, ob eigentlich das neben dem Wasserturm gelegene Außenbecken des Schwimmbads einladend aussähe. Nach dem Interview hätten sie alle doch eine Abkühlung verdient.

Singer war offensichtlich einen Moment aus dem

Konzept gebracht. Hoffentlich, ohne das Überraschungs-
moment würde es nicht klappen. Sie zog die Tür auf, so
geräuschlos wie möglich. Das gemeinsame Lachen von
Jenner und Singer dröhnte durch den Funk, dann wechselte Jenner umständlich zum nächsten Team.

Die tief stehende Sonne schlug ihr ins Gesicht, ihre
Augen brannten. Nur fünf Meter von ihr entfernt war etwas schemenhaft zu sehen. Sie konnte es nicht richtig fo-
kussieren, das Abendlicht stach in die Augen, blendete,
warf sie zurück. Ein Anfängerfehler. Die Zeit verfloss,
sie verfloss zu schnell.

Sie rieb sich mit der linken Hand über die Augen, öffnete sie erneut, nur einen schmalen Spalt. Jetzt sah sie
klar. Einer der beiden Polizisten hatte ihr den Rücken
zugewandt, stützte sich lässig auf der Brüstung ab, besah
sich das Treiben am Strand. Ein Scharfschützengewehr
hing locker über seine Schulter. Er hatte ihre Ankunft
nicht bemerkt.

Sie hob den ausgestreckten rechten Arm. Visierte den
Nacken an. Betätigte den Abzug, einmal, zweimal. Plopp,
Plopp, machte es durch den Schalldämpfer. Sie hatte
zwei Stimmen gehört, wo war der andere Polizist?

Während der erste zusammensackte, bemerkte sie die
Bewegung rechts neben ihr. Eine Person in voller Kampfmontur, überrascht, aber mit fokussiertem Blick. Sie
schwenkte den Arm mit der Pistole zu ihm, zu spät. Ihr
Gegner duckte sich unter der Waffe hinweg, seine Hand-
kante schnellte zu ihrem Hals. Sie wich zurück, ließ sich

fallen, bekam mit der anderen Hand seine Schlaghand zu fassen, drehte sich um ihre eigene Achse, riss ihn nach vorne, an ihr vorbei, ihr rechter Arm bewegte sich nach unten. Sie traf seine Schläfe mit dem Griff der Pistole, Wirkungstreffer, er strauchelte, sie setzte zurück, zielte mit dem Lauf auf seine Stirn, Treffer. Treffer.

Sie schwenkte zurück zum Scharfschützen, der von der Brüstung nach hinten sackte, machte einen Schritt auf ihn zu. Der Mann drehte sich, lächerlich langsam. Fangschuss.

Atmen.

Keine weiteren Gegner anwesend.

Atmen.

Sie horchte, ein Funkspruch. Jenner wandte sich an die nächste Einheit.

Alles nach Plan. Kein Zurück. Ab jetzt lief die Zeit gegen sie. Es galt weiterhin, schnellstmöglich zu handeln, es konnte immer etwas Unvorhergesehenes geschehen. Sie fasste den Körper des Scharfschützen an seinen schlaffen Armen und zog ihn von der Brüstung weg, zu seinem Kollegen. Dann nahm sie das Gewehr in Augenschein. Es war das Standardmodell der Bundespolizei, das Präzisionsschützengewehr 1, wie erwartet. Robust, zuverlässig, präzise, Kampfentfernung sechshundert Meter. Das sollte reichen. Das Magazin war mit zwanzig Schuss gefüllt. Die Waffe war noch nicht durchgeladen, ein Standardvorgehen der Polizisten, um Unfälle zu vermeiden. Sie holte das Versäumte nach.

Dann setzte sie das Gewehr an, justierte das Zielfernrohr. Schwenkte zum Strand, wo das Ziel gemütlich plau-
dernd auf sie wartete.

Sie nahm das Gewehr wieder ab, überprüfte die Umgebung. Die Tür hinter ihr war zugefallen. Von unten, am
Boden des Wasserturms, waren weder besondere Geräusche noch besondere Hektik zu vernehmen. Die nächste Si-
cherheitssperre der Polizei war in gut hundert Metern Entfernung, die Beamten, die dort standen, machten ebenfalls
keinen besorgten oder ungewöhnlichen Eindruck. Die Wege
in der Sicherheitszone waren menschenleer, nur eine einzige
Person, es war dieser Velten, ging zügigen Schrittes den Weg
zum Hotel hoch, eine Hand am Ohr, vielleicht telefonierte
er. Zu ihrer Linken, auf dem Hoteldach, zeichnete sich die
Silhouette des zweiten Scharfschützen in der Abenddämme-
rung ab. Er war ahnungslos, blieb aber eine Gefahr. Notfalls
würde sie ihn nach der Liquidation Brambergers ebenfalls
ausschalten müssen, auch wenn sie so ihre Position verriet.

Das Zifferblatt ihrer digitalen Armbanduhr zeigte
20:15 Uhr. Sie atmete tief ein, dann nahm sie das Gewehr
wieder auf. Schnell hatte sie Bramberger wiedergefunden,
der mit scheinbar entspannter Gestik seinem Gegenüber
zuhörte. Sie zoomte näher an ihn heran, bis sein Gesicht
das Fadenkreuz fast zur Gänze ausfüllte.

Er schwitzte. Trotz des Puders der Maske waren kleine
Wassertropfen an seinem Haaransatz zu erkennen. Er war
nervös, auch wenn er es zu überspielen versuchte. Als ob er
die Gefahr erahnte, in der er schwebte.

Es gab keinen Grund, die Liquidation hinauszuzögern.

Sobald das Interview begann, würde sie schießen.

Etwas in ihrer unmittelbaren Nähe summte.

39

20:13 Uhr

BRAMBERGER BESTÄTIGTE DAS ZEICHEN des Regieassistenten, dass es gleich losgehen würde, mit einem Nicken. Hinter dem Regieassistenten stand Sabine, die Arme vor der Brust verschränkt. Sie hatte es im morgendlichen Statusmeeting überreizt, das wusste sie.

»Wie soll ich die Medien koordinieren, wenn ich nicht weiß, worum es geht?«

»Nach dem Interview weißt du es. Dann sollst du einfach nur deinen Job machen. Okay?«

»Das möchte ich ja, aber …«

»Kein Aber mehr. Ende Statusmeeting. Raus.«

Sie hatte etwas in sich hinein gemurmelt, die Wörter *Arschloch* und *es stimmt, was alle sagen* konnte er trotzdem heraushören, weil er es heraushören sollte. Sie hatte sich nicht unter Kontrolle gehabt. Ein Anfängerfehler, den er umgehend ausgenutzt hatte.

»Hier kann jeder ausgetauscht werden, Sabine.«

Natürlich nahm er ihr den Spruch nicht wirklich übel, aber das musste sie ja nicht wissen. Dieser kleine Zwist war ja von ihm gewollt gewesen, unter einer angemessenen

Dosis Druck arbeiteten die Leute am besten. Außerdem sollte sich die Kleine bloß nichts auf die Tatsache einbilden, dass sie miteinander geschlafen hatten. Sie hatte tatsächlich schon ziemlich gut verstanden, wie Politik funktionierte. Es war Zeit geworden, sie vor zu viel Höhenluft zu schützen.

Niemand außer Anja wusste, worum es heute Abend gehen sollte. Sie hatte ihn immer unterstützt, in jeder Minute, auch als er Wege eingeschlagen hatte, die sie nicht guthieß, Wege, die er hatte einschlagen müssen, politische Notwendigkeit. Aber gerade eben, als er sich in ihrer Suite von ihr verabschiedet hatte, war es nach langer Zeit trotzdem anders gewesen. Es war mehr gewesen. Da hatte er gespürt, dass sie stolz auf ihn war, auf das, was er vorhatte.

Sie hatte ihn geküsst, zärtlich, ihre Augen waren geschlossen, seine Hände lagen in ihren. »Viel Erfolg«, hatte sie mehr gehaucht als gesprochen.

Er presste sich gegen die Lehne des Plastikstuhls. Das Ding war unbequem, es war eine alte Idee von Sabines Vorgänger gewesen, die ihm heute Nachmittag wieder eingefallen war, als Zeichen für Bodenhaftung und Bürgernähe. Genau die richtige Inszenierung für seine Botschaft. Bei diesem Interview ging es nicht nur um sein Leben. Es ging um sein Vermächtnis.

Letztes Jahr im Sommer war er langsam aufgewacht, als seine Feinde es endlich geschafft hatten, ihn auf das politische Abstellgleis zu schieben, das dieses Amt nun einmal war. Gestaltungsräume? Auf einmal mehr als übersichtlich.

Er hatte aber noch nicht loslassen können, er lebte Politik, Politik war Leben. Politik war der Weg in die wahre Unsterblichkeit. Mit einem guten Whisky in der Hand hatte er eines Tages in die Flammen des Kaminfeuers geblickt. Die wahren großen Führer lebten auch nach ihrem Tod weiter: John F. Kennedy, Willy Brandt, Nelson Mandela. Welchen Grund würden spätere Generationen haben zu sagen, der Bramberger, das war ein guter Präsident? Warum liebten die Leute Kennedy noch heute?

Weil er eine Botschaft transportiert hatte, und zwar eine positive, eine, die junge Menschen begeisterte. Aufbruch, Neuanfang. Ja, in der Jugend, da konnte man die Menschen abholen, da waren sie empfänglich. Da suchte man nach Orientierung und Halt. Nach Werten, nach Idealen. Was konnte er ihnen anbieten?

Freiheit. Freiheit klang gut, das war schon immer gut angekommen. Aber es musste konkreter sein. Bürgerrechte, das war eine gute Richtung. Weniger Staat, Schluss mit Sicherheit als Selbstzweck. Selbstverwirklichung. Wie damals, als er achtzehn war und in die Partei eingetreten war, um das Land gerechter, friedlicher, besser zu machen. Er erinnerte sich, wie sie gefroren hatten auf den Straßen, im Kampf gegen das faschistische und reaktionäre Denken, das damals noch so sehr in Deutschland verankert war. Ihre Reihen waren fest geschlossen gewesen, sie hatten sich beieinander untergehakt, als sie durch die Straßen marschiert waren, in dem Wissen, für das Gute zu stehen. Wie albern und naiv. Eine Kerze in der Hand, um es in der Welt heller zu machen. Was hatte er sich darüber lustig gemacht. Mit der Einstellung hätte er es nie geschafft, nach oben zu kommen.

Eine Träne rann über seine Wange.

Das Licht entzündete sich immer wieder neu. Ich muss nicht mehr nach oben. Dieses Mal kann ich es brennen lassen. *Ja*, hatte er damals laut in den leeren Raum hinein gesagt.

Das war jetzt genau zehn Monate und drei Tage her. Seitdem versuchte er sich nun an diesem Denkmal, der Rückkehr zu sich selbst. Mit eher mäßigem Erfolg. Und hätte der Killer am Hammersee getroffen, wäre die späte Einsicht vergebens gewesen. Nein, es wäre schlimmer gewesen. Es hätte alles in das Gegenteil verkehrt.

Natürlich war ihm bewusst gewesen, dass er gegen mächtige Organisationen antrat. Gut, sie betrieben ein Millionen-, wenn nicht sogar ein Milliardengeschäft. Er hatte auch damit gerechnet, dass sie versuchen würden, ihn zu stoppen, sie hatten allerhand Privates ausgegraben, hatten versucht ihn zu diskreditieren, es gab ja auch genug verwendbares Material. Sie hatten öffentlichen Druck aufgebaut. Aber dass sie ein Attentat auf ihn verüben würden, das hatte er ihnen nicht zugetraut.

Er hatte sie tatsächlich unterschätzt. Was für eine perfide Aktion das Attentat doch gewesen war. Es war weit mehr als ein Anschlag auf seine Person. Anschlag und Bekennerschreiben, ein genialer Doppelschlag.

Er hatte keinen Beweis, wer die Auftraggeber des Attentats waren, doch den würde auch die Polizei niemals liefern können. Seine eigenen Vermutungen fußten ja auch nur auf Indizien, die niemals bestätigt werden würden. Aber im Gegensatz zur Polizei konnte er schon auf der Basis von Vermutungen handeln.

Und wenn er mit seinen Vermutungen richtig lag, dann konnte er gar nicht anders, als selbst die Initiative zu ergreifen. Flucht nach vorne, das Momentum ausnutzen, bevor es zu spät war.

Dies war sein Befreiungsschlag. Dieses Interview war seine Chance, seinen Gegenspielern zuvorzukommen, das musste jetzt funktionieren. Er musste die Logik seiner Gegenspieler umdrehen, sie gegen sie selbst einsetzen, wie sie es mit ihm vorgehabt hatten. Er musste die Deutungshoheit zurückerlangen. Wenn ihm das gelänge, dann konnte er der Geschichte vielleicht eine neue Wendung geben.

Nicht mehr lange. Die Sätze des Journalisten drangen nun an die Oberfläche seines Bewusstseins, mit den üblichen Floskeln hielt er den Small Talk am Laufen. Nach dem Interview würde alles anders sein als vorher. Er wusste, dass er gut reden konnte, eigentlich konnte er nichts anderes wirklich gut, und gleich würde er diese Fähigkeit endlich für etwas Gutes einsetzen. »Den anderen Menschen kann es egal sein, was du privat für ein Mensch bist. Du musst ein guter Bundespräsident sein.« Ach, Anja.

Es kribbelte in den Fingerspitzen. Wenn bloß nichts dazwischenkam. Es durfte nichts dazwischenkommen.

Der Regieassistent zählte die Sekunden bis zum Beginn der Übertragung herunter: zehn, neun, acht … Der Journalist zählte lautlos mit, es wirkte mehr wie ein Ritual, er schien mit den Gedanken schon bei seiner Begrüßungsrede an die Zuschauer zu sein.

Er selbst hatte keine Vorbereitung nötig. Die Botschaft war klar, sie wartete nur darauf, seine Lippen zu verlassen, sie drängte geradezu aus ihm heraus.

Wenn es nur nicht so unnatürlich warm wäre. Lag das an den Scheinwerfern? Gerne hätte er sich den Schweiß abgetupft, aber da hatte der junge Mann bereits auf null heruntergezählt, und die Fernsehstimme neben ihm begann zu sprechen.

»Guten Abend, meine Damen und Herren.«

Gleich würde die Kamera, die vor ihnen stand, vom Moderator wegzoomen.

Der Wasserturm lugte hinter dem Sichtschutz hervor, wie der Kopf eines neugierigen Kindes.

40

VELTEN VERFOLGTE IM FUNK, wie Svenja Frieder Dittmann ansprach. »Irgendwelche Auffälligkeiten am Strand?« Warum fragte sie so etwas Belangloses?

Beim Attentatsversuch hatte sie ebenfalls den Funk genutzt, um eine falsche Spur zu legen. Sie hatte ihn und alle, die mitgehört hatten, über den wahren Verlauf der Ereignisse getäuscht. Was, wenn sie jetzt wieder von etwas ablenken wollte?

Velten sah hoch zum Wasserturm. Von dort aus war die Interviewzone einsehbar. Was hatten die Florians gesagt? Der Umweg zum Loog führe am Wasserturm vorbei? Der Turm lag außerhalb der Sperrzone?

Er erreichte den Aufgang zur Strandpromenade, tastete nach seinem Handy. Der Funkverkehr war tabu. Jenner hörte mit, und es war gut möglich, dass weitere Mitglieder ihres Teams die Seite gewechselt hatten. Also rief er direkt bei Jan Singer an, der oben auf dem Wasserturm Posten bezogen hatte. Es klingelte einmal, zweimal. Beim dritten Klingeln wusste er, dass etwas nicht in Ordnung war.

Die Zeiger der Uhr am Strandcafé zeigten bereits Viertel

nach acht an. Auf dem Fernseher, der hoch unter der Decke des Cafés hing, verabschiedete sich der Nachrichtensprecher. Jeden Moment musste die Schaltung nach Juist beginnen.

Martin! Tom Martin, der auf dem Hoteldach seine Position bezogen hatte, müsste von dort aus sehen, ob etwas mit Singer nicht stimmte.

»Hallo, Chef.«

»Gegenüber auf dem Wasserturm. Kannst du Singer sehen?«

»Äh … Nö. Kann sein, dass er gerade pinkeln … Da ist eine Frau.« Seiner Stimme war für einen Moment der Unglaube über das Geschilderte anzuhören, er verfiel dann aber wieder in die knappe Sprache einer militärischen Meldung. »Unbekannte Person. Mit einem Gewehr!«

»Verstanden. Ziel ausschalten. Ich wiederhole: Ziel sofort ausschalten. Feuer frei.«

»Verstanden. Ziel ausschalten.« Ein Knacken tönte durch die Leitung, Martin hatte das Handy weggelegt, er hörte, wie etwas einrastete, verdammt, er musste das Gewehr erst durchladen, Sekunden verstrichen ungenutzt, im Fernseher begrüßte der Journalist die Zuschauer, die Kamera zoomte weg, zeigte ihn und Bramberger, Bramberger nickte mit dem Kopf, öffnete den Mund, um ebenfalls etwas zu sagen, als …

Und dann war da der Schuss, ein leises Plopp.

»Ziel getroffen«, sagte Martin über Funk. »Wirkung unklar. Sichtkontakt verloren. Wiederhole: Status unklar.«

»Weiter feuern nach eigenem Ermessen«, keuchte Velten zurück. Er sprintete bereits über die Strandpromenade, zu dem dort eingerichteten Kontrollpunkt. »Mitkommen!«, rief er den Polizisten zu.

Unschlüssig blieben diese stehen, als er sich an ihnen vorbeidrängen wollte. Einer kam auf ihn zu, breitete die Arme aus, erkannte ihn nicht, wollte ihn offensichtlich aufhalten.

»An alle. Sniper auf dem Wasserturm. Status unklar.«

»Weiträumig absichern!« Jenner hatte sich in den Funkverkehr eingeschaltet. »Teams sieben, acht und neun, sofort zum Wasserturm. Keine Person darf den Turm verlassen. Vorsicht. Die Person ist wahrscheinlich bewaffnet.«

Svenja, du Schlange, schoss es ihm durch den Kopf. Er schüttelte den Polizisten ab, der ihn aufhalten wollte, stieß ihn weg, hetzte am Schwimmbad vorbei, zerrte die Dienstpistole aus dem Halfter, lud einmal durch, jetzt die Düne hoch, auf den Turm zu. Wo war hier der verflixte Eingang? Er erreichte gerade den Kamm der Düne, als sich am Turm eine Metalltür öffnete.

Eine grauhaarige Frau, vielleicht fünfzig Jahre alt, Jeansjacke, Handtasche, Wanderhose, sprang überraschend sportlich von dem kleinen Podest auf den Fußweg, weniger als zwanzig Meter von Velten entfernt. Als sie am Boden aufkam, zuckte sie zusammen, als ob ein Schmerz durch ihren Körper gerast sei.

»Stehen bleiben!« Er kam sich lächerlich vor.

Irritiert drehte sie sich um. Als sie die Waffe sah, hob sie schüchtern die Hände, den linken Arm eine Spur langsamer, fahriger. »Was … ich habe nichts …«

Das Gestammel brachte ihn aus dem Konzept. Das war die falsche Person. Er ließ die Pistole sinken, sah zurück zur Metalltür, die mit einem Klicken zurück ins Schloss fiel.

Eine schnelle Bewegung am Rand seines Sichtfeldes. Etwas Metallenes tauchte in der rechten Hand der Frau auf, seine vor langer Zeit antrainierten Automatismen übernahmen die Kontrolle über den Körper, er hechtete nach links, riss die Pistole nach oben und feuerte, einmal, zweimal. Ein wuchtiger Schlag traf ihn am rechten Handgelenk, Schmerz jagte durch seinen Körper, er wurde zurückgeschleudert, die Waffe entglitt seiner Hand, er fiel, er fiel eine gefühlte Ewigkeit, prallte hart auf den Boden, stolperte unkontrolliert zurück. Richtete sich wieder auf. Und blickte nach vorne, auf alles gefasst.

Er hatte getroffen. Die Frau lag auf dem schmalen Fußweg, auf der Seite, einen Arm nach vorne gestreckt, den anderen in das flache Gras neben dem Weg gekrallt. Ihr Oberkörper bebte unregelmäßig auf und ab. Aus zwei klaffenden Wunden an Hals und Kinn floss helles Blut über die dunklen Pflastersteine. Eine weitere Wunde färbte an ihrer linken Schulter die Wanderjacke dunkelrot, der Treffer von Martin. Neben der Frau lag eine Pistole, Kleinkaliber, mit einem Schalldämpfer versehen.

Eine nordische Runenfolge zwischen den Schulterblättern erinnerte ihn daran, wo und wann er sie schon einmal gesehen hatte.

Mit der linken Hand betastete er seinen Arm. Es schien alles so weit in Ordnung zu sein. In zwei Metern Entfernung fand er seine eigene Pistole auf dem Kopfsteinpflaster wieder. Ihr Lauf war zertrümmert, schwere Kerben zogen sich über das Metall. Seine Waffe hatte ihn vor der Kugel der Attentäterin gerettet.

Das war knapp gewesen, mehr als knapp. Er hatte mehr Glück als Verstand gehabt.

Aufgeregte Stimmen hinter seinem Rücken signalisierten ihm, dass er jetzt durchatmen konnte.

41

Dienstag, 4. Juli

WÄHREND ER AUF SVENJA wartete, genoss er von der Spitze des Leuchtturms die Aussicht. Direkt vor ihm erstreckte sich das Wattenmeer bis zur Mündung der Ems, die von hier aus allerdings kaum zu erkennen war. Links kam erst das am Festland befindliche Norddeich und dann die Insel Norderney. Rechts konnte er die kleine Nachbarinsel Memmert erkennen, dahinter Borkum, die westlichste der bewohnten ostfriesischen Inseln.

Es war Flut, das Meer hatte für die nächsten Stunden wieder die Oberhand gewonnen. Schwere Wolken hingen tief am Himmel, kündigten Regen an und schärften das Bewusstsein dafür, auf einer Insel zu sein, abgeschnitten vom Rest der Welt, wenn die Elemente es so entschieden. Ihm gefiel das Gefühl. Die Welt war verkürzt auf wenige relevante Quadratkilometer. Er umrundete das schmale Lampenhaus des Leuchtturms und blickte nach unten zum Weg, der vom Dorf bis zum Hafen führte.

Eine Insel. Zwei Dörfer. Eine Handvoll Läden zum Einkaufen, eine andere Handvoll Kneipen. Zwei Handvoll Mitmenschen. Natürlich war das die Romantik eines Großstädters, aber machte es das weniger reizvoll?

Das Hotel *Haus am Meer* hob sich vor dem dunklen Horizont ab. Dort saß jetzt Bramberger. Wie mochte sich das Wissen anfühlen, zweimal einem Anschlag ausgesetzt gewesen zu sein? Dass Profikiller auf einen angesetzt worden waren? Und nicht irgendwer, die Frau am Wasserturm war inzwischen identifiziert worden. Spuren ihrer DNA hatten an über dreißig Tatorten nachgewiesen werden können. Jetzt kannte man ihren Namen, Julia Miller, in einem anderen Leben wohnhaft in Münster, allein lebende Frau in den frühen Fünfzigern, Sachbearbeiterin im Bauamt und Mitglied im evangelischen Kirchenchor.

Und wie mochte sich das Wissen anfühlen, dass es noch immer die Hintermänner gab, die über die Möglichkeiten verfügten, jemanden wie Miller zu beauftragen? Dass diese das jederzeit noch einmal tun konnten? Wer immer diese Hintermänner auch waren.

Bramberger hatte das Interview für einen langen Monolog genutzt, hatte gesagt, er wolle sich nicht mehr lenken lassen von den falschen Einflüsterern, dass er nun sich und seine Überzeugungen wieder ernst nehmen würde. Er hatte von dem Anschlag auf ihn berichtet, der durch einen Zufall vereitelt hatte werden können. »Durch ein einfaches Stolpern, durch ein Versehen.« Es war ja, hatte er erklärt, nicht so, dass dieser Anschlag im Vorhinein hätte verhindert werden können, nicht durch eine noch umfassendere Überwachung der Kommunikationsmittel, nicht durch noch mehr

Technik, durch noch höhere Investitionen in Sicherheitsmaßnahmen, auch wenn die Industrie und Wirtschaft mit ihren Lobbyisten das Gegenteil behaupteten und Parlamentarier, Regierung und auch ihn als Staatsoberhaupt massiv unter Druck setzten. Nicht durch noch mehr Misstrauen in der Gesellschaft.

»Das Gegenteil ist richtig. Ja, es wird Anschläge geben. Wir werden sie nicht verhindern können. Aber anstatt in eine vorgebliche Sicherheit zu investieren, bei der wir unsere Gesellschaft ausspionieren und uns gegenseitig misstrauen, sollten wir die entgegengesetzte Richtung einschlagen. In mehr Miteinander, Vertrauen, Integration investieren. In Freiheit, die wir am besten verteidigen können, wenn wir sie nicht unserem eigenen Misstrauen opfern.«

Nicht ein starker Staat, sondern eine starke Gesellschaft mit starken Bürgern müsse das Ziel sein. Die Briten hätten es damals vorgemacht, als der Terror der IRA bis nach London kam, Bomben ganze Straßenzüge zerstörten und wahllos Menschen töteten. Aber die Briten hatten sich damals davon nicht einschüchtern lassen, sie hatten den Terror nicht seine zersetzende Wirkung entfalten lassen, nicht siegen lassen, und letztlich einen sehr nachhaltigen Erfolg über den Terror errungen. »Das sage ich jetzt als einfacher Bürger: Wir dürfen keine Angst haben, wir dürfen uns die Freiheit, in der wir leben, nicht durch vorgebliche Sicherheit zerstören lassen.«

In der Presse wurde die Rede eher kritisch kommentiert.

Die seriösen Medienvertreter arbeiteten heraus, dass schon sein Vergleich mit den Briten hinkte, inzwischen hatten diese eine Überwachung öffentlicher Plätze, wie sie in Deutschland niemals möglich wäre. Andere Journalisten bemerkten distanziert, dass er wie jemand wirke, der noch in der rosaroten Welt der Siebzigerjahre des letzten Jahrhunderts lebe, und dass seine Rede seinen politischen Tod bedeutete. *Der Tag* schließlich platzierte ein unvorteilhaftes Porträtfoto neben der Schlagzeile »Dement oder realitätsfremd?«. Und *Rechtsstaat Deutschland* stellte fest, der Bundespräsident sei inzwischen offensichtlich unfähig, die Sorgen und Ängste der Bürger ernst zu nehmen. »Alles in allem«, schrieb der Leitartikler, »war sein Interview ein peinlicher Auftritt zwischen Senilität und Freakshow.«

Velten hatte Brambergers Rede erst spät abends in der Wiederholung gesehen. Er wusste nicht, was er von ihr halten sollte. In einigen Passagen hatte er wilde Verschwörungstheorien angedeutet. In anderen, besseren Teilen der Rede schien er dagegen sehr glaubhaft zu seinen grundsätzlichen Werten zurückgefunden zu haben, und er nahm ihm ab, dass es ihm ein ernstes Bedürfnis war, andere zu ermuntern, es ihm gleichzutun.

Jenner tauchte im Deichdurchgang zum Dorf auf und winkte ihm mit der rechten Hand zur Begrüßung.

»Komm hoch!«, rief er, als sie in Rufweite war. »Die Aussicht musst du gesehen haben!«

Er beobachtete, wie sie zum Turm lief, einen kleinen

Obolus als Eintritt zahlte und dann im Eingang verschwand. Sie würde schnell oben bei ihm sein. Noch ein letztes Mal ging er in Gedanken durch, was er mit ihr zu besprechen gedachte.

»Ach ja, so eine Aussicht wird mir in Berlin fehlen«, sagte sie.

»Ich habe den Pförtner gebeten, niemanden mehr nach oben zu lassen, sobald du hier bist. Wir müssen reden. Hier oben, alleine.«

Sie schwieg.

»Es geht um die beiden Attentatsversuche.« Er lehnte sich an das Geländer, tat so, als würde er in die Ferne blicken. »Der zweite Attentatsversuch hängt mit dem ersten zusammen. Nicht nur, weil der erste misslungen ist. Der erste ist auch der Schlüssel, um den zweiten aufzuklären. Und ich denke, ich habe den Schlüssel gefunden.«

»Ja?«

»Es ist wie mit diesem Leuchtturm.«

»Du sprichst in Rätseln.«

»Wusstest du, dass das Licht dieses Leuchtturms draußen vom Meer aus nicht zu sehen ist? Es leuchtet zwar, aber nicht zur Nordsee oder zum Wattenmeer, sondern nur nach Westen und Osten, also längs der Insel. Dahin, wo es eigentlich keinen Sinn macht.« Er erzählte, dass der Turm ursprünglich auf Memmert stand, wo er zusammen mit den Leuchttürmen auf Norderney und Borkum als echtes Schifffahrtszeichen diente, bis er eines Tages stillgelegt wurde. Juist dagegen hatte ursprünglich keinen eigenen

Leuchtturm besessen, bis eine Interessengemeinschaft der Insel beschloss, dass ein Leuchtturm für den Tourismus eine gute Sache wäre. Und so setzte man einfach die ausgemusterte Laterne des alten Memmertfeuers auf einen eigens dafür errichteten neuen Turm.

»Dieser Leuchtturm tut nur so als ob. Er spielt etwas vor, das aber so nicht stimmt. Man könnte sagen, er blendet, anstatt den Weg zu weisen. Genau wie du beim ersten Attentatsversuch.«

»Was willst du mir unterstellen? Der erste Attentatsversuch ist genau so passiert, wie ich es immer gesagt habe.«

»Bis Hans Brann versagt hat. Dann wird es unlogisch. Ich habe mich immer gefragt, warum er in seinem Versteck geblieben ist, statt zu fliehen.«

»Er hat auf eine nächste Möglichkeit gewartet«, entgegnete Svenja.

»Das dachte ich auch erst, aber mehrere Minuten lang, während er offensichtlich von der Polizei eingekreist wird? Er wartet wie ein Maus in der Falle darauf, dass diese endlich zuschnappt?«

»Was sollte sonst der Grund sein?« Svenja stellte sich neben ihn, verschränkte ebenso wie er die Arme auf dem Geländer. »Julia Miller und er waren ein Team. Vielleicht sollte sie ihm den Rücken freihalten, oder Brann glaubte es zumindest. Deshalb hat er sich nicht vom Fleck bewegt. Aber sie hat ihn im Stich gelassen.«

»Ja und nein.« Jetzt wagte sich Velten auf dünnes Eis.

Genau genommen log er Svenja an. »Mir kamen sofort Zweifel, dass Brann absichtlich in seinem Versteck geblieben sein sollte. Ich habe die Jungs von der Spurensicherung gebeten, den Zeitpunkt seines Todes so genau wie möglich zu ermitteln. Die Ergebnisse kamen heute Morgen an.«

»Und?«

»Die Ergebnisse sind eindeutig. Brann war bereits tot, als du ihn angeblich erschossen hast.«

Er ahnte, dass zahllose Szenarien vor ihrem inneren Auge ablaufen mussten. Sie sah ihn an, senkte den Blick. Er lag richtig. Er hatte hoch gepokert, und sie hatte gezuckt. Er hatte sie durchschaut. Die Frage blieb, wann sie aufgeben würde.

»Warum sagst du mir das hier?«

Sie klang traurig, aber noch hatte sie es nicht zugegeben. Er brauchte das Geständnis von ihr. Noch hatte er keinen Beweis in der Hand.

»Wir sind hier allein. Ich möchte es von dir wissen. Ich möchte ein Warum.«

Wieder schwieg sie. Sah ihn an. Merkte sie, dass er zockte? Hoffentlich nahm sie es ihm ab.

»Warum, Svenja?«

»Nein.« Sie schüttelte den Kopf, weigerte sich noch, Veltens Aussagen zu bestätigen und damit ihre Schuld einzugestehen.

»Wie du willst. Sunter und seine Leute warten auf mein Zeichen. Wenn wir von diesem Turm herabsteigen, wird er dich festnehmen. Aber jetzt, jetzt haben wir alle Zeit der Welt. Wir beide, wir … ich dachte, ich würde dich kennen. Ich möchte es verstehen, Svenja.«

Ihr Blick wirkte müde. Einen Moment lang zitterten ihre Lippen, wie vor Zorn, dann schien ihr die Kraft auszugehen. Sie hatte keine Lust mehr zu kämpfen.

»Jan Singer ist tot, ein guter Mann. Auch Reiner Jens ist da oben auf dem Wasserturm gestorben. Du hast jahrelang mit ihm zusammengearbeitet. Ich möchte dich verstehen, Svenja.«

»Nicht schlecht, Tobias«, sagte sie. »Ich bin mir sicher, du hast schon einige Geständnisse aus Verdächtigen herausgeholt. Aber ich glaube dir nicht, dass die Spurensicherung den Tod minutengenau feststellen konnte.«

Sie hatte ihn durchschaut. Aber das war kein Grund aufzugeben.

»Es ist egal, ob du jetzt mir gegenüber ein Geständnis ablegst oder später Sunter gegenüber, oder Dr. Meyer, oder sonst wem. Ich möchte es aber verstehen.«

»Ich nehme an, du bist verkabelt?«

Er nickte. Sie setzte sich auf den Boden, lehnte sich mit dem Rücken gegen das Laternenhaus, er tat es ihr nach. Gemeinsam sahen sie nach Norden. Die dunklen Wolken hatten die Insel beinahe erreicht, der Regen, den sie mitbrachten, war bereits zu erkennen.

»Ich hatte einfach keine Lust mehr«, sagte sie, früher als erwartet. »Es war genau so, wie ich es dir letztens am Strand erzählt habe. Alles schien so unsagbar sinnlos. Nicht nur, dass ich Bramberger und alles, wofür er politisch stand, verachtete. Ich habe mehr und mehr meinen ganzen Lebensentwurf infrage gestellt. Ich wusste nicht mehr, wohin mit mir und warum das Ganze. Also wollte ich aussteigen, was Neues anfangen. Ganz raus, irgendwo anders hin. Das war Ende letzten Jahres.

Und dann wurde ich geködert. Miller hat mich kurz nach Neujahr im Fitnessstudio angesprochen, später waren wir öfters mal was essen, und relativ bald fragte sie, ob ich mal was erzählen könnte über meinen Job. Am Anfang sprachen wir über harmlose Sachen, Sachen, die man auch in der Zeitung lesen konnte. Wo Bramberger auftritt, welche Positionen er vertritt. Später darüber, wo er Urlaub macht. Wie groß sein Team an Personenschützern ist.« Sie schien in Gedanken, fast mit sich selbst zu reden. »Sie hatte früh erkannt, dass ich dabei war, alles hinzuschmeißen. Noch im Winter, zwei Tage nachdem ich ihr erzählt hatte, dass Bramberger seinen Urlaub auf Juist verbringen will, machte sie mir das Angebot. Das Startkapital für einen neuen Anfang. Im Gegenzug sollte ich ihr bloß Zugang zum Funkverkehr verschaffen und die Augen fest verschließen, vielleicht noch ein wenig Hilfe leisten, Spuren verdecken, sonst nichts. Sie sagte, Bramberger würde sowieso sterben, die Entscheidung sei schon getroffen worden, und kein noch so großes Team an Personenschützern würde das verhindern können, aber wenn ich wollte, könnte ich von seinem Tod profitieren.«

Sie hatte es loswerden wollen. Da waren fast alle Verbrecher gleich. Sie wollen beichten. Die Worte sprudelten nur so aus ihr heraus.

»Mir war auch immer klar gewesen, dass ich nur eine Figur in einem noch größeren Spiel war, aber ich hatte kein Problem damit, solange ich auch etwas vom Kuchen abbekam. Und wie gesagt, um Bramberger tat es mir nicht leid. Auch nicht um Hans Brann. Der Kerl war so ungefähr der widerlichste Typ, den man sich vorstellen kann.«

»Miller hat ihn erschossen, nachdem klar war, dass Bramberger unversehrt bleiben würde. Deshalb hat er nur zweimal gefeuert.«

»Ja. Brann war von ihr nur als ein Werkzeug eingeplant gewesen, als Täter und zugleich als falsche Spur. Mit diesem Antikapitalistischen Widerstand hatte er nie etwas zu tun. Ich hatte ihr meine Pistole überlassen und musste sie nach der Liquidation nur noch vor Ort einsammeln. Die drei Schüsse, die ich abgegeben hatte, waren Platzpatronen.«

Planung und Durchführung des Attentats waren allein Julia Millers Sache gewesen, erklärte sie wortreich, sie habe ihr lediglich Einblick in die Sicherheitspläne verschafft und einen Zugang zum Funkverkehr eingerichtet. »Ich habe den Anschlag nicht verübt, und das wollte ich auch nicht. Ich wollte nur einen Neuanfang machen. Ich hab Millers Geld als eine Art Abfindung gesehen, als ein Startgeld. Ich wollte einfach meine Chance nutzen, aus dem bisherigen Leben mit wenigstens etwas Gewinn auszusteigen.«

»Die Quelle namens Marian, das warst dann auch du. Der Zeitungsbericht und die Demonstration, das waren Störfeuer, die du gelegt hast. Damit du aus der internen Untersuchung, die unvermeidbar war, mit einem Freispruch herauskommst.«

Sie nickte. Alles war lange im Voraus geplant worden. Zuerst hatte sie an den Aktivisten Matthäus interne Dokumente weitergegeben und später auch an den Fotografen Simon Material, mit dem man den Eindruck erwecken konnte, der Einsatz sei kompromittiert.

»Aber warum, verdammt noch mal, hast du nach dem ersten misslungenen Anschlagsversuch weitergemacht? Du hättest aussteigen können.«

Svenja stierte auf den Boden. »Ich weiß es nicht. Ich steckte mit drin, ich hatte nicht mehr die Kraft, mich dagegenzustemmen. Ich wusste auch nicht genau, was sie vorhatte. Vielleicht wollte ich es nicht wahrhaben, hab das alles verdrängt. Ich ließ ihr wie vorher den Sicherheitsplan zukommen. Tags drauf verlangte sie einen Nachschlüssel zum Wasserturm, den ich ihr auch besorgte. Am Sonntag sollte ich lediglich kurz vor Beginn des Interviews Tom Singer anfunken und in ein kurzes Gespräch verwickeln. Das war schon alles bei dem zweiten Attentatsversuch, mehr habe ich nicht getan. Ich war immer nur passiv beteiligt.«

»Nein.« Sie log. Vielleicht log sie sich auch selbst an, das konnte sein, aber er wollte ihr das so nicht durchgehen lassen. »Du hast Miller Zeit und Gelegenheit verschafft, indem du das Sicherheitskonzept verraten hast. Beide Male. Beim ersten Attentatsversuch am Hammersee hast du, indem du uns vormachtest, du hättest Brann in Notwehr erschossen, zusätzlich noch ihre Spuren verwischt. Beim zweiten Mal hast du aktiv dafür gesorgt, dass sie Singer und Jens erschießen und anschließend ungestört auf Bramberger anlegen konnte. Du konntest dir an einer Hand abzählen, was oben auf dem Wasserturm passieren würde.«

Die ersten Tropfen fielen von der grau-schwarzen Wolkendecke hinunter.

»Das ist nicht nur Hochverrat, das ist auch Beihilfe zum Mord. Zum Doppelmord. An deinen Kollegen. An deinen Freunden.«

»Warum hier oben, Tobias? Warum reden wir hier oben miteinander?«, fragte sie noch einmal. Ihr Blick wanderte zu dem Geländer, hinter dem es fünfzehn Meter in die Tiefe ging. »Wolltest du mir etwas anbieten?«

»Nein.« Nein, das hatte er nicht vorgehabt. Wenn sie es versucht hätte, hätte er sie aufgehalten. »Ich muss dich jetzt festnehmen. Hände auf den Rücken.«

Sie kreuzte die Arme, wie er es befohlen hatte, und er legte ihr die Handschellen an.

»Und du hast mich an Sunter verraten«, fügte er noch hinzu.

Etwas Besseres hätte ihm für die Ermittlungen nicht passieren können. Und trotzdem hatte er bis vor fünf Sekunden noch gehofft, dass er sich das nur eingebildet hätte.

Es dauerte nicht lange, dann prasselte der Regen mit voller Stärke auf sie nieder. Kein Zentimeter ihrer Kleidung blieb trocken. Das Wasser floss in Strömen an ihnen herab, verdeckte die Tränen. Er saß neben ihr und doch allein, bis das Unwetter leider wieder vorbei war.

42

Dienstag, 11. Juli

DIE FAMILIE FLORIAN WINKTE ihm zum Abschied, als sie die Fähre für die Rückfahrt zum Festland betraten.

»Noch kannst du es dir überlegen, das kann hier ganz schön einsam werden«, sagte Juna. Sie hatte den Arm um seine Hüfte geschlungen. Ihre Wärme tat ihm gut. Schon beinahe zu gut.

»Ja«, antwortete er nur. Juist hatte zu Marketingzwecken den Beinamen *Töwerland*, plattdeutsch für Zauberinsel. Es gab schlimmere Orte, um sich zu langweilen.

Die letzte Woche hatte er nicht mehr im Hotel, sondern bei ihr verbracht. Nachdem Jenner überführt worden war, hatte die Chefin das gesamte Team beurlauben müssen und einem anderen Team den Schutz Brambergers zugeordnet. Eine Vorsichtsmaßnahme, wie Dr. Meyer betont hatte, bis die Untersuchungen zu den Vorfällen abgeschlossen waren.

Am Freitag waren Tom Singer und Reiner Jens begraben worden. Die Trauerfeier war still und leise gewesen, es waren viele Kollegen gekommen, alte und neue, aber nur wenig Familie und keine Freunde aus der Zeit, bevor die beiden bei der Polizei angefangen hatten. Velten hatte viel Zeit zum Nachdenken gehabt. Am Samstag, auf dem Rückweg eines langen, sehr langsamen Laufes bis zur Westspitze der Insel, irgendwann zwischen Kilometer siebzehn und zwanzig, hatte er erkannt, dass er noch viel mehr Zeit zum Nachdenken brauchen würde.

Dabei war eigentlich viel zu tun: Eine E-Mail war bei Dr. Meyer eingetroffen. Die Post von einer Toten: Millers »Lebensversicherung«, in der sie ihre Korrespondenz mit ihrem Ansprechpartner dokumentiert hatte.

Dieser schien offensichtlich nur eine Art Strohmann für die eigentlichen Auftraggeber gewesen zu sein, die sie aber ebenfalls identifiziert zu haben meinte. Der Korrespondenz war ein Foto aus einem Abschlussjahrbuch einer Grundschule beigelegt, auf dem zwei Personen eingekreist waren. Eine der beiden war angeblich ihr Kontaktmann, unter den anderen hatte sie handschriftlich *Franz Freysenberg* vermerkt. Der Mann war nicht unbekannt, er war in der Vergangenheit schon vom Verfassungsschutz beobachtet worden. Mehrfach hatte der Cousin des Vorsitzenden der Freysenberg Security AG, Holdinggesellschaft einer Vielzahl mittlerer bis kleiner GmbHs unterschiedlichster Bereiche, mit Statements in der Öffentlichkeit Aufsehen erregt. Hatte zum Beispiel davon gefaselt, die Demokratie habe zu einem schwachen Staat und zu einer »Degeneration des Deutschen« insgesamt geführt, die nur durch eine »völkische Konterrevolution« geheilt werden könne. Ob Miller mit ihrer Vermutung richtiggelegen hatte, war noch nicht abschließend bewiesen, sie klang in seinen Ohren zwar plausibel, aber auch etwas zu plump. Die Geldeingänge auf Millers Bankkonten jedenfalls standen in Verbindung mit Geldabflüssen aus Firmen des Familienkonzerns. Es war abzusehen, dass Dr. Meyer und ihrem Team lange und schwierige Ermittlungen in einem hochsensiblen Umfeld bevorstanden. Vielleicht würden sie ein politisches Erdbeben auslösen. Vielleicht.

Vielleicht war das ein Karrieresprungbrett. Vielleicht auch nicht. Es war Velten egal. Denn er war raus.

Dr. Meyer hatte zuerst wenig Verständnis gezeigt, als er sie angerufen und von seinem Vorhaben erzählt hatte. Doch er war keinen Zentimeter von seiner Linie abgewichen. Ein Jahr Auszeit, direkt im Anschluss an den Einsatz auf Juist. Die ersten Wochen liefen noch auf den Rest des Jahresurlaubs, dann mussten seine Ersparnisse dran glauben. Für ein Jahr würden sie aber reichen. Viel würde er nicht brauchen, hier, auf der Insel.

»Bist du dir noch nicht ganz sicher mit deiner Entscheidung?«, fragte Juna noch einmal nach.

»Doch. Ich probiere es einfach mal aus. Eine Wohnung habe ich ja schon.« Er drückte sie enger an sich. »Und du? Bist du dir sicher mit deiner Entscheidung?«

»Ich probiere es auch einfach mal aus. Eine Wohnung habe ich ja schon.« Sie lachte.

Was würde er gerne tun, wovon war er überzeugt? Gab es so etwas wie Lebensziele eigentlich? Das klang esoterisch, aber machte es das weniger richtig? Er hatte schon immer mal ein Buch schreiben wollen, früher, als Kind, als er tagelang hatte lesen können, unterbrochen nur von den Mahlzeiten und wenigen Stunden Schlaf. Seitdem hatte er den Wunsch gehabt, einmal seinen eigenen Roman in den Händen zu halten. Ein Buch, auf dem vorne der eigene Name stand. Das wollte er damals, aber wollte er das heute noch? Keine Ahnung.

Er dachte an Bramberger. Bramberger, der den Weg zu seinen eigenen Überzeugungen zurückgefunden zu haben schien. Er würde das auch gerne tun, auf eine andere Art und Weise. Oder aber rausfinden, dass das alles romantischer Blödsinn war.

Dafür würde er Ruhe brauchen. Und idealerweise eine schöne Umgebung. Also hatte er Juna gefragt, ob er bei ihr einziehen dürfe, vorübergehend, bis er eine eigene Bleibe gefunden hätte.

Sie hatte Nein gesagt. Sie fühle sich noch nicht wieder bereit für eine feste Beziehung, erklärte sie. Oder besser gesagt, sie war im Moment zu sehr mit sich selbst beschäftigt. Die Zeit hier oben im Norden war gut gewesen, um wieder festen Boden unter den Füßen zu bekommen. Doch jetzt brauchte sie wieder mehr Abwechslung, neue Reize in ihrem Leben. Sie wollte wieder dahin, wo das echte Leben war, wo es mehr als nur fünf interessante Menschen gab, in die Großstadt, da zog es sie hin.

Er hatte ihr einen Tausch vorgeschlagen. Sie bekam seine Wohnung. Er würde so lange für sie auf den Inseln die Stellung halten. Diesen Vorschlag hatte sie angenommen.

»Pass gut auf meine Insel auf.« Sie gab ihm einen Abschiedskuss. Dann löste sie sich aus seiner Umarmung, in wenigen Minuten sollte die Fähre ablegen.

Velten roch die salzige Seeluft, hörte das Kreischen der Möwen, die über den Masten der Segeljachten kreisten. Im Wasser spiegelte sich der hellblaue Himmel. Er hatte ein gutes Gefühl, die richtige Entscheidung getroffen zu haben.

William Wells

Sun Detektive

Cooler Crime im Sunshine State

»Diesen harten Hund muss man einfach lieben – Jack Starkey rules!«
Publishers Weekly

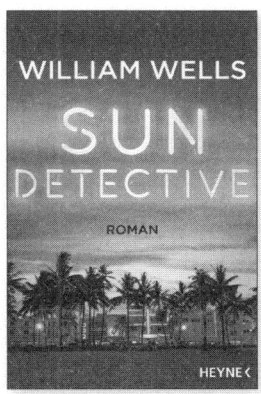

978-3-453-43964-1

Nach kalten Jahren in Chicago hat Ex-Cop Jack Starkey alles hinge-schmissen und sich im paradiesischen Florida eingerichtet. Seine Kneipe »Drunken Parrot« läuft bestens und auf einem Hausboot genießt er die Sonne – am liebsten mit seiner schlagfertigen kubanischen Freundin Marisa. So ganz hat er die Dienstmarke allerdings nicht weggeschlos-sen. Und das ist gut so, denn als eine Mordserie Florida überschattet, wird es Zeit, wieder Detective zu spielen – Sun Detective!

Leseprobe unter **www.heyne.de**

HEYNE ‹

Luis Sellano

Sonne, Mord und Portugal

978-3-641-17854-3

978-3-641-17852-9

978-3-453-41946-9

978-3-453-43922-1